有爱的青春陪伴者

不善

林籽籽 著

四川文艺出版社

图书在版编目（CIP）数据

不羡 / 林籽籽著 . -- 成都：四川文艺出版社，
2024.4
ISBN 978-7-5411-6790-4

Ⅰ . ①不… Ⅱ . ①林… Ⅲ . ①长篇小说 - 中国 - 当代
Ⅳ . ① I247.5

中国国家版本馆 CIP 数据核字 (2023) 第 203085 号

BU XIAN
不羡

林籽籽 著

出品人	冯　静
责任编辑	陈雪媛
特约编辑	周丽萍　李　娜
装帧设计	刘　艳　马雅婧
责任校对	段　敏
出版发行	四川文艺出版社（成都市锦江区三色路 238 号）
网　　址	www.scwys.com
电　　话	0731-89743446（发行部）　028-86361781（编辑部）
排　　版	长沙大鱼文化传媒有限公司
印　　刷	长沙鸿发印务实业有限公司
成品尺寸	145mm×210mm　　　开 本　32 开
印　　张	9　　　　　　　　　字 数　200 千字
版　　次	2024 年 4 月第一版　印 次　2024 年 4 月第一次印刷
书　　号	ISBN 978-7-5411-6790-4
定　　价	39.80 元

版权所有·侵权必究。如有质量问题，请与大鱼文化联系更换。0731-89743446

001 ——·—— **第一章**
　　天啊，这是什么神仙

022 ——·—— **第二章**
　　还请厂督大人明示

040 ——·—— **第三章**
　　苏锦，你倒先赖上我了

069 ——·—— **第四章**
　　托大人的福，才能逢凶化吉

096 ——·—— **第五章**
　　心心念念出了宫

123 ——·—— **第六章**
　　冤有头，债有主

Contents　　/ 目 录 /

148	—·—	**第七章** 大人日益见长的欢喜
172	—·—	**第八章** 青梅竹马初现形
196	—·—	**第九章** 他分明不是太监
224	—·—	**第十章** 情窦终盛开
247	—·—	**第十一章** 小别胜新婚
269	—·—	**番外一** 那就捣一辈子乱吧
274	—·—	**番外二** 连风都是甜的

/ 目 录 / Contents

第一章
天啊,这是什么神仙

 01

大雨滂沱。

初秋的夜里冷得瘆人,苏锦睡不着,起身坐在窗前。她双手托着腮帮子,柳叶般的眉毛下是一双杏眸,十分清澈。打量着窗外淅淅沥沥的雨水,她紧了紧身上的衣衫。

锦华宫是一处偏殿,她来之前这里几乎被废弃,但经过一番收拾,环境肉眼可见地好了许多。

苏锦入宫已五个年头,她从入宫到现在,见皇帝不过两面,本是宫内下人们打趣的对象，她却偏偏成了例外——平日里不是和小太监斗蛐蛐，就是要宫女陪她吃喝玩乐，日子过得好不快活。

她原本是这肃州城内苏家的大小姐，家中万贯家财，而她生性贪玩，没少惹是生非，后因父亲被人骗，家道中落，她就被父亲连哄带骗送进了宫。

苏父花了重金打点，才让她有了这"才人"的名头，本是希望她能够一举得宠，重振家族雄风，结果没想到苏锦连皇帝的面都没见过几次，她爹都被气得病了。

苏锦却落得个清闲。这五年里，哪位贵人怀孕滑胎，哪位妃子受宠数月，哪位又因得罪贵妃被打入了冷宫……这些宫斗史，她和小宫女们都看得津津有味。

而皇帝大人想必早已忘了苏锦的存在，她便在这宫殿内一边暂且逍遥，一边想着找机会出宫。

别看她不怎么出门，但这宫内大小的事情，她总能第一时间掌握信息。

听小太监们说，禁卫局的厂督年轻有为，长得漂亮，身材也是极好，十分得皇上宠爱。

小太监描绘得像是偷看过厂督洗澡一般。

这苏锦就纳闷了，后宫三千，朝臣若干，怎么就这厂督最为得宠，难道皇帝有什么难言之隐？

那可就是个大事了！

她又听说这位厂督手段极狠，之前有刺客被他抓住，那可是求生不得，求死不能，让人闻风丧胆。

苏锦吓得一抖，心想着以后得离这位厂督远点，以免小命不保。尽管她并非身处冷宫，而且还是个没有人记得的"小透明"，但也得时刻注意着不是吗？

夜越来越深，雨势渐渐有了转小的趋势。

苏锦打着哈欠，困意袭来，正要起身去睡，突然从窗户翻进一人。

是一个男人，他身形矮小，身穿太监服。

他见到苏锦，便抽出小刀径直架在了她脖子上，吓得她直冒冷汗。

"这位好汉，要金银财宝尽管开口，我都给你拿，别……别杀我。"苏锦看着脖子上的刀，立马挤出笑来缓解气氛。

"闭嘴。我问你，皇帝今夜在哪个寝宫？"男人露出凶神恶煞的目光，压低了嗓子。

苏锦一听欲哭无泪，皇帝每日都去不同的妃子宫内，她哪里知道。

她小心翼翼地观察着，这男人很是面生，她见过不少宫里的太监，但她确定没有见过他。

大脑飞速运转，苏锦轻轻叹了口气："好汉，听说今晚皇帝去了如意宫，你从这里出去，出了前门左拐，直走后再右拐，看见一座莲花池，莲花池的正前方就是了。"

男人一听，握刀的手用了些力，不满道："说这么多废话，你带我过去。"

苏锦立马挺直了身子，心想，果然是从外面进来的冒充的太监。

"好汉，这宫内都有守卫，我俩走在路上太显眼，定会被抓。

这样,我画个图给你,把去如意宫的路线给你画清楚,包你找到。"苏锦装傻笑道。要是她把皇帝所处位置给了他,她还能活吗?何况她也根本就不知道皇帝在哪儿。

苏锦好说歹说一顿劝,陌生男人终于同意。他拿了苏锦画的地图,回头恶狠狠道:"若是你敢骗我,定会有人来杀了你。"

"不敢不敢,好汉慢走。"苏锦马上摆手。

陌生男人拿着地图,又看了苏锦一眼,打量四周无人,才翻过窗户离去。

见他走了,苏锦松了口气。她探头望去,果然这锦华宫的守卫都回去睡觉了,殿外空无一人,黑漆漆的,像一只能吞噬天地的巨兽。

也罢。

她把地图画到了厂督所在的禁卫局,这禁卫局掌管着所有禁军,由厂督大人统管,只能祝这位好汉好运了。

第二日,苏锦便听说那个假太监被厂督抓了个正着,只是……现在禁卫局正在四处寻找画图之人,怀疑宫内有奸细。

苏锦腹诽:自己明明是好心送这刺客去禁卫局,再怎么说也是立了功,这下好了,反倒成了奸细,真是欲哭无泪。

宫内的小宫女、小太监听闻此事后人心惶惶,没心情陪苏锦玩了。她正一个人坐在院子里,心想怎么着也不至于查到她身上来,便听见一个尖细的声音响起——

"苏才人,劳请您和我们走一趟,厂督大人有请。"

苏锦心脏猛地一跳,姿势僵硬,有些错愕地回头。

只见锦华宫里站了十来位太监，气势汹汹的样子。

她端坐好，小心翼翼地问："敢问大人，所为何事？"

"苏才人，还是不要打听为好，见了厂督自然知道。"为首的太监笑得十分招摇。

秋风吹得狂乱，苏锦就这样被带到了禁卫局。

一进门，她就闻到了一股浓浓的血腥味，顿时有种手脚发凉的感觉。

苏锦抓紧了身上的衣衫。

她被带到石室，只见昨夜的假太监被绑在柱子上，嘴里塞着漆黑布条，身上没有一块好肉，此时闭着眼生死不知。

苏锦手一抖，只觉眼前一片漆黑。

这也太残忍了。

她紧紧闭上眼，心想，完蛋了。

"苏才人，见此人可眼熟？"一个磁性的嗓音传来。

此人嗓音温润，好听极了。

苏锦睁开眼，转头朝声源处看去。

不看不要紧，看了才真是吓一跳，那些害怕的情绪瞬间被她抛到脑后——这是什么神仙样貌？

苏锦不由得吞了吞口水，意识到自己的动作，她又用手擦了擦嘴角，有些不好意思起来。

此人皮肤白净，脸部线条分明，一双好看的凤眼，高挺的鼻梁，微勾的薄唇带着笑意。他身材修长，只是这样随意地站着，就透出一种咄咄逼人的气息。

"苏才人可看够了？"对方嗓音微冷了三分。

苏锦立马收回眼神。

见他这气势,她心里对他的身份有了猜测——禁卫局厂督陆景湛。

苏锦心里不由得一阵慌乱,可她若是说出昨夜的事,她一个后宫妃子和刺客孤男寡女共处一室,这事传出去,她还怎么在后宫混?

此人如今死到临头,若他口不择言,再胡编乱造,她岂不是死定了?反正没有第三个人知道,只能咬定不认识他了。

于是她低下头,结结巴巴道:"厂督……厂督大人,我不认识他。"

"哦……是吗?可我见你的眼神像是认识她。"陆景湛不紧不慢道,让人拿开了假太监嘴里的布条。

假太监被一盆水浇醒,睁开眼见到苏锦,咬牙切齿,表情十分狰狞。

被问到是否认识苏锦时,假太监恶狠狠道:"我当然认识,这宫内的地图还是她给我的,她化成灰我也认识。"

"厂督大人明鉴,苏锦进宫五年,一直在锦华宫住着,宫里的其他地方都不熟悉,岂会认识此人?他定是胡言乱语。"苏锦心里急得像火烧一样,但还是维持着表面的淡定。

"此人说地图是苏才人给的,苏才人却说不认识他……不过,要辨明谁说真话谁说假话,倒也简单。来人,现在就去查查这宣纸来自哪个宫殿。"陆景湛边说着话边坐上了正位,居高临下地看着苏锦。

糟糕,她把这事给忘了!

苏锦微微皱眉，每个宫殿的宣纸都是不同的，若是一查，必定知道那纸来自锦华宫。

苏锦顶着陆景湛的目光，大脑开始飞速运转。

陆景湛纤长的手指拿着茶杯，薄唇轻抿着茶："苏才人，要不要也喝一杯？"

"厂督大人客气了，我不渴。"苏锦咬着唇，一直在想如何脱身。

"不渴，为何满头大汗？我听说苏才人多才多艺，整日与太监斗蛐蛐，和宫女喝酒论事，好不自在。"陆景湛的嗓音是极为好听的，丝丝入耳，但说出的话却是一刀刀扎在苏锦的心上。

他对一个身处偏殿不受宠的才人的生活都了解得一清二楚？

苏锦望着陆景湛。

男人面如冠玉，气质卓然，难怪皇帝十分喜爱他，别说皇帝了，她也喜欢啊……

呸呸呸！发现自己思绪飘散，苏锦用手指用力掐住大腿，让自己保持清醒，都什么时候了，小命要不要了，还有空欣赏美色？

"厂督大人，我只是平日一个人在锦华宫有些无聊，偶尔做一些闲事打发时日而已。"避开陆景湛的视线，苏锦低下头小心翼翼道。

02

若是问苏锦为何会如此害怕陆景湛，除了他做事手段狠毒的缘故，还有他所管之事范围实在太广。

从朝廷的重要案件，到抓捕听审重犯，禁卫局的人还会潜入各个衙门内，了解各部发生的事情。陆景湛的权力更是在锦衣卫之上，只对皇帝负责，可谓是一人之下万人之上。

今日这事吓得苏锦此刻似乎只剩了一点气息，她抬头瞄了一眼陆景湛，又迅速低下脑袋，这禁卫局厂督果然是闻名不如见面，她大气也不敢出，生怕哪口气没有出对，碍了陆景湛的眼。

"我早已派人查了，这图的宣纸来自锦华宫，今日本是想给苏才人一个坦白的机会，看来苏才人是不想要这个机会。"陆景湛缓缓走上前，用指尖钩起了苏锦的小脸，神情冷淡。

陆景湛很高，苏锦不过到他的胸口，下巴被他钩着，一动不动。眨眼间，她忽然灵机一动，小声道："还望厂督大人明示，苏锦平日在宫里，若是厂督大人有用得上苏锦的地方，定是苏锦的荣幸。"

"倒是个聪明人。"陆景湛摆了摆手，假太监被人抬了下去，整个石室只有他们二人。

室内昏暗，烛光照在陆景湛的脸上，能看见皮肤上细细的白绒。这皮肤，苏锦忍不住在心里感叹，一个大活人怎么能白成这样，他要是换上女装，定是一等一的好看。

陆景湛面无表情地扫了眼苏锦。

两人的距离很近，陆景湛被她打量得有些不耐烦，漂亮的眸子微眯，朝着苏锦靠近了一步。

看着贴近的陆景湛，苏锦连忙后退，压低了声音有些慌乱："大人。"

瞧见她这副胆怯的模样，陆景湛倒觉得像极了只小兔子，也许这兔子培养培养，倒真能咬人。

"不知苏才人愿不愿意与本官合作？"陆景湛声音懒洋洋的，苏锦却隐约感觉到了他话语间暗藏的机锋。

冷风沿着石缝爬上苏锦的背脊，陆景湛如水般平缓的音调在石室响起……

苏锦听完陆景湛的话，差点惊掉了下巴。这人不知何时打听到她只见过皇帝两面，至今都没有得到过宠幸，说是可以帮助她夺得皇帝的宠爱，从此一飞冲天，而她要永远做他的棋子，听命于他。

这是什么用意？苏锦心里百转千回。陆景湛身居高位，要什么人为他卖命没有，为何要找一个在宫内没有存在感的她？

难道正是因为她籍籍无名，更不容易被人怀疑吗？

苏锦讪讪地笑了笑："厂督大人，这……能够得陛下宠爱，实乃三生有幸，只是我实在是没有艳绝后宫的姿色，不敢贸然答应，还望厂督大人恕罪。"

陆景湛的指尖用了用力，苏锦的下巴被捏得生疼，她微微皱眉，一双杏眼含着泪珠，紧紧咬着下唇，不吭一声。

"苏才人还是好好考虑才是，毕竟这夜里和刺客孤男寡女共处一室，还亲手给他画了我禁卫局的地图，已是死罪一条。"

苏锦听到这话，才急忙把昨夜的事情一五一十道了出来。谁知道陆景湛一听，嘲讽道："苏才人还是别找借口了，若是按你说的此人有刺杀陛下之心，按照禁卫局的处事方式，那可是宁可错杀一千也不放过苏才人一个。"

苏锦一听，心里一悸。

这陆景湛看样子是讹上她了，非要她去取悦皇帝做宠妃。

苏锦欲哭无泪，让她去跟后宫妃子争宠……分分钟被人玩死了都不知道，她才不要。

"厂督大人，苏锦无才无貌，实在不值得您这么看重。"苏锦嘴上说着推托之词，顺带还开始演了起来，压着哭腔，眼泪止不住地往下掉，"而且这宫里又都是些厉害的人，我若是答应了大人，这事还没干成，我就死在了宫里。

"唉，只恨自己平日里不学无术，帮不了厂督大人。"

见苏锦可怜兮兮地哭了起来，陆景湛轻笑出声："呵，你只管成为宠妃，诞下皇子，其他的事用不着你操心。"

见陆景湛任自己怎么说都没动摇，苏锦为了保命只能暂时答应，但从那之后，陪苏锦玩耍的小太监和宫女都不见了，只留下了一名与她相依为命的宫女月儿。

陆景湛派了一些人过来教苏锦琴棋书画、诗词歌舞，甚至还有教她怎么取悦男人，总之，每日的功课都被安排得满满当当。苏锦日日吐槽，她当初在家中的时候，每日逃课，不学无术，日子清闲，现在看来，活在世间，早晚是要还的。

一日，苏锦半躺在院子里，嘴里哼着小曲儿，难得心情愉快。

陆景湛路过时顺着声音走到了锦华宫门外，心想她这小曲儿跑调就算了，还哼得越发轻快。他微眯了下眼，从外面看了过去，瞧见苏锦好生自在的模样。

院里的石桌上，蜜饯、果子放了不少。

苏锦左手茶水,右手扇子,边上还躺了个宫女。

这宫女吃着蜜饯开了口:"姑娘,今日为何心情这般好?"

苏锦随手拿起蜜饯丢进嘴里:"难得今日休息,不用学习,有这悠闲时光,才不算辜负了阳光明媚的好天气,自然是该开心的。"

小宫女听着,捂着嘴巴笑了笑:"姑娘开心就好,月儿见姑娘开心,心里也是舒畅。"

"为何这样说?"

"若不是姑娘,月儿哪里有今天。这宫里怕是再也找不出姑娘这般好的主子了,每日见到姑娘,月儿都自觉幸运。"

苏锦一听,放下了手里的蜜饯,伸手拍了拍月儿的额头:"怎又说这些?我不是早说了,不管宫内其他地方规矩如何,在我这里,那些规矩统统都不要,反正我是不喜欢。人活这一世,能够追随本心,逍遥自在地活着,就是最好了。"

说完,两人又开始吃吃喝喝,聊一些宫里的八卦。

陆景湛听着苏锦的话,嘴角勾起笑,默念道:"追随本心,自在逍遥。"

好一个"自在逍遥",这世上不知有多少人挤破脑袋想要入宫,她却想着自在逍遥,有意思。

时间过去了大半年,苏锦没有再见过陆景湛,只是每日苦练才艺。

本以为日子还跟从前一样,她却突然收到了陆景湛的最新消息,一张长条的纸上,笔锋如剑,干净利落。

"生辰宴"。

再过几日便是皇帝的生辰,后宫嫔妃们都准备了才艺和贺礼,陆景湛帮苏锦也报上了一段舞蹈,这些日子她每天学到半夜。

陆景湛就是要她不鸣则已,一鸣惊人。

说实话,这期间苏锦也不是没想过逃出宫去,当后宫宠妃压根就不是她的追求。只是,考虑到这禁卫局一手遮天,她就算是逃出去,也很可能会被抓回来,终是死路一条,这才暂且中止了逃跑的想法。

思来想去,她有了一个主意。

之前听说天下有名的暗门有种假死药,吃了会断气三日,只有微弱的心脉,若不是经验极丰富的大夫,绝对瞧不出端倪来。若她能借着假死药来一出"以死换生",一个不被在意的后宫妃子自然不会被追究死因,她也还有几个能信任的人在宫外可以帮她遮掩一下,躲上几日,一切便顺其自然了。

苏锦越想越觉得这主意靠谱,便打定了主意,必须要撑过这场生辰宴。

这日,到了陛下的生辰,百官同庆,好不热闹。

苏锦穿着一身西域的红色舞衣站在镜前,她戴着华丽的头纱,媚眼的妆容是特意修饰过的,一颦一笑都摄人心魄。站在她身后的宫女不由得赞叹:"苏才人,你今夜定能艳绝后宫。"

苏锦轻笑,她是陆景湛派人来调教过的,举手投足间皆是按照陛下的喜好去打造,九五至尊能喜欢上一个平平无奇的女人吗?

大殿上，陛下和大臣们欢聚一堂，饮酒作乐。

只见太监细声高喊道："锦华宫苏才人献上西域舞蹈为陛下贺寿。"

太监语闭，还未有人望向大殿中心。

毕竟，谁会在乎一个锦华宫的才人？

苏锦缓缓上来，随着乐曲响起，她身体开始舞动，舞服把她的身材衬得十分诱人。

众人的目光被吸引过来，台下不时传来惊呼——

少女美眸顾盼生辉，妖艳绝伦。

以足为轴，苏锦缓缓伸开白嫩的玉臂，娇躯随之旋转，纤足轻点，绝美的身躯飞向空中，再缓缓落地。她勾起玉足下腰，整个人定在舞台中央。

宴席间惊赞之声不绝于耳。

陆景湛微微眯着狭长的凤眼望着苏锦，面上仍是波澜不惊地缓缓品着酒。

这女人果然不简单，他还真是没有看错人。

大殿上，皇帝盛赞苏锦的舞姿，连声说"好"，喜欢得紧，赏了她很多首饰。其他妃嫔见状，气得不得了，尤其是得宠的李贵妃。

皇帝本是答应了李贵妃今夜留宿她那儿的，却突然派人拦住了刚下台的苏锦，说是今夜翻了她的牌子。

苏锦被人带去沐浴更衣时，心里才真正开始害怕起来。

她以为今夜只是给皇帝留下个印象就行，没想过要走到侍寝这一步。

皇帝今年二十六岁，后宫嫔妃众多，子嗣却稀少，怀孕的嫔妃能熬到生产的已是不多，所以宫里现在也仅有一位皇子、三位公主，这位皇子还从小体弱多病，不受陛下待见。

她若是听了陆景湛的话，怀了皇子，岂不是害了自己的孩子？在这深宫里，总有他陆景湛庇佑不到的时候……苏锦越想越觉得这事万万不能行。

被宫女们"打包"好送去了皇帝的寝宫，苏锦被包在被子里，身上不过一身轻薄衣裳。她看着四周的环境，心里开始打起鼓来。等到宫女一走，她就裹着被子往门外看。

透过门缝，苏锦瞧见院内站着数个宫女和太监。

她深深叹了口气，坐回床上。

夜渐渐变深，以为皇帝不会过来，苏锦才稍微松了一口气，然后就见到醉醺醺的皇帝赵衫入了门朝她走来。

"美人，你可让朕好想，要不是这李贵妃缠得紧，朕早来了。"赵衫喝得烂醉，他一来就直奔苏锦，笑呵呵的，"你放心，朕定会好好疼你。"

苏锦心里一紧，慌张地从被子里跑了出来，嗓音颤抖："陛下，您喝多了，我给您去拿些醒酒的汤药。"

苏锦说着往床下走去，赵衫却一手拉过她，手不断摸索想要解开她的兜肚："你就是朕的醒酒汤药。"

"不要，陛下。"苏锦吓得不轻，慌乱地推着赵衫，奈何他力气太大，苏锦越反抗，他越是情绪兴奋。

赵衫的唇正准备吻上苏锦，门外突然传来了太监惶恐的声音："陛下，不好了，李贵妃从高处摔下来了，现在昏迷不醒，一直叫着陛下。"

赵衫一听，动作停下。

尽管心有不甘，但他还是有些惦记出事的李贵妃，怒道："你们都是干什么吃的，连贵妃都护不了。"说着，从床上起来，醉意醒了大半，他抬眼痴迷地望着苏锦，"美人，朕先去看看，明日定来陪你。"

赵衫走了出去，一脚踹在了太监身上，怒气十足。

太监赶紧起身跪着，心里害怕得紧。皇帝现在兴致正好，本不应该打扰，但那李贵妃也是陛下的心头尖，如果不如实禀报，万一贵妃有个三长两短，他十个脑袋都不够砍。

望着赵衫离开的背影，苏锦长吁一口气，瘫坐在床上，心脏还是跳得厉害。她摸了摸胸口，还未从刚刚惊慌的情绪里走出来。

躲得过今日，那明日、后日呢？难不成她真要在这宫里蹉跎挣扎？

"怎么，马上就要成为宠妃了，不高兴吗？"一个清冷的嗓音响起。

03

苏锦抬头看去，男人一身墨色长衫站在窗边，月光洒下，在他周身留下一层层波澜。

陆景湛竟然这样明目张胆地出现在皇帝的寝宫。

苏锦轻抿着唇，垂下眼眸，眼神渐渐暗了下去。现在，只有陆景湛是她唯一的救命稻草，她不要成为这后宫的女人，成为宫里的一抹孤魂。

陆景湛走近，坐在了苏锦面前，目光直直地打量着她。

苏锦被他看得不自然，微微抓起被子遮住了胸前。无数思绪从她脑海中晃过，她知道，自己必须想办法脱身。

忽地，苏锦抬眸，含着泪珠望向陆景湛，伸出柔软的小手抓住了他的手掌："厂督大人，我不要什么荣华富贵，不要成为宠妃，我求你，我求求你。"

见状，陆景湛轻笑："哦，为何？"

苏锦知道此刻的自己一定是我见犹怜的模样，把心一横，她决心抓住陆景湛这棵大树："厂督大人，实不相瞒，从入宫起，我就对你心生爱慕，和小太监一起聊天也是为了打探厂督大人之事。

"苏锦此生只愿陪在大人身旁，绝无成为宠妃之心，更没有办法安心成为皇帝的女人。"

陆景湛听着她的表白，神情没有一丝变化。他一手抓住苏锦的手腕，薄唇微启："苏锦，你少把勾引男人那套用在我身上，你可知我是谁？"

苏锦吃痛地闷哼起来，忍着痛呼叫："我知道，厂督大人不是一般的男人，可是我喜欢你，这并不会因为你是谁而改变，我不稀罕做皇帝的宠妃。"

慌乱间，她身上的被子滑落下来。陆景湛细细瞧着苏锦，她身材极瘦，肌肤雪白，胸前的柔软若隐若现，好看的锁骨微凸，整个人轻微颤抖。

陆景湛嘴角扬起一丝嘲讽。

片刻,他眉眼间堆起了淡漠,仿佛在说一件与自己无关之事,嗓音沙哑:"哪怕我永远无法与你有鱼水之欢?"

"我愿意,无论你是厂督大人还是普通男子,对我而言都一样,只求大人怜爱,不要把我推到其他男人身边,哪怕是皇帝。"苏锦痛得嗓音颤抖,咬牙道。

陆景湛一手放开了她,将她丢在床上,没再看她一眼,扬长而去。

苏锦揉着手臂,看见陆景湛离开的身影,心里一片茫然,他这是同意了还是不同意?

她手臂痛得厉害,差点就被陆景湛折断了。

不过……这人怎么这般铁石心肠?若是其他太监听到她这番话,不得感动得痛哭流涕?

苏锦皱着眉,视线掠过寝宫各个角落。

天光大亮,苏锦被人送回了锦华宫。

她左等右等却始终没有等到陆景湛派人来答复她,她越发心烦。见夜色逐渐沉下来,她心里一抖,果不其然,她又收到皇帝翻她牌子的消息。

同昨日一样沐浴后被送到了寝宫,苏锦的指甲把肉都抠出了血印。她在心里把陆景湛骂了一万遍。

四周静得压抑,苏锦听到了赵衫的笑声。

他慢慢走近,边走边脱衣服。

苏锦见到赵衫的身影,思绪更加慌乱起来。

这时,一阵风吹来,寝宫内烛火全部熄灭,漆黑一片。这种氛围让赵衫更加兴奋,他摸着床沿伸出手,掀开了苏锦身上的被子。

苏锦死死闭着眼,心里一片死寂。忽然,一双大掌把她拉了过去,一手点在她的穴道上,大掌扶上了她光滑的纤腰。

见苏锦躲开,赵衫高兴得直叫:"美人,你可真调皮,快出来,让朕好好疼疼你。"

这时,一名与苏锦身材极为相似的女子走了过去,一把抱住了赵衫的脑袋。赵衫反手抱住她,两人缠绕在一起,他把女子压在身下。

苏锦就这样站在帘后,背紧紧贴着身后人结实的胸膛,两人一动不动,欣赏着这活色生香的春宫图。

床上的女子望了一眼苏锦,随后翻身把赵衫压在身下,蒙上了被子。

苏锦脸色绯红,不由得闭上了眼睛。

忽然,她腰间的手向上游动,搭上了她的肩。

苏锦迅速被带出了寝宫。

到了长廊,空无一人,身后的人放开她后走在前面,苏锦这才看清对方是谁——陆景湛。

这陆景湛的胆子简直太大了,他……苏锦心里又是惊慌又是惊喜,一时间竟说不出半句话来。

只是,看着他的身影,苏锦明白,昨日她说的话起效果了。

"谢谢厂督大人,苏锦一定好好侍奉您。"苏锦缓缓露出微笑。

"苏锦,既然你不想成为皇帝的女人,我便送你这个人情。

我的人情都是要还的，你记住了。"陆景湛眼眸黑如深潭地望着苏锦。

苏锦实在不知他到底想做什么，但眼下的情形对自己已是最好的了。

"苏锦明白。"苏锦笑着答道。

月光在两人身上流过，陆景湛声音清冷，像极了世家大族里温润疏离的公子。苏锦偶尔会忍不住望向他的脸，心里惋惜这面若冠玉的男人却是宫城里让人闻风丧胆的厂督太监。

陆景湛要苏锦留在赵衫身边，了解赵衫所有的动向。若是苏锦以后夜里要侍寝，那名女子便会来换她，而白日里她将会是赵衫最宠爱的妃子。

苏锦应下。

趁着巡逻的人离开，天快亮时，苏锦进去换了那女子出来。

她躺在床上，离赵衫远远的。

赵衫醒时见苏锦睡得正香，望见床上的血色花朵，心情大好，帮她盖好被子，便上早朝去了。

苏锦察觉赵衫离开的瞬间便睁开了眼，忍着恶心拿起衣服换好。

回到锦华宫洗了澡，她才真的松了口气，好好地睡了一觉。

一觉醒来，苏锦还觉得自己像在做梦一般。

想起昨夜的事，她脸颊滚烫，不禁在床上打起滚来。

不过，那夜过后，赵衫连着几日都没有来她这里，而是翻了李贵妃的牌子。他派了太监过来特意告诉苏锦等李贵妃过几日好些，定来看她。

这着实让苏锦松了一口气。因为不用应付赵衫，她躺在床上，第一次觉得每日睡到自然醒是件极其幸福的事。

"你可是忘了，你的目的是成为宠妃？"听到这细润好听的嗓音，苏锦的鸡皮疙瘩都要起来了。她坐起身，见陆景湛走了过来。

宫内点着灯烛，她看清陆景湛极美的脸，不由得再次想起那夜两人一起见的活春宫，脸瞬间便烧了起来。

陆景湛神色慵懒地望了她一眼，表情并无异样。

有点出息啊，苏锦，你脸红什么，这陆景湛可是太监，再直白点儿，你俩可以当成姐妹处。苏锦努力平复心绪。

突然，她脑子里冒出自己不久前才和他表白心意的事情，若今日她便表现得无动于衷……

苏锦在心里为自己捏了把汗。

她眼睛眯成月牙状，露出雪白的牙齿，声音软糯地对着陆景湛道："厂督大人，一日不见，苏锦真的好想你。"

说着苏锦下床，直奔陆景湛而去，想要伸手抱他，结果被陆景湛优雅地挥开了手，她直直地扑倒在地。

痛！

这人是不是有病？

苏锦抱着手臂爬了起来，强迫自己面带微笑地仔细打量陆景湛，心里想着慢慢摸索着他的喜好，讨得他的喜欢。

"苏锦，我和你说过了，少把勾引男人那一套用在我身上。"陆景湛嗓音如往常般温润，却带了丝丝冷意，他邪魅的眉眼中找不到一点温度。

"厂督大人，对不起，对不起，实在是你'天姿国色'，小人情不知所起，一时没有控制住。"苏锦说着露出狡黠的笑容。

这是苏锦她爹教给她的深宫生存守则之一，遇到危险之时，使劲夸，使劲笑。所谓伸手不打笑脸人，她长着张极为干净的脸庞，一笑起来更是人畜无害的样子，这样的表现能避开很多危险。

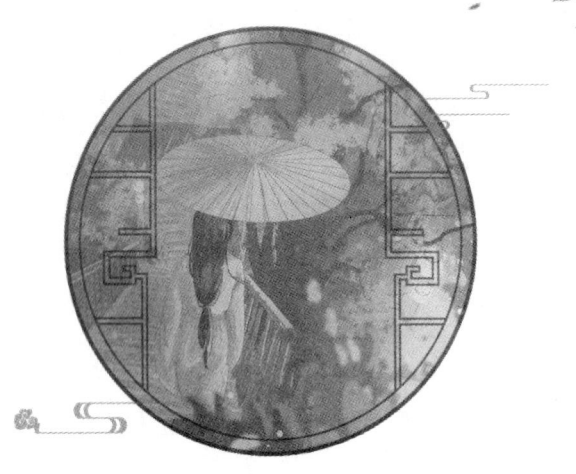

第二章
还请厂督大人明示

01

"你不会以为这样就可以成为宠妃了吧？"陆景湛浑身散发着清冷的气息，半晌才开口，嗓音温润了不少。

苏锦听他的语气，心想今晚他的心情定是不错，都没有冷着脸对她了。

一定是前两日的马屁起作用了，她想。

她弯着眼眸笑得越发甜美，软声道："还请厂督大人明示。"

"明日你先去见一个人。"

"厂督大人说的是李贵妃?"苏锦试探性地询问。

陆景湛淡着眼眸扫了她一眼:"嗯。"

别说,这李贵妃苏锦还真是知道得不少,之前在锦华宫斗蛐蛐的时候,她没少听宫女们聊李贵妃的事儿。

这位如意宫的李贵妃入宫七年,前一两年才得了陛下恩宠,生下一位公主。然而,在她得宠后,只要和陛下走得近的妃子,都没有什么好下场。

听说,她生小公主的时候落下病根,后来便一直没有身孕,平日里就常常拿宫里的侍女们撒气。众人说起李贵妃时都是瑟瑟发抖。

"厂督大人,不是小人对自己没有信心,只是这李贵妃善妒,外界都知道我刚得了陛下宠幸,怕已是她的眼中钉肉中刺……"苏锦说着说着,故作为难,一副有心无力的表情。

陆景湛看着苏锦的模样,眉头舒展开来。他语气清冷:"这后宫你也略知一二,皇后从李贵妃得宠后就极少露面,至于这嚣张跋扈的李贵妃,我要的是你主动示好。"

主动示好?那不成了说书先生嘴里说的什么"茶"来着……

苏锦在心里叹了口气,知道陆景湛的安排必定有他的用意,便没有再多问:"苏锦明白。"

等陆景湛走后,苏锦躺在床上,一直在回想他的话,虽说不知道他的目的,但按自己此刻的位置,肯定是要照做的。

不是说李贵妃从高处摔下来了吗?她倒是可以借机去看望。

第二日大早,苏锦就去了如意宫。

本以为李贵妃不会见，谁知道李贵妃一听是她，立刻派人叫她进去了。

李贵妃正坐在梳妆镜前，听到苏锦进来的动静，倒是打起十二分精神回了头。

李贵妃模样生得很不错，美丽大方，身着紫色宫装，宽大的裙幅透迤在身后，看起来优雅华贵。

她冷笑一声："哟，妹妹这是真的来关心，还是猫哭耗子假慈悲？"语气十分尖酸刻薄，声音也是中气十足，丝毫没有传闻中受伤的样子。

苏锦红唇荡漾着浅笑："贵妃娘娘说笑了。听闻娘娘从高处落下，嫔妾是真心来探望。"她今日来看望李贵妃，特意穿了身淡黄色宫装，略微施了些粉黛，让自己显得弱小柔美。

李贵妃细细打量着苏锦，不过有几分姿色而已，她入宫这些年，完全没有听说过眼前之人。既没有绝美的容貌，又没有家世背景，就想在这后宫立足，简直做梦。

"既然妹妹如此有心，我就提醒一句，这宫内最怕的就是一些人喜欢自作聪明，往往也正是这些人会送了小命。"李贵妃带着笑意说的话，每一句听着都像是下马威。

"你如今幸运，享了盛宠，但谁知今后会走什么运呢，你说对吧？"

苏锦闻言顺着点了点头："嫔妾明白。"

出了如意宫，苏锦的脸上露出几分急迫，满脑子都是"自己得早些出宫"这事。她提起裙摆快走了两步，想尽快告诉陆景湛，这李贵妃笑里藏刀都是在提醒她不要争宠。

只是这前有陆景湛，后有李贵妃，她被夹在中间，实在进退两难。

苏锦心里百转千回，不料刚走了几步，就见赵衫迎面而来。

她不由得扯了扯嘴角，这真是怕什么来什么……求陛下放过小女，看不见看不见。

可惜的是，没有人听到她的心声。赵衫一脸笑意地上前拦住了她："美人，这几夜我没来找你，可有生气？"

苏锦抿嘴笑笑："陛下日理万机，嫔妾岂敢。"

说完，苏锦笑得更加温顺可人，试图将手从赵衫手里抽出来，她一副娇羞的模样："陛下……"

赵衫看着她清纯无辜的小脸，喜欢得紧。

他以前怎不知宫内还有此等绝色，白日和夜里竟是如此不同："正好，这李贵妃需要好生休养，你陪朕去个地方。"

"陛下这是要去哪儿？"苏锦听着赵衫的话，心提到了嗓子眼儿。

这白日里陆景湛不在，让她单独对付赵衫，她心慌得厉害，毕竟也是见过赵衫晚上的样儿了。

想起那晚，苏锦脸上多了几分红晕。

她被赵衫带到了后花园，此处种满鲜花，在阳光的照射下更加艳丽。后花园中间有一座凉亭，前方就是荷花池，偶尔一阵微风吹来，让人心情愉悦不少。

赵衫让苏锦坐下，传唤了几名小太监。

"朕听闻你之前在锦华宫就喜欢斗蛐蛐，这是朕特意给你找的，原准备过几日去送给你。"

苏锦看着小太监们带来的蛐蛐，收起了脸上的惊讶之色："嫔妾谢过陛下。这是嫔妾小时候喜爱之物，没想到也能入陛下的眼。"

"美人这就不知道了，朕年少之时，也喜欢蛐蛐。"赵衫听着笑了起来，又道，"只是朕没想到美人也会喜爱这些事物，让朕有些欣喜，空闲之余，倒也多了去处。"

苏锦扯开了嘴角，不是吧……赵衫的意思是有空来找她斗蛐蛐？

"若是如此，便也是嫔妾的福分。"苏锦刚应下，心里便有了主意。

既然如此，她何不白日留住陛下，按李贵妃的性格，自然不会坐以待毙，到了晚上必定会想办法让陛下去如意宫。

这样岂不是一箭双雕？

苏锦清澈的眼眸越加明亮，她望向赵衫，他的体态微胖，笑起来十分平易近人。她道："陛下，臣妾还有些好玩的，不知陛下可感兴趣？"

此时，陆景湛正在禁卫局内，只见有人来报，说苏锦和陛下正在后花园，两人的笑声已经持续多时。

陆景湛狭长的凤眼微眯，放下了手中把玩的玉器。

后花园内，苏锦和赵衫两人拉开了袖子，嘴里念念有词："螃蟹一啊爪八个，两头尖尖这么大个，爬呀爬呀过山河，眼一眯呀头一缩，爬呀爬呀过沙河。"

两人划了几轮，苏锦就输了几轮。

"陛下，臣妾认输了，臣妾自罚一杯。"苏锦说着放下袖子，拿起茶水一饮而尽。

赵衫被苏锦逗得大笑。

他自小爱玩，早年没少被母后教训，后来坐上这天子位，不得不循规蹈矩，整日沉闷得厉害。

眼前这丫头的真性情倒是让他刮目相看，有些相逢恨晚之感。

边上的小太监看得大气都不敢出，陛下好久没有如此开怀大笑过，这宫内敢和陛下划拳的，苏才人当是第一人。

赵衫摆了摆袖："美人，以后还有这么有趣的事，命你第一时间告诉朕。"

"嫔妾遵命。"苏锦答道。

"美人可有什么想要的？"赵衫缓缓端起茶水喝了口。

苏锦一听，小心翼翼地抬起美眸："陛下，嫔妾不敢说。"

赵衫看着她这机灵的模样忍不住笑了起来："朕准你说。"

"嫔妾入宫多年，想回家省亲，见见父亲。"苏锦边说边仔细打量着赵衫的表情。

只见他脸色突然变得严肃起来，嘴角的笑意收敛，苏锦心里打鼓。

半晌，赵衫才开口："朕还以为是何事。准你回家省亲三日，你明日出宫即可，到时候不要忘了给朕带些好玩的玩意儿回来。"

苏锦听着长长地松了一口气，立刻跪下谢恩。

她差点被赵衫的严肃表情吓死——上一秒还笑着，下一秒便神色难测。这伴君如伴虎，说得果然没错。

两人在院子里又聊了会儿，赵衫问了些苏锦小时候的事，被她逗得哈哈大笑。

眼看天色渐黑，李贵妃的人来请皇帝，赵衫起身去往如意宫。苏锦等他走远，才步伐轻松地回了锦华宫。

她哼着小曲儿入了房，就看见陆景湛端坐在屋内，正悠然自得地喝茶等她。他身材挺拔，光是坐着，那股咄咄逼人的气势就让苏锦发怵，她停下脚步。

糟糕……

苏锦心想，定是下午的事传到了陆景湛耳里。

她轻轻咳了两声，立刻喜笑颜开："厂督大人真是'天姿国色'，就这样坐着都让苏锦看愣了神。"

陆景湛语气很淡，让人听不出情绪："苏才人好本事，这才一下午，就让陛下准了你出宫省亲。"

苏锦不敢搭话。

"我倒真小瞧苏才人了。"陆景湛双眸冷淡地扫了她一眼。

"苏锦不过是有些小聪明，多亏厂督大人有先见之明，派人教了些时日。"苏锦眼眸带笑地望着他。

这时，陆景湛突然起身走到了苏锦跟前。

她望着陆景湛高大的身影，不由得退后两步，结结巴巴地软了声："厂……厂督大人。"

她这一退后，不小心踩到了自己的裙摆，整个人向后一仰。

千钧一发之际，她纤细的手腕被温热的大手握住，然后他用力一拽，将她整个人拽了过去。

苏锦猝不及防地撞上了结实的胸膛，小手下意识地抱住了他的腰身。她用手捏了捏，缓缓抬起清澈的眼眸，对上了陆景湛紧抿的薄唇。

等她反应过来，赶紧放开手，双手合十解释道："厂督大人对不起，对不起，苏锦不是故意占你便宜，就算有色心也没有色胆，大人赎罪……"

传闻陆景湛十分讨厌有人近身，之前有位宫女爱慕他，故意靠近，没两日就消失了。

想起那则传闻，苏锦忍不住闭上眼叽叽咕咕地不停求饶，在心里倒吸了一口冷气。

救命！苏锦小脸惨白，嘴里念念有词说了半天，也不见陆景湛说话，她缓缓睁开了眼。

陆景湛俊美的脸上毫无表情，薄唇还带些嘲笑："你倒是很怕死。"

苏锦见他没生气，这才放心来："厂督大人如此看得起苏锦，苏锦自然是不敢随便死。"

"不敢？我看你胆大得很。皇帝难得开口准你随便要什么，你竟浪费此次机会，选择出宫省亲？"陆景湛微凉的指腹划过苏锦的小脸，每一下都带着危险。

听他的话，苏锦瞬间挤出泪水来。她今日身着淡黄色宫装，本就看上去十分柔美，这下眼眸含泪，更显得楚楚可怜。

"大人，苏锦入宫五年，家中父亲年迈，作为独女从未尽过孝道。苏锦知道，有了这次机会本应先回来告诉大人，只是当时一想起家中老父，苏锦就忍不住泪眼婆娑，这才开口求了回家省亲。"苏锦一边说，一边落泪。

那眼泪滑落滴在了陆景湛修长的指尖。

陆景湛盯着眼前这张无比白净的小脸，微微抬起指尖放在了薄唇处，轻轻舔了下苏锦刚刚滑落的泪，情绪没有任何变化："哭什么，倒像是我欺负你一般？"

看着陆景湛"美男舔泪"，苏锦愣住了："大人……"

"家中父亲年迈……嗬，你父亲如今不过四十，可当真是年迈！"

闻言，苏锦立马低下头，心想，这陆景湛不仅人长得妖孽，说话撑人的功力也十分了得。

她眼睛转了下，然后抬起，用袖子擦了擦眼泪："大人，苏锦真是一点小心思都瞒不过你，只是几年前家中生变，我担心父亲独身一人会被欺负，便想回家给他长长脸面。"

"倒是个孝顺女儿。去归去，可千万别另想法子不回宫，不然……"陆景湛嗓音冰冷，带着警告。

苏锦樱花般的唇瓣勾起好看的弧度："苏锦不敢，何况厂督大人还在此处，苏锦舍不得离宫。"

02

整整一夜，苏锦兴奋得翻来覆去一晚没睡——终于可以出宫了！

翌日，苏锦出宫时，陛下赏赐了许多东西给苏府。

说是苏府，不过是一间仅能遮风挡雨的房子。小小的庭院很快被御赐之物占满了，四周邻居见苏锦受宠，纷纷道贺。

苏怀见女儿回来也激动得不得了:"我锦儿回来了,快让爹爹好生看看。"

"爹爹。"苏锦撒娇地拉住了苏怀的手。

前些年苏锦不得圣宠,苏怀也曾后悔送她入宫,悔到夜晚睡不着。

他今年四十,看着比之前憔悴了许多,但还是能瞧出几分年轻时俊俏的模样。

"太好了,太好了,我就知道锦儿一定会得圣宠。"看苏锦模样精神,苏怀伸出手摸了摸她的脸。

前来送御赐之物的宫女和太监这时已回宫复命,只有锦华宫的宫女月儿留了下来。苏锦看着家徒四壁的房子,心里顿时酸楚起来:"爹爹,我每月的俸禄都给你捎出来了,你怎么也不添置些好东西?"

"不打紧。"苏怀看了眼月儿,谨慎地在苏锦耳边小声说,"你在宫内不得宠,爹爹把银子留下来,万一日后需要打点,还能拿出东西来。"

苏锦听着摇摇头。

她在这屋子四处看了一圈,又摇了摇头。

吩咐月儿将屋内可用之物都收拾收拾,苏锦便拿起一大袋银子拉着苏怀往外走。

"去哪儿?"苏怀看着她急匆匆的模样,问道。

"看宅子!"

苏锦带着苏怀看了几处宅子,最后买下一处位置还算不错,有前庭后院的宅子。这宅子虽不能和家道中落以前的苏府相比，但也算是小有气派。

回家的路上，苏怀一直在说她乱花银子。

"我一个人，现在的宅子完全够用了。"

苏锦一听，挺直背脊："爹，您就听女儿的吧，现在住的宅子，我回来还得睡地上，何况还有月儿。"

"哪里舍得让你睡地上，爹睡。"苏怀想到刚花了这么多银子，还是心疼。

苏锦停下脚步看着苏怀，苦口婆心道："爹爹，能用银子解决的事情，我们就不烦了，女儿肚子饿了。"

她说着便揉了揉肚子。

苏怀这才作罢。

苏锦今天看中的宅子，是宫中一位小太监的大伯家，之前在宫里就听他说过，只是那时候她身上的银子不够。最近这些日子，她得了陛下赏赐，才终于荷包丰盈，买下宅子还能留一些钱给苏怀。

此宅子之前虽不住人，但原主人时常来打扫。宅子里东西齐全，整体干净，他们可以直接搬进去。

苏锦吃完饭就开始清点东西，她不打算继续用这边的旧物，所以行装不多，张罗人来搬，没几个时辰就搬完了。

等到苏怀和月儿整理完毕，天已经黑了。

苏锦给月儿一些打赏，让她先去休息。

苏怀看着收拾好的宅子，来回走了许多遍，还是有些像做梦一般。他上午还住在破旧的老宅，一眨眼的工夫就搬到这里来了。

苏锦端了茶水过来，两人在前院坐下，她看着苏怀说："爹爹,这宅子也有了,女儿以后有了赏钱,都捎出来给爹爹。你要不给我找个姨娘,生个妹妹也好。"

苏怀一听这话,用手点了点苏锦的脑袋:"小丫头胡说什么,我这辈子有你娘亲就足够了。"

苏锦微微叹了口气,娘亲已经去世十年了,爹爹还有这般深情,如果娘亲泉下有知也会很开心吧。

"锦儿,在宫里受了好些委屈吧?"苏怀看着她消瘦的脸忍不住开口。

委屈?

苏锦想起自己在宫里斗蛐蛐、听八卦的快活日子,要说这受委屈,那只能是从陆景湛找她开始。

"不委屈。爹您还不知道女儿?女儿机灵着呢!"苏锦拍了拍苏怀,让他放心。

这一夜不在宫里,苏锦睡得格外香甜,直到太阳照进屋内,月儿才来叫她。

她缓缓睁开眼,伸了伸懒腰。月儿看着她,忍不住笑了笑:"真羡慕姑娘有个好爹爹,老爷说姑娘在宫内必定不能睡懒觉,让我不要叫您才好。"

月儿从苏锦入宫起就跟在她身旁,平日里大家相处和睦,苏锦不让他们叫她"才人",所以私下里他们都是叫她"姑娘"。

"还是我爹了解我。月儿,今日我去街上逛逛,你要想回家便去,明晚前我们回宫就行。"

苏锦的话刚落音,就看见月儿喜笑颜开的脸。

她给月儿拿了些银子，嘱咐月儿安顿好家中父母，小姑娘更是感动得直掉眼泪。

"别哭了，傻丫头，快去。"苏锦轻轻拍了拍月儿的脑袋。

等月儿走了，苏锦跟苏怀打了声招呼，便换了身男装，拿着折扇从后门走了出去。

她现在的身份自然是不方便抛头露面，只是难得出宫一次，不好好吃喝玩乐，岂不是浪费？

苏锦一身白色锦袍，头戴金冠，用折扇半遮着脸在街上闲逛，没一会儿她手里就提满了东西。

她不知道皇帝对什么感兴趣，便多买了些。

路过一家摊位时，苏锦看到一块非常别致的玉佩。眼前浮现起陆景湛的样子，她突然觉得这玉挺配他，便也顺手买了——拿回去送给他看能不能讨个好。

茶楼、酒馆热闹非凡，整条街上熙熙攘攘的，满满的烟火气。

充斥在耳边的欢声笑语让苏锦格外愉悦，这样自由逛街的情景，不知在她梦里出现了多少次。

如今可算是出宫了。她唇瓣勾起笑意，继续逛。

没走多远，苏锦就瞧见一公子哥被家丁簇拥着闲逛。这公子哥一副游手好闲的模样，只要瞧见生得美的娘子，便会上前拉扯。

苏锦皱了皱眉。

为免惹麻烦，她避到一个摊位旁。

公子哥一行人十分嚣张，行人见到纷纷避让。

摊主大娘看不过眼，在一旁低声咒骂。

苏锦忍不住问："大娘，这是何许人，如此胆大包天？"

"公子有所不知，此人是当朝丞相魏铭独子魏然。公子可千万别盯着他看，小心惹火上身。"大娘低声提醒着她。

苏锦抬眸看了眼魏然，他又高又胖，走起路来都费力，看到不顺眼的摊位便让家丁过去直接掀翻，大家都是敢怒不敢言。

"大娘，这丞相之前还给贫苦百姓施粥，挺有善心，怎么他儿子……"

"公子，丞相大人公务繁忙，这魏然被丞相夫人惯坏了，谁也收拾不了他，我们老百姓就是受苦的命。"大娘叹息。

原本繁华的街道一点点变得寂静无声，百姓们畏畏缩缩地避让到路的两旁，生怕惹魏然不快。

直到魏然从苏锦眼前走过，她才从摊位边走出来。

在宫里尔虞我诈的事情她听得多了，没想到这宫外还有如此嚣张之人，她真是第一次见。

苏锦摇摇头，不想让魏然破坏她的好心情。

一直逛到晚上，苏锦在醉香居点了份烧鸭，吃饱喝足后还给苏怀带了一份。

回去的路上，苏锦慢悠悠地闲逛着，经过一个巷口时，突然被人拽了进去。

她还没弄清楚是什么情况，就见一个黑衣人手持大刀对她砍了过来。

她连忙扔下手里的东西，使出吃奶的力气抓住刀柄。

苏锦咬牙挤出声："这位大哥，有话好好说。若是为求财，小弟定双手奉上金银，孝敬您。"

黑衣人没想到苏锦死到临头还这么多话，恶狠狠道："我不求财，要命。"

要她的命？

"大……大哥，小弟如何碍了您的眼，我改还不行吗？小弟家中还有八十岁老母、三岁幼子，一家老小全靠小弟养活，大哥手下留情。"苏锦抓住刀的手不停颤抖。

"要怪只怪你命不好。"黑衣人看着被她扔在地上的东西，语气软了几分，"留下地址，东西我帮你送过去。"

"大哥，小弟这些年赚的银子都给您，能否给个活路？"苏锦一边说话拖延时间，一边趁机观察。

见黑衣人有所松懈，她一脚踹向黑衣人的裤裆，黑衣人顿时疼得蹲了下去。

苏锦来不及多想就往外冲，还没走两步，黑衣人的刀就挥了过来。她躲闪时被划破了手臂，整个人摔在地上，吓出一身冷汗。

黑衣人步步紧逼，眼见一刀就要落到苏锦的身上，斜刺里猛地冲出一人将黑衣人重重踢飞。

黑暗中，苏锦看不清救命恩人的脸。她奋力起身，见自己暂时安全，忍着痛赶紧捡起地上的东西。

"真是不怕死，还不走。"见状，救她之人冷嘲了一声。

苏锦听着一愣，这语气很有几分陆景湛的感觉，但身形不像。

难道是陆景湛派人保护她了？

来不及多想，苏锦匆忙说了句"谢谢"，带着东西一路跑回了家。

03

苏锦回到家，没有惊动苏怀。

她扯下已被血染红的衣服，手臂上的伤口不算很深，只是一直在流血。她咬牙从柜子里翻出药瓶，把里面的粉末撒在伤口上，再用布条包扎好，接着换了件深色的衣服，才松了口气。

她坐在梳妆镜前，看了看自己苍白的脸，抹了些胭脂上去让脸上有些血色，才带着东西出了房门。

苏怀正在吃饭："我就知道你个小丫头嘴馋，定是在外吃了。"

苏锦扯出笑脸："爹爹，锦儿给你带了好吃的，路上不慎撒了一些，还能吃，您看看。"

"哎哟，你怎么知道爹正想吃醉香居的烧鸭。"苏怀一看立马笑了起来。

看到苏怀吃得津津有味，苏锦心里舒坦了不少，故作困倦的模样就先回房了。她打了水到房里，重新擦拭伤口，上药包扎。撑着身体坐到床上时已头晕得厉害，她倒头便睡了过去。

几个时辰过去，冉冉升起的太阳再次推开夜的沉默。

不知道过了多久，苏锦睡得迷迷糊糊之间听见苏怀在敲门："锦儿，起床了。"

苏锦猛然醒了过来，冲着房门道："知道了，爹爹。"

她睡了这般久，头还是晕得难受。

苏锦收拾好自己，略施粉黛，让自己看上去有些气血，便走了出去。因为担心自己回宫后会有人对父亲不利，苏锦便去外头找了名看家护院的下人，家里多个强壮结实的人总是好的。

苏怀一见又说苏锦乱花银子，但今日见苏锦要回宫，也没舍得再说她。他看着女儿，不禁热泪盈眶："锦儿，在宫里要照顾好自己，有机会一定要再回来看爹爹。"

"爹爹放心，你照顾好身体，吃好喝好，不要担心银子。"苏锦忍住鼻子的酸楚，上前抱了抱苏怀。

"爹知道了，你去吧，这么大姑娘还抱爹爹，成何体统。"苏怀拍了拍苏锦的背，让她上马车。

日光在头上照得亮眼，苏怀看着马车出了自己的视线，抹了把眼角的泪，转身回了家。

苏锦坐在马车上便又昏昏沉沉地睡了过去，被月儿叫醒时已到了宫内。她回到锦华宫便让月儿通知下去，让宫里人没事不要打扰她，随即关上了房门。

苏锦垂眸，看见伤口又开始渗出血迹。

她此刻最担心的就是皇帝会来，这件事万万不可让他知道，不然查起来，查到救她之人身上——万一是陆景湛的人，她和陆景湛都会有麻烦。

苏锦拿着宫外买的玉佩摩挲几下，吃力地脱衣服，只是还没动几下，她就晕了过去。

直到闻见一股奇特的冲鼻香味，苏锦才醒了过来，她虚弱地睁开眼眸，目光里映入了陆景湛俊美冷漠的脸。

"大人……"苏锦想起身却没有力气。

陆景湛狭长的眼眸透出冷淡，表情略微嫌弃，挥了挥袖子：

"这点小伤还能晕过去，你这身子骨也太娇贵了。"

苏锦见陆景湛虽然语气有些不耐烦，却在此处守着她，不禁有些感动："谢谢大人。"

"你胡乱抹些东西导致自己发热，未必是想死了一了百了？"陆景湛冷着嗓音一字一句道。

苏锦扯开唇瓣笑了笑，缓缓抬起手里的玉佩："大人，这是苏锦在宫外买的，它和大人一样好看，晶莹剔透，美不胜收。"

陆景湛指尖一顿，坐在床沿，漆黑的眼眸盯着苏锦。

她的皮肤本就白皙，现在因为发热染上了一抹红晕，清澈的眼眸上睫毛微扇，浅笑后露出了两个梨涡，模样十分惹人怜爱。

他白皙修长、骨节分明的手指缓缓接过玉佩，凤眸里显得无情，高挺的鼻梁下，薄唇轻抿："你都这般模样了，还有力气拍马屁。"

苏锦听着陆景湛的话，意识逐渐模糊，嘴里呢喃："大人，不是马屁……大人很美……"

她胡言乱语中无意抓住了陆景湛冰冷的手，感觉到一阵凉意才安静下来，沉沉地睡了过去。

陆景湛看着那软弱无骨的小手紧紧抓住了他，面色冷了几分。

她的手热得厉害，温度一点点传到了陆景湛身上。男人细长的凤眸里蕴藏着看不清的神色，挺拔修长的身影坐在床边，浑身气势冷清孤傲，却也没有丢开苏锦柔软的小手。

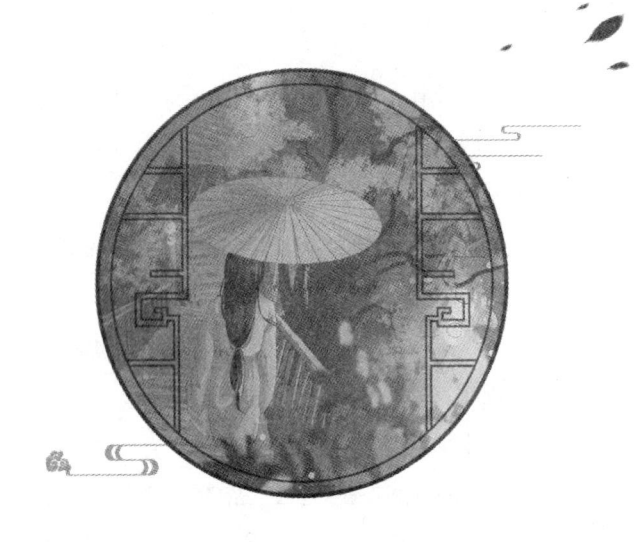

第三章
苏锦，你倒先赖上我了

01

两日后，苏锦稍微好些，便找人给陆景湛带话，说有事求见。

陆景湛派人借着月色把她带到了禁卫局。苏锦看了看这阴森森的地方，不禁打了个冷战。

她到了内院，就看见陆景湛站在月光之下。不同于往日，他今儿穿了件浅白色锦袍，俊美的脸上轮廓清晰，被金冠束起的乌黑长发在风中摇曳，周身泛起了丝丝白色光芒。

这如画的模样让苏锦一时看愣了眼。察觉到她的目光，陆景湛微眯凤眸，冷冷地扫了她一眼。苏锦反应过来后，轻咳两声，这才看见他腰间系着她送的玉佩。

看样子陆景湛是刚从宫外回来。

见她盯着他腰间的玉佩，陆景湛发出冷漠的嗓音："什么事？"

"大人，苏锦有一事相求。"她说完偷偷打量了一下陆景湛的表情，继续道，"想请大人帮我照顾父亲苏怀，护他平安，若是以后苏锦出事，能每个月给些银子，让他安享晚年便可。苏锦知道此事不易，还望大人体恤我一片孝心，答应苏锦。"

苏锦说着说着嗓音越来越小，她等着陆景湛的答复。

陆景湛哼出丝丝冷笑："你这要办之事一件未成，倒先赖上我了？"

这丫头是不是当他这禁卫局是救人机构？

苏锦一听，心里急了："大人，苏锦在宫内帮大人办事凶险万分，若小命不保，我也认了，只是放心不下父亲。"

她是真的担心苏怀。若说她在宫里一切有陆景湛，但苏怀在宫外可是没有任何人能护他，万一这贼人杀她不成，把心思放到了父亲身上，该如何是好？想起这事苏锦便觉也睡不安稳，着急来见陆景湛。

她似乎是没了主意，美眸间露出的神情万分急切，语气也是少有的认真。

陆景湛缓缓坐在了亭中，轻笑了一声："你若听话，我便保他无忧。"

苏锦有些不敢相信，她准备的好多说辞还没出口，陆景湛竟然就这样答应了。她赶忙开口，嗓音清甜："谢谢大人，谢谢，苏锦一定鞠躬尽瘁死而后已。"

她心中松了口气。

那之后好几日，陆景湛和赵衫都没有在锦华宫出现。因此，苏锦过得好不自在，又开始组织小太监们斗蛐蛐，还琢磨起以后在这后宫中的生活。她"承宠"之后，宫里的人便被陆景湛放回来了。

苏锦出宫一趟，太多美食没带进来，于是想托人从宫外带些吃的进来解解馋。

苏锦正和几个太监、宫女商量，就看见月儿慌慌张张地跑了进来："快快，皇上来了……"其他几人立马站了起来，苏锦也起身准备迎上去。

她刚抬眸就看见赵衫带着陆景湛进了门。

陆景湛在皇帝旁侧，身着宫装，气质冷清，单单是瞧一眼都美得让人挪不开眼眸。

"苏锦给陛下请安。"

"美人免礼。"

赵衫说着已经走近，他回头看了看陆景湛笑道："景湛，你看看朕和朕的美人怎么样？"

陆景湛嘴角上扬，扫了眼苏锦，语气温润些许："陛下的眼光定是万里挑一。"

赵衫一听，高兴地大笑："好，好，这想让景湛夸一句可是不容易，美人果然没让朕失望。"

苏锦看陆景湛和赵衫十分熟络，丝毫没有半点君臣之礼。

"谢陛下夸奖，能得到陛下的喜爱，是臣妾的福分。"

赵衫看着苏锦软糯可人的模样，忍不住捏了捏她的脸："这小嘴，朕定要好好教训教训。"

苏锦听出赵衫这话外之音，脸上染了一抹红晕，她退后一步，软声道："陛下，还有人在。"

"无妨，景湛是朕的生死之交，他和丞相就是朕的左膀右臂。"赵衫说着停了下来，盯着苏锦的脸又道，"美人，你说给朕带的东西呢？"

苏锦这才想起出宫那日说的话，她让赵衫稍等，立刻去到屋内。

她把一些好玩的都拿上，而后打开柜子，里面还有几块别致的玉佩，和送给陆景湛的那块不一样，这些是她当时在小摊老板的低价诱惑下拿到手的玉佩，她见今日陆景湛没有佩戴，于是正好拿了一块出去。

苏锦把东西都放在了桌前，赵衫瞧了一圈儿，拿起了玉佩。

苏锦赶忙接话："陛下好眼光，这是臣妾在宫外买的。臣妾一见玉佩，就想起了皇上，感觉很适合皇上便买了回来。"

陆景湛听着苏锦这熟悉的话术，神色冷了两分，薄唇扬了扬，仔细看去似乎带着丝嘲讽。

"不错不错，朕喜欢。美人，近日朕事务繁多，过些时日定会好好宠幸你。"赵衫说着，让人收了苏锦带回宫的东西，而后带着陆景湛出了锦华宫。

看到赵衫走远，苏锦这才松了口气。

其他几人也吓得不轻，纷纷道，以后不敢和苏锦一起玩闹了，她现在是陛下的心头尖儿。

"别啊你们，都是共患难的朋友，这就见外了。"苏锦急了。

不过苏锦也有些担心，她以前在这深宫中无人问津自然无事，但现在这般身份，跟太监、宫女一起玩的事传出去，很可能会落人口实，对他们不利，若是连累他们便不好了，于是吩咐道："以后咱们得更加小心，有什么活动，你们可别在外乱说。"

看着几人认真地点点头，苏锦才放下心来。

夜里，苏锦沐浴完回到房内，她关了门窗正准备睡觉，回头就看见了陆景湛修长的身影。

他一袭暗紫色长袍，狭长的凤眼中闪烁着寒光，面无表情，浑身上下气势逼人。

苏锦察觉到陆景湛的不悦，立马嘴角含笑地叫了声"大人"。

陆景湛俊美的脸被烛火映得增添了一分妖娆，他微舔了薄唇，嗓音轻缓："苏锦，玉佩买了挺多？"

"大人，也不多。"苏锦小声嘀咕，"那日，苏锦本是只买了一块玉佩想送给大人，可是价格有些高，我还答应了给小宫女、小太监们买礼物，所以看到他那儿还有一堆质地还行的玉佩，就干脆多买了几块，让老板打了折。"

陆景湛听着，眼底尽是冷淡，她不光送给了赵衫，还买了一些打算送宫女和太监。

见陆景湛脸色逐渐铁青，苏锦立马软糯下来："大人别生气，等苏锦有银子了，一定送大人一个独一无二的东西。"

"你以为我为这件事来找你?"陆景湛薄唇噙着一抹冷笑。

他何必在乎这丫头买多少块玉佩送人。

苏锦一时没理解,那他为何大晚上过来?

"说你聪明,有时候竟如此蠢笨。这玉佩你送给了陛下,还想送给宫女和太监,被发现了,几个头都不够他们砍。"陆景湛神色冷漠,语气很低沉。

他说完缓缓走向苏锦。

看着陆景湛的模样,苏锦感觉他下一秒就会伸出手掐住自己的脖子。她也被自己蠢哭了,买玉佩的时候只想着怎样便宜点,并未多想。

见陆景湛越来越近,苏锦这次学聪明了,提起长裙防止自己跌倒,开始缓缓后退。

陆景湛的眼眸冷得要把苏锦冰冻了般,她压根不敢抬眸。

苏锦好不容易鼓起勇气,一句"大人"还没说完,脚下绊到了床沿,她吓得伸手拉扯,陆景湛一个不注意被她拉着倒了过去。

她极快地倒在了柔软的床上,抬眸就看见陆景湛的脸在眼前放大,然后薄唇覆盖上了她。

他的唇柔软冰凉地贴着她,一阵酥麻的感觉瞬间袭遍了她的全身。

苏锦猛然睁开眼,便撞进陆景湛深不见底的黑眸,心里一抖。她使出吃奶的力气一个翻身把陆景湛压在了身下,抬起小手在他的薄唇上擦拭,嘴里念念有词:"大人,对不起,苏锦罪该万死,冒犯你了,你大人有大量,饶过苏锦吧。"

陆景湛看着惊慌失措的苏锦,她软软的小手还不停在他唇边擦拭。他眉间一皱,抓住苏锦纤细的手腕把她丢到了一旁。

苏锦重重地撞在床上,痛得闷哼了一声,抬头便看见陆景湛清冷的背影消失在了房外。

她揉着自己的背,摸了摸还在发烫的唇瓣,欲哭无泪。

整整一晚上,苏锦做梦都是陆景湛美得近乎妖孽的脸,她拿被子盖住头。

苏锦啊苏锦,你一定是疯了,不就是肉碰肉吗,这陆景湛可是太监啊!

虽然她明白这个道理,但只要想起那个吻,她的脸就灼烧得厉害。苏锦在床上翻来覆去,早上起来眼角周围都是黑的。她坐在梳妆镜前,看着自己的模样,心不在焉地用胭脂补了补妆。

窗外阳光明媚,树木随风摇曳,倒影留在地面,反成了别样的风景。

苏锦在院里转悠了许久,到了下午心情才恢复了不少。

不就是亲了一下吗?如果陆景湛计较,她大不了给他吻回去……

"苏才人,陛下有令,命你即刻前往后花园!"一个尖细的声音响起,苏锦一听便知道是赵衫身边的李总管。

苏锦跟着李总管到了后花园,就看见李贵妃穿得花枝招展,笑得十分开心,赵衫在她旁边时不时地亲她。

见苏锦来了,赵衫更是开怀:"美人,你来了,快过来。"

李贵妃见了苏锦,亲热道:"妹妹,快过来坐姐姐这边。"

赵衫看着李贵妃大度亲切的模样,道:"爱妃,不枉费朕这般宠你。"

"陛下,您喜爱之人臣妾自然也喜爱,何况苏妹妹这般水灵的模样,臣妾看着便觉得有几分我当年的模样。"李贵妃说着含羞带笑。

苏锦一听,心里明了,难怪李贵妃如此得宠,在这后宫之中,若是被皇上发现自己善妒,乃是致命的。可这李贵妃表面如此会做样子,哄得赵衫更加喜爱,怎么会觉得她妒忌呢。

宫里流言蜚语传了这么久,难怪皇后也拿她没办法。

"能得陛下和姐姐喜爱,是苏锦的福分。"苏锦笑得眼睛弯成两个月牙儿,她扬着唇瓣露出浅浅的梨涡。

陆景湛刚来便看见苏锦明媚的笑脸,平日软糯胆小的模样此刻变得耀眼许多,看来她自己应付这种场面还算是得心应手。

赵衫回头看了看陆景湛,朝着他挥了挥手:"景湛,你来得正好,过来坐。"

陆景湛行礼后便坐到了赵衫边上,苏锦特意避开眼神不去看他,怕自己露馅。

"妹妹,刚刚姐姐还在和陛下说,自从上次见过妹妹的舞姿后便一直难忘,不知今日我们可否能再饱眼福。"李贵妃笑里藏刀地拉着苏锦的手。

苏锦不明白李贵妃的用意,见赵衫没有说话,便应了下来。

她起身来到院子中央。这次她穿着宫服,没有上次那般施展开,但举手投足间极为妖娆,纤足点地,内裙露出了些,惹得赵衫眼中欲念横生。

陆景湛冷着眼,手指握紧了酒杯一饮而尽。

苏锦瞧见两人的神态，立马收回动作，纤细柔美的身躯开始旋转。

李贵妃看着苏锦，脸上多了些许狠意。

天色渐渐暗了下来，苏锦一舞完毕。赵衫刚叫她过去坐，远处突然射出一支长箭，这长箭看似对着赵衫而来，却等苏锦的身体正好挡在了赵衫面前才被射出来。

陆景湛身形未动，手里的酒杯已经飞了出去，长箭在触及苏锦前被击落。

"来人，快护驾！"李总管大惊失色。

周围的锦衣卫顷刻而出，苏锦因为躲避不及摔倒在地，扭伤了腿，她痛得皱眉。

赵衫正要上前，李贵妃立马抱住了他："陛下，臣妾好害怕，这里危险，我们快走。"

"美人！"赵衫急忙叫了一声。

现场一片混乱，一群侍卫围着赵衫，他神色慌乱地抱紧了李贵妃撤离现场，走出后花园才想起还有个妃子在，于是吼道："陆景湛，朕命你护苏锦平安。"

"臣领旨。"陆景湛回道，眼里平添几分冷漠。

草丛间冲出了十几名黑衣人，都是冲着苏锦而来。

趁黑衣人和锦衣卫交战，苏锦忍着腿上的痛意一点点后退。她满脑子想的都是不能死掉，不能就这样不明不白地死在这里。

苏锦看着一个黑衣人身上流着血，拿着长刀冲她而来，她慌乱地摸了摸周边，没有任何可以抵御的东西。

眼见长刀马上就要落在她头上，下一秒，黑衣人被人踹飞。

苏锦吓得捂住了胸口，抬眸看见了陆景湛。她赶忙忍痛站了起来，长裙被蹭破，而她因为腿痛而扶住腰，整个人有些狼狈。

夜色中，她看不清他的脸色。陆景湛却一手扶住了她："苏才人，我送你回去。"

"大人，这是宫里。"苏锦见陆景湛大手拉着她，小声道。

陆景湛没有理会苏锦，面无表情地道了一句："留活口。"

"是！"锦衣卫在激战中集体回应了他。

他带着苏锦消失在黑夜中。

"大人，这是去哪儿？"苏锦见陆景湛带着她从后花园的另一处进了假山，这假山后便是密道。

刚入密道，像是嫌弃苏锦走得慢，陆景湛手微微用力，打横把苏锦抱了起来，低语："通往禁卫局的密道，无人。"

"大人要带我去禁卫局？"苏锦忍不住反问。

"苏才人引得黑衣人在宫内现身，我自然得查清楚才是，皇上近日不会有心思找你，就劳烦苏才人在禁卫局住上几日。"

苏锦听陆景湛语气很淡，好像也没有因为昨晚的事生气，今日还救了她。

"大人，谢谢你，要不是大人，我这都死两回了。"苏锦小声说着，她抬眸就撞见陆景湛分明的下颌线。

"我的人没那么容易死。"陆景湛薄唇微启，轻飘飘地说了一句。

他的人？

陆景湛的话让苏锦又想起了昨日的吻，她烧红着脸，岔开了话题："大人今日是为了苏锦来的后花园吗？"

"怕你蠢笨连累我。"陆景湛无情地说着。

"我哪里蠢笨？何况还有谁能连累厂督大人……"苏锦不满地小声吐槽。

"蠢笨之人如何会觉得自己蠢笨？"陆景湛难得开口逗逗苏锦。

苏锦听着哼了几声："算了，反正也说不过大人，大人说苏锦蠢笨便蠢笨吧。对了，大人，你是不是武功很厉害？"

"还行。"

"那……你教苏锦武功吧，以后换我保护你。"

因为她带着笑意的玩笑话，陆景湛微怔，走路的速度缓缓慢了下来。

不知为何，他明知这小丫头嘴里灌了蜜般尽说一些哄人的假话，可心底深处却还是希望这段路程能够再远一些。

察觉到了陆景湛放慢了脚步，苏锦从他怀里抬起头："大人，怎么走这么慢了？"

"你太重了！"陆景湛不紧不慢地说了句。

02

陆景湛抱着苏锦到了禁卫局内院后直接进入房内，把苏锦放在床上坐着，他从柜子里拿出一瓶药膏。

他坐到了苏锦边上，两人靠得很近。

苏锦抬着眼眸望向陆景湛，心想他也没有如传言中那样无情，他对自己人不还是挺好的吗，看着冷冰冰，说不准内心火热。

下次有什么好玩意儿,她也想和他分享分享。

苏锦这人别的本事没有,就是够义气,对她好之人她都会记得,日后若能帮得上他的忙,她定会尽全力。

陆景湛生得十分白净,皮肤毫无瑕疵,此刻他微微抬起一双漂亮的凤眸。

看着他极美的骨相突然靠近,苏锦向后靠了靠。

因为她的动作,陆景湛微眯了凤眼,露出了危险的神情,苏锦看着立马扯开了笑脸:"大人,你天姿国色,靠太近苏锦怕会把持不住……"

天姿国色、把持不住……

苏锦听着自己嘴里的话出口,不由得在心里捏了把冷汗,见陆景湛不说话,她闷哼了句痛。

陆景湛伸出白皙修长的手指,两指在苏锦的脚踝来回按了几次。他手一用力,苏锦只感觉一阵剧痛,下意识抓住了他的衣衫。

"休息几日即可。"陆景湛顺手把小药瓶丢给她,"一会儿抹上。"

苏锦小心翼翼地把脚挪到床上,同时说了句"谢谢大人",陆景湛没有回答,起身朝外走去。

看着他的背影,苏锦抿了抿唇。

她微微叹口气,看了眼自己的脚踝,那里已经肿胀起来。苏锦把药抹在痛处揉了揉,一边揉一边打量房里。或许是心理作用,她总觉得环境有些昏暗,屋子很大,边上还有一个隔间,应该是书房。

隐约中还能听到人的惨叫声,苏锦打了个冷战,想着可能是刚刚被抓的那些人。

她扯过被子盖住自己，渐渐睡了过去。

快天亮之时，苏锦被一声凄厉的惨叫声惊醒。她猛然睁开眼，耳边是清晰的一声声惨叫声，她掀开身上的被子，长叹了口气。

这陆景湛至于吗……他睡觉的地方，每天都这般吵，能睡着吗？

苏锦揉了揉眉心，扶着床站了起来，她一点点挪到桌前喝了口水，想着怎么和陆景湛说回锦华宫才好。

她还没想好理由就听见一阵脚步声，抬眼看见一个个头不高、身材消瘦的锦衣卫。

"苏才人，大人有请。"他面无表情，不像平日里的那些人一般。

苏锦听声音有些耳熟……

是他！在宫外那日她被黑衣人追杀，是这个锦衣卫救了她，他的飞鱼服好像和平日见的也不一样。

不过……这锦衣卫怎么一副看她不爽的模样，而且脸色发冷？算了，估计是和陆景湛在一起待久了，都习惯这副面容。

"还请带路。"苏锦礼貌答复，忍着痛跟着他走到了石室。

刚到门口，那股味道就让苏锦打了退堂鼓，她皱着眉头跟了进去。

只见陆景湛穿着官服，半撑着脸悠闲地坐着，他面前是三个黑衣人，全都是五花大绑、皮开肉绽的状态。

三人嘴里都咬着布条，死命挣扎，苏锦看着出了一身冷汗。

"苏才人,上前看看,可有认识的结仇结怨的?"陆景湛懒散的嗓音响起。

苏锦慢吞吞地上前几步,仔细看了看,这几个大汉长得都很有特色,可惜她没有一点印象。

"回大人,苏锦从未见过。"她刚说完,两个小太监上前带着她坐到了陆景湛边上的椅子上。

陆景湛发出一声冷笑:"你们都听见了吧,苏才人说不认识,是谁审出来因为苏才人打骂了他,心生怨恨才找人刺杀的?"

他话刚落音,就见一个太监吓得跪了下去,结结巴巴道:"大……大人,是小人昨夜连夜审讯,定是这几人存心欺瞒。"

陆景湛缓缓直起身子,长长的黑发披在雪白的颈后,盛气逼人。他双眸冷淡,慢条斯理道:"我这禁卫局十八般武艺,哑巴也得让他开口,整整一夜,竟然说这十余人就为了一个小小的才人而来?"

太监脸色煞白,吓得不停磕头:"大人,大人饶命,奴才一定再好好审,请大人再给一次机会。"

苏锦在边上看着大气都不敢出,吞了吞口水。

这样看,陆景湛平日对她还是很仁慈的了。

陆景湛微侧过凤眼瞧她,缓缓把茶水推到了苏锦面前,薄唇的弧度轻轻扬起:"禁卫局一定给才人一个交代。"

不等苏锦回话,跪着的太监被人拖了出去,他的吼叫声在出了石室后戛然而止。

石室中突然静得可怕,陆景湛轻抿一口茶:"姜海,这三人交给你审,天黑之前……"话未说完,他缓缓抬眸看了眼那日救苏锦的侍卫。

"属下明白。"

原来这侍卫叫姜海。

苏锦看着,好像自己也没有必要在这里待,这石室着实冷得厉害。

陆景湛像是发现了苏锦的小心思般,派人把她送回了锦华宫。

她回去后沐浴完才感觉一身轻松了许多。

坐在床上,苏锦开始思考,这来宫中行刺不是小事,连她自己都不知道会去后花园,这些人如何得到了风声?

莫不是这宫内有奸细?难道真的是为了杀她而来吗?

非要说对她有怨,那也就只有李贵妃了,可若只是为了杀她,这李贵妃也没有这个胆量吧……

派人进宫在陛下面前行刺她?

她的思绪越来越乱,自从接近陛下后,她就觉得自己小命堪忧,不禁深深叹了口气。

一场行刺让苏锦空闲到了冬至,她的脚伤足足休养了半个月才能正常走路。赵衫因为这件事也没有再来过锦华宫,不过他让陆景湛派人给锦华宫增加了一些人手。

陆景湛这半个月也没有来过,苏锦每日被一群面生的太监守着,生活无趣到整日只能在宫内写写画画。

而且这锦华宫被守着,她也不方便再打听其他的事。

窗外阳光有些暗淡,风吹着树影摇曳。苏锦坐在桌前,咬着笔,埋头在纸上按着陆景湛的模样开始画画,一点点描绘。

画了几幅,她看着一个个圆脑袋的人,着实是丑了些,便笑了起来,任谁也不能把这画与陆景湛联系起来吧。

她学过的东西挺多,但就是这画画,从小就学得困难,笔一上手就变得笨拙。

苏锦正画得昏昏欲睡,迷蒙间就听到了"陛下"两个字。等她皱眉睁开眼时,赵衫已经到了面前,他嗓音沉厚:"美人,这许久未见,可是越发水灵。"

她赶紧起身行礼:"陛下,臣妾刚刚失礼,还望陛下恕罪。"

赵衫看着她笑得开怀:"美人何罪之有?快坐。"

两人一起坐下,其他人退了出去。

赵衫这时候才露出一丝疲惫,用手揉了揉眉心。

苏锦瞧着赵衫的模样,小声道:"陛下,是否要早些回去休息?"

赵衫听着抬起了头:"美人,你倒是让朕刮目相看,这贵妃每日都巴不得朕在如意宫,你倒好,朕刚来,你就让朕走!"

苏锦一听这话,清纯的模样有些许慌张:"臣妾是见陛下有些困了,不敢为了自己的私心来留陛下。"

"朕确实累了。这些日子朝中事多,贵妃上次回去也受了不小的惊吓,还是你懂事,不吵不闹。"赵衫说着欣慰地看着苏锦。

他靠着床边坐了会儿,见苏锦的腿已无大碍,稍稍放下心来。

赵衫疲惫得厉害,他放松下来,挪动了身子躺到床上,缓缓闭着眼睛。苏锦瞧着也不敢打扰。他这一觉睡醒已接近入夜,醒来后两人又聊了几句,苏锦这才感觉赵衫的心情平静了许多。

他告诉苏锦,自己不过是来喘口气,等过些天有空再来看她,聊了一会儿后，他又因朝中还有事要处理便回去了。

"陛下保重龙体，注意休息。"苏锦看着赵衫离开锦华宫。

见他来去这般快，苏锦轻叹了口气，当皇帝可真是累，不知他这烦心事是何事，竟然能让他躲到这里来休息。

听说李贵妃从上次后花园遭遇刺客后便受到了惊吓，陛下夜夜陪着，情深意笃。苏锦倒觉得李贵妃是为了不让赵衫来锦华宫在装病，不过……她还真得感谢李贵妃，不管是真病还是假病，都让她省心了。

赵衫走后，天刚入夜，锦华宫的小太监突然都消失了，苏锦有预感是陆景湛要来了。

她在窗边站了会儿，刚关上窗户，回头就看见陆景湛坐在桌边喝着茶。

苏锦知道陆大人确实是武功高强，但这也太神出鬼没了，不知道他怎么进来的。

陆景湛一身黑色的长衫，高高束起的长发垂在身后，他的侧脸极为好看，凤眸低垂映出长长的睫毛，五官棱角分明，神情透出些许冷峻。

苏锦见状缓缓走近施礼并叫了声"大人"。

陆景湛没有回话，他抬起冰冷的眼，盯着苏锦。

她下意识地摸了摸自己的脸，以为是有什么东西，小声嘟囔："大人，我脸上有东西吗？"

"嗯。"

苏锦一听连忙起身走到了镜子前，她细细打量，才看见脸颊上沾了些墨水，胡乱擦拭了下。她忍不住心中的好奇问道："大人，那日的刺客可有问出来路？"

"李贵妃的人。"陆景湛淡淡地回了一句。

李贵妃？

果然是她……

"她怎么会认识这些人？"苏锦回过头坐在了陆景湛边上，她的小手撑着脸蛋，露出好奇的模样。

陆景湛见苏锦好奇，倒也没有隐瞒——这李贵妃乃是当朝丞相夫人李敏的远房侄女。

李贵妃的父亲只是一个小小的七品知县，插手不了这宫城之事，可丞相夫人李敏却不同，当年李贵妃能入宫靠的就是丞相夫人出钱又出力。这些年，她在宫内嚣张跋扈，顺风顺水，更是少不了李敏的帮助。

而且前些年宫内出现过的有妃子滑胎的事都跟李贵妃脱不了干系。

苏锦没想到这丞相夫人和李贵妃背地里会下这种黑手，表情显得有些震惊。

她忽然想起了在宫外见到的丞相之子魏然，愤愤道："大人，说起丞相夫人我想起来了，之前我出宫就见到了丞相之子魏然在街上调戏民女，可嚣张呢！"

陆景湛听到魏然名字的时候，眼眸一黯："魏然？"

"对，就是他，无人敢管。这丞相在外可一直都是善人，不懂怎么生出了这样的儿子。"苏锦说着开始疑惑。

"善人？不过是一丘之貉。"陆景湛薄唇勾起，眼里满是不屑。

苏锦看陆景湛的表情好像认识丞相般，见他脸色不对劲，便没有多问，岔开了话题："陛下还不知道黑衣人和李贵妃有关吗？"

若是陛下知道，这李贵妃恐怕也没有在如意宫装病的心情了。

"还不是时候，我自会解决。"

陆景湛和赵衫一样，来了没多讲几句话，也没待多久，便离开了。

苏锦躺在床上，有些无奈。这宫里最"卑微"的就是她，像皇帝、陆景湛这些人想来她这屋子便来，想走便走，就连当初那个黑衣人也是误打误撞来了这儿。要是没有陆景湛的人在，锦华宫怕是连半个刺客都防不住。

万幸，她小命还在，这陆大人也还护着她。

第二日，苏锦听闻这刺客的事并未闹大，陆景湛只告诉苏锦黑衣人已经处决，陛下下令所有人不得再提。

这么大的事，就这样被压了下去，当中不知牵扯多少人。

苏锦虽觉得奇怪，但她也明白在宫中知道得越多反而越不安全，与她无关之事，眼下还是少打听。

时至深夜，禁卫局的书房依旧烛光透亮。

陆景湛坐在房里，狭长的凤眸冷漠地盯着烛光，脑海里逐渐浮现苏锦的模样。

这丫头平日嘴像抹了蜜一般，想起她甜甜地叫着大人，他心中竟也会掠过一丝喜悦。

陆景湛抿了口茶，想起赵衫，神色严肃了几分。

他向来心思缜密，虽未禀报皇上这次刺杀之事与李贵妃和丞相府有关，却还是让人放出了不少流言蜚语。

这事涉及李贵妃和丞相府……赵衫现在应该是表面上风平浪静，私下肯定已经让人盯着他们了。

陆景湛很期待，也许过不了多久就能撕下丞相府和李贵妃那虚伪肮脏的面具了。

03

苏锦在锦华宫待了有些日子，感觉自己都快发霉了，好不容易见了晴天，看着阳光也明媚，下午得空便迫不及待地带上月儿出去走走。

她一路伸伸懒腰，神色慵懒，为了避开其他人特意找了条小路。这条小路周边星星点点的野花静静绽放，十分漂亮。

月儿见苏锦从锦华宫出来后心情似乎很不错，走路都快了许多，便道："姑娘，可当心点走，别摔了。"

苏锦回头冲着月儿笑笑："不打紧，闻着花香便觉得心情愉悦。"

难得自由的时光，此时陆景湛也好，陛下也罢，谁也管不了她。

苏锦在这小路上走了好一会儿，天色逐渐暗了下来，她兴致正浓还没有回宫的打算，这时突然刮起了一阵风。

月儿见她还不愿意回去，担心她着凉，便让她在这里等，自己回锦华宫拿披风。

"姑娘，可千万别乱跑，在这里等我。"月儿看了看四下无人，这里位置隐秘，便回了锦华宫。

月儿走后，苏锦没走几步就看见草地上有一朵娇艳的小花，她走近蹲了下去，本想摘下来，刚上手就听见了熟悉的声音传来。

"姑姑，这陆景湛怕他作甚，他再大的权力还不是陛下给的。"

"萱儿，陆景湛此人居心叵测，藏得极深，总之你少惹他。"

"萱儿知道，只是这事我怕他咬着我们不放，况且他再厉害也不是姑姑的对手。"

苏锦听着浑身一紧。这是李贵妃的声音，她的名字就叫李萱儿。

听着两人的脚步声逐渐靠近，苏锦压低了身子，趁着暮色轻轻挪动到了石头后面，生怕惊动两人。

"陆景湛我自是不放在眼里，一个没人要的野种，没有我，他哪有今天。只是当下你要尽快怀上龙种，多一事不如少一事。"女人的声音很低，处处透着一股嫌弃。

苏锦微微抬起眼，月色中她只能看清和李贵妃在一起的是一个四十来岁穿着华丽的妇人。

这能够叫李贵妃"萱儿"的想必只有丞相夫人李敏了……

"也是，我说姑姑你那时候就应该把他卖到南风馆去，也不算浪费他那副好皮囊。"李贵妃说着，轻笑起来。

妇人也笑笑："萱儿你就是太妇人之仁，我能留他一条贱命已是当年发了善心。"

李贵妃一听,四处张望了下,凑近到妇人耳边:"那我们要是对付陆景湛,姑父不会反对吧?"

"他反对什么,他的儿子只有我然儿,那年我送陆景湛来禁卫局,丞相可是知道的。当年他都没说什么,现在又认这个儿子岂不好笑?"

李贵妃听着立马挽住了妇人的手:"还是姑姑厉害,萱儿要学的还有很多。"

苏锦蹲在石头后听着两人的对话,惊得张大了嘴巴。

她都听到了什么?陆景湛竟然是丞相之子,而且还是丞相魏铭默许夫人李敏把他送进了禁卫局,这禁卫局可都是太监!

一个父亲怎么能做出这种事,简直禽兽不如。

苏锦越想越气,浑身发抖,世间怎会有这般恶毒之人,虎毒不食子。

还有这个李敏,对一个小小的孩子竟也能下此毒手。

苏锦听着又惊又气,一阵怒火涌上来。她双手捏紧成拳头,偷偷从地上捡起了石子,趁着两人不注意,狠狠砸过去。

"谁?"李敏揉着额头,语气凶狠地朝着四周查看。

苏锦听李敏语气不善,完了,完了,冲动了。

她看了看四周,想要从另一条路逃出去……可月儿回去已经有一段时间了,如果她突然来了怎么办?

月儿要是撞上这两人怕是要出事。苏锦想,她得赶紧脱身,看能不能遇上月儿。

"姑姑,你没事吧?"李贵妃见李敏皱着眉头,赶紧询问。

"萱儿,你的人可在路口?"李敏仔细朝四处打量。

"在的，姑姑，已经让人守好了，谁也进不来，大概是风吹起的沙子。"

李敏没有理会李贵妃，她像是发现了什么，一步步朝着草地走了过去。

听到脚步声离她越来越近，苏锦背靠着石头心跳加速，今天她若是被发现，铁定是死路一条。

就在这短短的时间内，苏锦只觉得掌心疯狂冒汗。

可是她不想死，她想把这些坏人的事告诉陆景湛，想让他防范李贵妃和丞相府的人。苏锦四处打量，这般近的距离她根本逃无可逃……她觉得自己死定了，握紧拳头，紧紧闭上了眼。

"贵妃，来了些锦衣卫，我们还是先回去。"

一个宫女的声音响起，李贵妃的语气也稍显急促，她走过来拉着李敏："姑姑，今日你先回去，这时候被锦衣卫看见怕生事端。"

李敏这才点了点头。

趁着几人回头，苏锦刚准备起身，手腕却被人用力抓住。下一秒她就已经到了大树之下，背紧贴着温热的胸膛，嘴巴被大手紧紧捂住。

李敏跟着李贵妃走了几步，突然快速回头走到了石头处，看到那里没人，她这才松了口气离开了。

苏锦心想这李敏果然老奸巨猾，假意用走远的脚步声让她放松警惕，然后来了一个回马枪，刚才幸好身后有这人。

直到李贵妃和李敏的背影消失不见，苏锦才发觉捂着她嘴巴的大手在微微颤抖。

苏锦缓缓伸出手拍了拍他的手腕,轻声哄道:"别怕,她们走远了。"

话音刚落,身后的人放开了她,整个人缓缓滑落,蹲在了地上。

苏锦回头就看见陆景湛极美的脸,他脸色苍白得犹如纸一般,狭长的眼眸中露出一丝嘲讽,挺拔的身姿有些摇曳。

他在这夜里的月光下美得不像人,此刻更有一种极致的破碎感。

苏锦看着他,想着也许他也听见了李敏的话。她冲陆景湛露出一抹笑容,软软的嗓音里还带着些哽咽:"大人,你冷不冷?"

苏锦只要一想到这般美好的人在自己父亲的默许下被送入了禁卫局,心里便难受得紧。她见陆景湛不说话,便朝着他靠近几分。

"你都听到了?"陆景湛的嗓音低沉嘶哑。

"大人,苏锦愚笨,自然没有都听明白。"她小声地朝陆景湛解释。

眼前的陆景湛不发一言,一时间苏锦也不知道该说什么安慰的话才好。他独自熬了这么久,此刻无论她说什么,恐怕都不能安慰他半分。

见陆景湛忽然垂下了眸,整个人轻微发抖,她咬咬牙,直接伸出手抱住了他。她的脸蛋贴着陆景湛冰冷的脸颊,一副豁出去的模样,小声道:"大人,我保护你,这些坏人我帮你收拾。"

苏锦只觉得怀里的陆景湛身体僵直。

她继续安慰:"刚刚我用石子砸了她,也让她疼一会儿。下次我再买个弹弓,她来一次我打一次。"

她说着说着,自己先无声地哭了出来。

以前苏锦在锦华宫八卦的时候也和小太监聊过,他们大多是家里贫苦才无奈进的宫。

要成为太监,得承受非人的折磨,听说有很多人受不了直接疼死过去了,苏锦无法想象,陆景湛是怎么熬过来的。她抱着陆景湛,眼泪一滴滴地落在了他白皙的脖子里。

陆景湛感觉到自己的衣襟湿了一大片,薄唇缓缓吐出来几个字:"哭什么?"

苏锦止不住哽咽,只能胡编:"对……对不起大人,眼睛进沙子了。"

"觉得我可怜?"陆景湛缓缓地勾起唇,自嘲了一声,心口像被刀搅动一般,但面上却依然保持着平静。

苏锦忙摇头,吸着鼻子:"不是可怜,是可惜,要不是大人遇上这些腌臜事,我哪能在这里碰上大人。我就是替大人觉得可惜,要是大人不入宫,怕是家里的门槛都要被十里八乡的姑娘给踏破了。"

她的声音越说越小,又觉得自己安慰得不对,他都这样了,还提姑娘做什么。她又赶忙道:"大人,苏锦嘴笨,你别往心里去,不让那些腌臜的人让你难受。"

陆景湛觉得自己就像溺水了般,苏锦的碎碎念就出现在他快要溺毙的时候,让他忽然有了一丝光亮。

他缓缓抬起手抱住了苏锦,把头埋在她脖颈处,吸吮着只属于她的独特气息。

"没事的，没事的，都会过去的。"苏锦的手一点点拍打着陆景湛的背，轻声安慰着。

夜里原本还有些冷，此刻苏锦被陆景湛抱着，逐渐有了暖意，月光透过树叶的缝隙照耀在他身上，刮起的风吹起地上的落叶，夜里的景色格外好看，让她的心情也逐渐平复下来。

也不知道过了多久，苏锦突然想起了月儿，她拍拍陆景湛的背说自己得回锦华宫了。

陆景湛放开她，抓着她的手腕站起来，又恢复了平日里淡漠的神情，薄唇微启："我让她在锦华宫等着了。"

"大人碰上月儿了？"苏锦瞧着陆景湛，她就说怎么会这么巧合，在这里碰上他。

"嗯。"

"大人，我们做朋友吧？"苏锦跟在陆景湛后面开口。

"什么？"陆景湛淡淡地扫了她一眼。

苏锦赶紧收回了话，继续小声道："不做朋友的话，大人收我当妹妹吧……"

苏锦还在嘀咕，突然就撞上了一堵墙，她揉着额头，看着停下来的陆景湛。

"不行。"陆景湛缓缓回了两个字。

"为什么？大人我能吃能睡，聪明伶俐，长相可爱，我小时候街坊的婶婶都想让我做她闺女。"

听苏锦嘟嘴说完，陆景湛低下了头，双眸对视。

陆景湛面无表情地吐出了两个字："太丑。"

她还没回话，就见陆景湛已经走了。等快到锦华宫时，她这才反应过来。

自己哪里丑？当初他不也是看上自己的美貌，才逼着自己为他所用的吗？

难道最近胖了些？

苏锦疑惑地叹了口气，捏了捏自己的脸，好像是肉多了些。

苏锦刚到锦华宫，就看见月儿正焦急地在院子里走来走去，见她回来才放下心，一路拉着她回到房里。

"姑娘，怎么会这般久？"月儿脸色还是煞白的。

看月儿被吓得不轻，苏锦给她倒了杯茶水，拍了拍她："多转了会儿迷路了，没事。"

"你都不知道，我刚拿了披风，出门就碰上厂督大人了……"月儿说着还瞧了瞧四周。

月儿说陆景湛见她拿了披风便询问起来，这锦华宫都是他的人，月儿便不敢瞒，刚说完要去给苏锦送披风，陆景湛问了位置，就让月儿回去了。

她也不敢问什么，只是担心苏锦出事。

宫内的那条小路极少有人去，到了夜里还一片漆黑，看着陆景湛冷冷的模样，月儿也吓得不轻，就怕自己说错话连累了苏锦。

苏锦听月儿说的话，心里明白——陆景湛是特意去找她的。虽然他平日总是冷冰冰，但已经几次救下她的小命了。现在想来，每次相救也都很惊险，苏锦沉默半晌，轻叹了口气，没再说什么。

整整一夜，苏锦在床上翻来覆去都睡不着。天还未亮，她便让月儿去把之前一起八卦的小太监叫了过来。

苏锦之前对太监的理解都来自一些话本和小太监之间的聊天，并没有认真了解过。

那小太监站在眼前，她神态自然地说自家有个远亲想入宫，把自己想知道的事情都详细问了一遍小太监。

聊了半天，小太监忍不住道："才人，不是我说，您还是劝劝，这一旦入宫可不是个正常男人了。我是家里实在太穷活不下去才入的宫。现在虽然说衣食无忧，但哪家孩子来都是遭罪啊。"

小太监一副好言相劝、苦口婆心的模样。

苏锦这才点点头，拿了些银子给了小太监让他给家里拿些去。

等小太监离开，苏锦满脑子都是小太监说的事，当太监的日子果然是不好过的。她叹了口气，心里对陆景湛的畏惧少了几分，想着对他再好些，就当报答他的救命之恩。

自从知道小太监那些事后，苏锦就一直没睡好，梦里都是被气醒的，心里总寻思着如何让陆景湛开心些。

她思来想去，便让人从宫外带了好些玩意儿准备给他，但连着两天都没见到陆景湛，她打算去见赵衫看能不能碰上他。

从小太监那儿，苏锦打听到赵衫在偏殿，她便让人熬些补品送了过去。

赵衫听说苏锦来了，让人带她进来。

苏锦低头给赵衫行礼，抬眸才看见陆景湛也在。

他穿着一身紫色朝服，腰间扎条同色金丝带，身形颀长，在见到苏锦的时候，俊美的脸上多了分冷漠。

"景湛，今日先这样，朕再想想。"赵衫朝陆景湛挥了挥手让他下去。

等陆景湛走后，苏锦才发现赵衫的脸色十分差，她把补品端了过去："陛下，您没事吧？"

赵衫有些头痛地捂住了额头："朝中本就事多，现在还出了这事。"

苏锦见赵衫话说一半，也不敢多问，只是在边上陪着他。

"美人你知道吗？丞相对朕而言，亦师亦友。他对朕有为师之恩，所以这些年关于他夫人和儿子的事，朕都是睁一只眼闭一只眼。"赵衫端起补品尝了一口，语气烦闷。

苏锦也不敢说话，只是点点头。

赵衫倒像是找到了一个宣泄口："在这宫里人人都有自己的目的，而你没有功利心，所以每次见你，朕总会觉得轻松。"

"陛下，苏锦对现在的生活已经很满意了，没有其他要求。"苏锦说着赶紧垂下眼眸。

"朕喜欢你的没有所求，无欲无求的人，朕羡慕……"赵衫的语气有些淡漠，又似乎带着几分无奈。

"美人，你知道景湛今日来是为何事？"

不等苏锦回答，赵衫自顾自地说："他查到了上次刺客的主谋，还查到了朕最不愿看到之事。"

苏锦听着心里一紧，叫了声"陛下"。

赵衫苦笑："罢了罢了，朕也不知该如何了。"

"陛下一定要保重，凡事都会有解决办法的。"苏锦轻声细语地说了句。

赵衫的目光望着窗外，自叹："可如何才是最好的办法？"

第四章
托大人的福，才能逢凶化吉

01

赵衫留下苏锦一起用膳，还问了许多宫外有趣的事。苏锦有鼻子有眼地给他说着那些自己从话本上了解到的事，两人聊得甚是开心。

最近赵衫朝中事务缠身，难得能开口笑。

门口太监听着赵衫的笑声，心里不禁对苏锦又佩服了几分。

"美人，以后你多来，朕喜欢听你说话。"苏锦点头应了赵衫的要求便退下了。

回去的路上,她有一种不好的预感。

她对赵衫说的话一知半解,可是看他的表现,显然是出了大事。而且看陆景湛的模样,现在应该也是没空理会她。

苏锦忍不住想,这些事会不会危及自己?若是想出宫,现在是不是最好的时机?

见她有些走神的模样,月儿拉了拉苏锦的衣裙:"姑娘。"

苏锦停下脚步,看着她:"怎么了,月儿?"

月儿欲言又止,小心翼翼地凑近她耳边:"我一个同乡的姐妹在李贵妃那里,听说从昨日开始,如意宫的太监都换了一拨人。"

"什么?"苏锦神色一紧。

这事一定和陆景湛有关,但是苏锦不确定是否和那日陆景湛听到了丞相夫人的话有关。

"姑娘,你小声些,这些事不好多说。"月儿见状,朝着苏锦摇摇头。

苏锦记得当年皇后还和李贵妃斗过,后来不知怎么突然就不问世事,后宫就变成了李贵妃只手遮天。

她朝月儿点点头。

"姑娘,您不是想走吗?现在就是最好的时机。"月儿看着苏锦,咬咬牙说了出来。

她自从来锦华宫起就深受苏锦的照顾。那日,她犯了错被打了一顿后被丢到了锦华宫,她们说这个从未被陛下宠幸过的苏才人脾气古怪,最喜欢折磨人。可没想到的是,苏锦当时看见伤痕累累的她,不仅没有嫌弃,还愿意屈尊降贵地照顾她。

因为苏锦，月儿度过了自己这辈子最好的时光。

苏锦带着她和小太监斗蛐蛐、吃美食，一群人好不自在。

她知道苏锦不属于这宫里，苏锦也不该像她们一般困在这围城里。

苏锦听着月儿的话，心里一阵暖流淌过。

她也知道这是个好时机，暗门的假死药在宫外，她的银子也凑得差不多了，想把药买进宫里倒不是难事。

只是，在月儿提及此事的时候，她也不懂为什么，心里竟犹豫了几分。

见苏锦不说话，月儿便急了，低声道："姑娘，这几日把药拿进宫，趁着这当头，您出宫吧。"

苏锦被她急促的语气拉回了神："月儿，容我再考虑考虑，此事没有这般容易。"

就算她吃了药，也得有人在宫外接应她，最重要的是不能被陆景湛发现。

不然到时候她父亲，还有月儿都会被她连累。

时过境迁，她不再是无人问津的苏锦了。

夜里，陆景湛躺在床上，回忆起自己那段不堪回首的往事。离开魏府的那天，魏府的管家马叔说带他去吃巷口最好吃的糖葫芦，他还记得自己当时开心的模样，只是到最后……他等到的不是糖葫芦，而是禁卫局。

过了这么多年，他早已忘却马叔的模样，内心深处却没来由地想尝尝糖葫芦。

翌日，陆景湛刚回宫，就见姜海拿了许多小玩意儿过来，他脸色有一丝尴尬："大人，苏才人送来的，千叮万嘱要给您。"

他本是没什么兴趣，听到是苏锦送的，便让姜海拿去了房里。

苏锦送来的东西无非是宫外常见的吃的喝的，里面有一张小字条。

　　大人，根据苏锦多年吃出来的经验，这些绝对是城内数一数二的美食，你尝尝，不好吃算我的。

这两行字她写得一本正经，陆景湛的嘴角浮出些许笑意，怕只有这丫头才想得出，冒险从宫外捎吃的给他。

陆锦湛在包裹的最下面看到了一串红彤彤的果子，愣了片刻。

是糖葫芦。

他修长的手指拿起糖葫芦送到了嘴边，薄唇微微触碰，一股甜味窜入了心里。

自上次在赵衫宫内见到陆景湛，苏锦已很久没有再见到他，锦华宫又恢复了往日的平静。

月儿时不时会出去打探消息，她在宫里待的时间长，加上现在苏锦正受宠，一些小宫女都愿意和她说自己知道的新鲜事。

她打探到，现在宫外百姓都在说丞相之子魏然出事了。

魏然强抢民女的事被揭发，禁卫局接手后阴错阳差地查出了他私下养兵之事。

现在宫外百姓人人叫好，都在等着禁卫局的消息。

"私下养兵？"苏锦嘴里默默道。

这可是大罪，有造反的嫌疑……

"姑娘，外面来人了。"

苏锦见状连忙起身，只是她没想到来的竟是李贵妃的人，说是请她去一趟如意宫。

日渐西沉，苏锦把月儿留在了锦华宫，告诉她若是自己亥时前还没回来，就去找陆景湛。

如意宫和苏锦上次来时有了一些不同，显得冷清了很多。

她刚进去就看见李贵妃躺在床上，似乎行动都有些困难。李贵妃见到苏锦，支撑起身子叫了声："妹妹。"

"嫔妾给贵妃娘娘请安。"苏锦行礼。

"快，快坐。"李贵妃说着，让宫女扶她起身坐到了苏锦边上。

她挥了挥手，屋里的太监和宫女都退了下去，门被关上。李贵妃把茶水推到苏锦面前，语气很虚弱："妹妹，我没想到，这宫内最深藏不露的竟然是你。"

"贵妃言重了，苏锦不敢当。"苏锦不明白李贵妃的意思，心里的防备又多了几分。

李贵妃苍白的嘴角露出冷笑："我都这般了，妹妹就别装了！"

苏锦听后皱了皱眉头："贵妃有事请明说，苏锦愚笨，对于猜字谜的游戏，一向都是猜不准的。"

她语气谦卑，声音不大，却保证字字句句都能让李贵妃听见。

苏锦话刚落音，李贵妃就抓起茶杯用力地丢在了地上，她眼神变得凶狠："苏锦，你知道我有多不容易才走到今天，你凭什么获得陛下的宠爱？"

她一边说着，一边光脚朝地上的碎片走了过去，苏锦见状急忙拉住了她："贵妃，小心脚下。"

两人推搡中李贵妃踩到了碎片，她的脚顿时被鲜血染红。

苏锦转身想去叫人，却被李贵妃死死拉住："苏锦，别假惺惺了。"

听着李贵妃的话，苏锦有些忍无可忍，她仰起了头："贵妃娘娘，我就算假惺惺也是为你好，你的脚在流血，痛的是你，不是我。"

她真是不懂这李贵妃到底怎么了，还有不知为何这些宫女听到碎片的声音也不进来。

李贵妃不理会她，从碎片上站了起来，身上的白色长衫已经被血打湿一片，悲戚的声音在殿中响起："你不会明白，我十六岁时就被姑姑送入宫，她告诉我，只要我听她的，我就能成为陛下最宠爱的妃子，我就能生下龙子。"

苏锦见李贵妃精神已经有些失常，她不禁退到了门边。

只听见李贵妃一直在细细说着自己的事。

从她断断续续的话中，苏锦大概知道了她这些年的所作所为。

李贵妃入宫后忍了许多日子，后来打听到陛下的爱好，投其所好，才逐渐得到陛下的宠爱。

所有挡她路的人，李敏都会帮她清理掉，哪怕是皇后。

李敏抓住了皇后的父亲贪污一事，让皇后不敢声张，不仅如此，她还逼迫皇后喝下了不孕之药。

从此以后，两人肆无忌惮，无论是得宠的还是怀孕的妃子，都不可能在这后宫平平安安地活下去。

苏锦听李贵妃说着她和李敏最隐秘的事，毫无顾忌，她心中不由得生出一种不好的预感。

李贵妃大有一副鱼死网破的模样。

"苏锦，就是你，你是陆景湛安排的吧。他不过是个太监，连个男人都不是，竟然敢得罪丞相，把丞相之子关入禁卫局？他疯了，你也疯了……"李贵妃说着，突然从床下拿出一把小刀。

陆景湛把魏然关了起来？

苏锦还来不及消化这些话，只见李贵妃神色木讷，眼神空洞，拿着匕首就朝她走来："就算我死，你也得陪葬，你休想一个人陪着陛下，得到陛下的专宠。"

苏锦看着李贵妃，迅速转身用力拍打房门，但毫无反应，外面没有一点动静。

她反应过来这一切都是李贵妃设计好的，干净的小脸瞬间煞白，开始劝道："李贵妃，你千万别冲动，魏然的事和你没有关系，但你若在此处杀了我，就真回不了头了……"

"没关系，魏然养兵叛国已入禁卫局，姑姑被抓捕，丞相禁足在府里，陛下已经知道刺客与我有关，他下令把我打入冷宫，你说和我没关系……"李贵妃的眼底一片猩红，她举起刀狠狠地朝着苏锦刺了过来。

苏锦背靠在门上退无可退，用手抓住了李贵妃的手腕，使劲向外顶住。

然而，刀还是渐渐刺入了苏锦的胸口，钻心的痛蔓延开来，她咬牙道："李贵妃，你若是进了冷宫还有一线生机，若是我死在这儿,你也活不了,还会连累你父亲。"

听到"父亲"两个字,李贵妃愣了片刻,苏锦趁着这时候用力地推开了她。

因为用力过猛,她扯到了胸口,疼得直冒冷汗,整个人腿发软地坐在了地上。

李贵妃看着坐在地上捂着胸口的苏锦,眼眸里的恨意越发浓烈,她又举起刀直直地刺过来,眼看就要割破苏锦的喉咙。

突然传来一声巨响,苏锦背后的门被刀破开。

李贵妃被人踢出去老远,重重地撞在了柜子上,喷出一口鲜血来。

苏锦忍着痛意抬头,姜海身着飞鱼服,还是上次那副不怎么想搭理苏锦的模样,他朝着身后的人挥了挥手:"把李萱儿拿下。"

月儿从外面跑了进来,瞧着苏锦的胸口被血水染湿,立马哭道:"才人,您没事吧。"

"别哭,伤口不深,死不了。"苏锦缓缓扯开笑意,抬起手给月儿擦了擦眼泪。

"大人,求您叫太医,才人流了好多血。"月儿说着跪到姜海面前,扯住了他的衣服。

姜海望了眼面前这个哭得伤心的丫头,皱了皱眉,让人把苏锦送回锦华宫。

太医还在把脉,赵衫就急匆匆地从外走来,他看着脸上毫无血色的苏锦,问:"张太医,她的情况如何?"

"回陛下，才人的伤口位置特殊，刚刚臣已让女弟子看过，伤口不深，没有性命之忧，但失血过多，虽已止血，接下来还是需要好好调养。"张太医毕恭毕敬地回着。

"没有性命之忧便好，需要什么补品，你尽管开口，我都会命人给锦华宫拿来。"赵衫神色这才放松了些。

他想起李贵妃之事便觉心中烦闷，难受得紧。这些年他宠着李萱儿，任由她耍性子，只是没想到她对他都是虚情假意，还害死了他的几个爱妃和子嗣。

李萱儿按罪论处死一万次都不足惜，他念旧情留她一命，没想到她却不知悔改，还要杀苏锦。

赵衫拍了拍苏锦的手："苏才人，朕命你早日好起来，到时候我们再斗蛐蛐。"

见苏锦虚弱地躺在床上的样子，赵衫心里越发闷得慌。

他下令宫女好生照顾苏锦，又看了眼苏锦，边叹气边起身，此刻只觉得浑身累得厉害，摇摇头便朝外走去。

送完陛下和太医，月儿关上了房门，让苏锦在里面好好休息，转身就看见姜海抱着剑站在院子里，似乎没有回去的打算。

她走过去小心翼翼道："大人，您要喝茶吗？月儿去给您倒。"

姜海正沉思，便看见这小丫头眼神里带着丝害怕，想起她刚才哭起来的模样，他尽量语气放柔和些："厂督大人有令，让我在此守护苏才人安全。"

"如此这般月儿便谢谢大人了。"月儿听着心里放松了些。

这位大人她知道，他名叫姜海，是锦衣卫，身居高位，都是办些特大要案，不过……她还是头次见姜海来办这保护人的事。

姜海冲着月儿点了点头，当是收下了她的谢谢。

月儿抬头瞧着天上的月亮，闭上眼祈祷苏锦赶快好起来。

02

禁卫局。

陆景湛坐在高座之上，一身黑色锦袍，乌黑的长发高高束起，浑身上下充斥着慑人的气息。

一个四十来岁的男人跪在他面前拼命求饶："大人饶命，这一切都是李敏指示，她让奴才把您送入禁卫局，奴才上有老下有小，不敢不从啊！"

"马叔，我记得当时你说带我去吃巷口那家最好吃的糖葫芦，结果……"陆景湛狭长的眼眸微眯，温润的嗓音缓缓响起。

男人一听，吓得屁滚尿流，磕头如捣蒜："大人，是小人的错，是我对不起您，但小人实在是身不由己。那年，您入府不爱说话，是李敏让我故意接近您，先骗取信任，再骗您入禁卫局，她说也要让您尝尝背叛的滋味。"

陆景湛冷笑了声。

所有的记忆扑面而来。

他的母亲是魏铭青梅竹马的恋人，后来魏铭为了前程娶了李敏为妻，从此平步青云。

当初，魏铭这个伪君子欺骗陆景湛的母亲，说生下孩子便纳她入府。结果他们母子在外住了五年，等来的却是李敏。她派人逼死了母亲，把他带入了丞相府，让他做着最下等的事，每日非打即骂。

马叔这时候出现了。马叔虽然是下人，却偷偷照顾他，那是他第一次在丞相府感受到温暖。

谁知道十岁那年，马叔带他出府说去买巷口最好吃的糖葫芦，转眼却把他送入了禁卫局。

"大人，我知道我罪该万死，把您送走后，我就离开了丞相府。这些年我每夜都睡不好，总觉得我会遭报应，奴才不止一次后悔，送您来禁卫局那日，要是借机让您跑掉该多好。"马叔说着失声痛哭起来。

陆景湛看着跪在地上痛哭的男人，第一次失去了杀人的心思。

入禁卫局后，他遇到了前任厂督王师，对方去世前告诉他，这世界上有一种折磨比死还可怕，现在他好像有些明白师父的话了。

"我问你一件事，若你如实回答，我便放了你。"

马叔一听，立刻用衣服擦干眼泪："大人，奴才一定都说，都说。"

"我消失后，魏铭可有找过我？"陆景湛嗓音低沉，视线直直地盯着马叔。

马叔犹豫了片刻，叹了口气："大人，其实那日我带您出府，丞相也看见了。夜里我一个人回来时，正好在院子里碰上他，他并未多言，自那以后府里便传言说您吃不了苦跑了。"

屋子里一片冷寂，陆景湛听着，眼眸沉得如静止的湖水一般，看不出有丝毫波澜。

他挥了挥手，让人把马叔带了下去。

片刻，陆景湛起身，派人把魏然的情况传给了丞相府，说魏然私下养兵，强抢民女，欺压百姓，拒不招供，再给他两日时间，若是冥顽不灵，即刻处决。

出了禁卫局，他走上了城墙，在城墙上他看见马叔一瘸一拐地拖着伤腿往远处走。

清风拂面而来，陆景湛闭上了眼，心里的一些往事和人像是都不重要了。

过了许久，陆景湛回过头朝锦华宫走去，姜海传信说苏锦受伤昏迷，赵衫已经去看望过了。

苏锦这丫头看着机灵，却时常受伤。在这宫里，若按她的性子早不知死了几回了，或许她真的不适应这宫里的生活。

陆景湛刚进锦华宫就看见宫女月儿坐在门边打盹，姜海站在院中朝着他微微颔首。

陆景湛推开门，只见苏锦躺在床上。

他上前坐在床沿边，苏锦脸色苍白，弯弯的秀眉皱起，睫毛轻轻颤动着，唇瓣微动在低吟。

陆景湛凑近，就听见了苏锦嘴里哼着痛。他缓缓拉开被子，只见她胸口渗出了血迹。他眸色一黯，用骨节分明的修长手指挑开外衣，揭开纱布，露出雪白一片，上面渗出血水。

他温热的指尖一点点滑过了她的伤口，拿着床边的药撒了上去。

陆景湛把她的伤口重新包扎好，静静看了苏锦好一会儿，不知他想了什么，狭长的凤眼泛起微光。他凑上前，在她耳边低语："苏锦，若是跟我出宫，你可愿意？"

"大人……痛。"

他一愣,微抬起眼,只见苏锦似乎是在做梦,嘴里说着痛,额头布满了密密麻麻的冷汗。

陆景湛的脸色因为苏锦的话沉了下去,他缓缓凑上去,堵住了她细碎的呻吟。

苏锦半梦半醒间感觉到有个火热的东西压在唇上,她下意识地伸出舌尖舔了舔,下巴被抬起,火热的东西压得更加深入,一股清香的气息瞬间充满了鼻腔。

月儿醒来的时候,灰蒙蒙的天刚有了一丝亮光。

她进了房,只见苏锦睡得很熟,唇上也有了些血色,皮肤白里透红十分好看。

她抬手摸了摸苏锦的额头,还好没有发烧。她看了看止痛的药瓶,好像放的位置不一样了……月儿四处打量房内,除了她应该不会有人来,看来是记错了。

房内烛火通明,眼看一会儿便要天亮,月儿将窗户打开了些,随后开始收拾屋子。

没一会儿,阳光逐渐照入屋内,一片亮光,月儿眼眸弯了弯,看着床上的苏锦,心情也轻松了许多。

苏锦醒来已经是两天后,她睁开眼只觉得口渴得厉害。

月儿见她醒来高兴得不得了。她扶着苏锦坐起来,把水端到她唇边:"姑娘,您总算醒了,伤口还疼吗?"

苏锦听了她的话,低头瞧了眼自己的伤口,摇了摇头,感觉比之前好了许多。

她让月儿扶着她靠在床上："月儿,你把窗户打开透透气。"

"姑娘,吹了风怕您发热,伤口不容易愈合。"

"不打紧,开一点,有些闷。"苏锦语气微弱,"我睡了多久?"

"整整两日,刚救您回来的那日,陛下还来看了,可担心呢。"

赵衫?

"还有其他人来吗?"苏锦刚开口就后悔了,这宫里除了赵衫,他……应该不会来。

月儿想了想,不明白苏锦口中的其他人是指谁,答道："这倒是没有。"

"李贵妃呢?"

月儿叹息了声,她帮苏锦把被子盖好才缓缓开口。她说城内百姓对丞相之子魏然强抢民女、欺压百姓的行为早已怨声载道,禁卫局彻查魏然,查出了他私下养兵的事。

宫外还有传闻魏然还收了外国使臣大量金银,意图谋反。

这魏然一出事,禁卫局便把丞相府查了个底朝天,结果发现丞相夫人李敏竟是李贵妃的远房姑姑,几年来两人勾结谋害宫妃和皇嗣。

那日,陛下去审李贵妃,她拒不承认,本来证据确凿已是死罪难逃,可赵衫念及旧情,饶她一命,让她终身囚于冷宫。

然而赵衫走后,李贵妃彻底失心疯,她把后宫安排的太监都集中在了如意宫,还派人把苏锦带去,意图和苏锦同归于尽。

苏锦看着月儿像说书先生一般说得跌宕起伏,她却有些无法言语。这李贵妃在宫中极其得宠，陛下万事顺着她，更是把她当成掌中宝，她为何不满足，还要和李敏一起狼狈为奸呢？

何况犯下如此多的大错，陛下已饶她一命，她却如此不珍惜。

"月儿，李贵妃现在在何处？"苏锦问。

"那日你被救之后，她便被赐了毒酒。我倒觉得对她来说，陛下已经仁至义尽，就连赐死都留了全尸。"

"李贵妃已经被赐死了……"苏锦嘴里默念。

"姑娘，就她所犯之事，留全尸已是法外开恩，您千万别往心里去。"月儿见苏锦沉默，赶忙开口安慰。

苏锦叹息着点了点头，问月儿丞相府目前情况如何。

"魏然被抓进禁卫局后，丞相夫人就疯了，她见人就说是她私下养兵，不是魏然养的，后来被抓捕，关进了大牢。"月儿在苏锦边上小心翼翼地说着，她瞧了瞧窗外，"姑娘，现在宫里都很忌讳李贵妃和丞相府的事，您可千万不能在外打听了。"

"我知道了，厂督大人最近有什么消息吗？"苏锦挪动了身子，轻声问道。

"这倒没有，不过厂督大人让锦衣卫姜海大人一直在这里守着，护姑娘安全。"月儿说到姜海，脸色不自觉红了几分。

姜海？

苏锦想起来了，是那位看她不顺眼的锦衣卫，被派来保护她确实大材小用，难怪他见她时总是一脸的不满模样。

"月儿，你给姜大人准备些茶水、点心，千万别怠慢了。"苏锦朝窗户外望了眼，让月儿赶紧去。

"姑娘，我这就去。"月儿得到苏锦的吩咐，忍住内心的喜悦出了门。

等月儿出了门后,苏锦白净的脸上露出一丝疲惫,她想知道陆景湛怎么样了……仔细想想,她跟陆景湛认识大半年了,但若是他不主动告知,她不会知道陆景湛的任何情况。

过了会儿,苏锦又觉得渴了,她一点点挪动身子下了床,动作缓慢地带上了披风。她刚走到桌边喝了口水,就听见门外月儿的笑声。

苏锦挪着小碎步到了窗户边,只见月儿和姜海坐在院子里。

"姜大人,你多吃点,这两日还要谢谢你来护着我家才人。"月儿说着把糕点都推到了姜海面前,在边上笑得十分开心。

"你家才人对你很好?"姜海放下糕点问了句。

"那是自然,能遇上才人,是月儿这辈子最大的福分。"月儿认真地点了点头。

姜海听着挑了挑眉,侧头看了眼在窗户边的苏锦,点了点头。

苏锦见姜海发现了她,便回礼笑了笑。他没想到苏锦会冲他打招呼,诧异了一瞬,微微颔首作为回礼。

"姜大人,你别客气,多吃点,您太辛苦了。"月儿见姜海愣住,拿起一块糕点递给他。

初春料峭,温暖的阳光扫开寒冷。

苏锦看着一院子的春色,还有院中两人的背影,陷入沉思。

她如果出宫,这宫里……她最放心不下的就是月儿。不知道这姜海是否婚配,若是他能照顾月儿,也是一桩美事。

过了几日,苏锦的伤已无大碍,姜海便不再留在这里看护,回了禁卫局。

一个月后，事情好像都过去了，宫里再也听不见什么传言。

苏锦听月儿说，昨日有两位宫女私下议论李贵妃，恰巧被陛下听见，被施以杖刑赶出了宫。

李贵妃一时成了宫中禁忌，大家更加谨言慎行。

苏锦每日被月儿照顾得很好，整天不是吃就是睡，一段时间后伤恢复得差不多了。

这段时间陆景湛一直都没有来过，赵衫倒是来看望过苏锦两回，有一回想留下来陪她，吓得苏锦心里一抖，还是张太医说苏锦身子骨弱得好好调养，他这才作罢。

苏锦调养身体的这些日子，宫内又多了个受宠的妃子，名叫容依依。听闻她性格开朗，时常逗得陛下开怀。

容依依刚入宫没多久，赵衫一时兴起便把她封为了容妃，苏锦偶然见过她几面。

最重要的是，赵衫封的不止她一人，还顺带提了嘴苏锦，将苏锦从才人升为了苏妃，赏了许多奇珍异宝。

苏锦这是人在宫殿坐，喜从天上来，宫里宫外传遍了她的事。

这事对苏锦而言却不见得是好事，有了这个名头，会不会影响她出宫呢？她借着夜色坐在门口晃着腿，竟怀念起曾经寂寂无名的日子。

现在除了月儿，其他人见了她总是小心翼翼。

月儿说大家私下都说是苏锦扳倒了李贵妃，说她是个狠角儿，现在大家都挺怕她。每次月儿说起这事，她都是又好笑又好气。

这段时间因为情况特殊，苏锦也没敢去打听假死药的事了。

只是，她想起李贵妃的遭遇，还是有些唏嘘。赵衫现在有了新欢，不过离旧人去世才一个月，他喜欢时是真喜欢，不喜欢便忘得一干二净，怪不得大家都说帝王最是无情。

苏锦叹了口气，起身伸了伸懒腰，准备回房睡觉。

她刚走没几步就看见房间内有个黑影，她心里一跳，加快步伐走了进去。她关上房门，一声大人还未出口，就看见姜海站在屋内……

"姜大人，可有事？"苏锦瞧着姜海一身黑，站在房内。

不愧是陆景湛的人，各方面的行事作风都与他有几分相似。

"苏妃娘娘，大人有请。"姜海朝苏锦浅浅地鞠了一躬，语气倒是比之前客气了许多。

苏锦跟在姜海身后，想着陆景湛总算是来找她了。

她有太多的问题想知道答案。

果然是来禁卫局。他们刚入内，就见陆景湛站在石室外。姜海推下后，陆景湛一双凤眸勾魂摄魄地瞧了眼苏锦，薄唇微启："来了？"

来了？

这是在问她？不是他让姜海带她过来吗？

苏锦走上前几步，她微微仰起头，眼睛弯成好看的弧度："大人，好久不见。"

好久不见……陆景湛听着，薄唇浮出些许笑意，他弯下身凑在苏锦眼前，嗓音温润动听："那你也没来找我。"

两人距离很近，苏锦抬眼就能看见陆景湛白皙的脸颊，他身上淡雅的香味传入了鼻腔。

她记得受伤那天做梦，梦里也有这个味道。

"大人说笑了，没有重要的事，苏锦不敢打扰。"苏锦小声地回了一句，她缓缓退开一步，拉开了两人的距离。

"也是鬼门关走过几次的人了，就这点胆量？"陆景湛薄唇扯开了一丝弧度。

他不说还好，一说苏锦更加觉得难为情，她入宫五年一直都过得很安稳，自从被陆景湛抓住后，几次都差点送了小命。

她是敢怒不敢言。

"托大人的福，苏锦才能次次都逢凶化吉。"苏锦耸了耸肩，嗓音清甜。

陆景湛凤眸上扬，也不多言，便让苏锦跟着他。

03

"大人去哪儿？"苏锦小声问了句，她看了看四周一个人都没有。

今日这陆景湛好像有些不一样……不会又让她认什么凶手吧？

陆景湛没有说话，带着她走过一条长长的走廊。快到尽头的时候，苏锦看见了一个单独的石室。

石室门口站着两个侍卫。

苏锦渐渐停住了脚步，陆景湛不会想把她关进去吧……

"大人，我怕黑……"苏锦伸手拉住了陆景湛，她白皙的肌肤因为紧张透出淡淡绯红。

陆景湛低头看了眼自己手腕上柔软的小手，她手掌的温度逐渐透过衣衫传到了他的身上。

不等陆景湛回话，石室里就传来了撕心裂肺的吼声。

一个女人时哭时笑的声音透过石室传了出来，苏锦听着她的吼声，觉得十分耳熟。

"陆景湛，你害我儿，我定让你求生不得，求死不能！"

"然儿，你撑住，娘一定会救你，一定会救你。"

苏锦想起来了！这是那日在小路听见的声音，是丞相夫人李敏！

陆景湛眸光冷淡了几分，他面无表情地看了眼石室，才缓缓道："你不是在打听丞相府的事？"

苏锦惊讶地看了陆景湛一眼，这才意识到自己让月儿去打听丞相府的事被陆景湛知道了，她抿了抿唇："大人，我只是有些好奇而已。"

"你想知道的都在里面。"陆景湛的语气很淡。他话音刚落，侍卫便上前给了苏锦一条蒙面的丝巾。

侍卫打开石室的门，苏锦借着月光望了进去。

石室中间的椅子上绑了个男人，他此刻浑身是血，已经晕了过去，李敏蹲在他边上。

苏锦进去后仔细看了眼，李敏的头饰只剩下金钗，长发十分凌乱，华服被折腾得破旧不堪，脸上还有些血迹。

她一直在摸着男人的脸，让他不要睡。

椅子上绑着的男人和苏锦上次在街上见到的是同一人——

魏然。

她看了眼陆景湛，这两人从相貌上确实看不出相似之处。

李敏神色呆滞地看了眼陆景湛，眼里顿时冒出浓浓恨意，几乎咬牙切齿："陆景湛，就算我死，也比你人不人鬼不鬼地活着强，你一辈子都不配称为男人……"

苏锦听着李敏嘴里说出极刺耳的话语，有些担忧地看了眼陆景湛。

此刻陆景湛深黯的眼底却充满了平静，任由李敏发疯般咆哮。

"怎么，我说到你的痛处了？你还不知道吧，你母亲临死前，是我告诉她，一定会让她断子绝孙，她是活活被气死的。你想知道她死的时候是什么表情吗？"李敏见陆景湛面无表情，恨意更盛，语气越发张狂。

陆景湛狭长的眼眸中露出暴戾，随即他扯开一丝冷笑，令人不寒而栗。

石室里是李敏充满挑衅的声音，她的话无疑是在陆景湛的伤口上疯狂撒盐。见李敏越来越肆无忌惮，一旁的苏锦捏着小手忍无可忍，冲上前给了她一巴掌。

"啪"！响亮的巴掌声响彻了整个石室。

苏锦的手打得生疼。这是她第一次打人，因为眼前这个女人简直蛇蝎心肠。

"李敏，我本应该尊称你一声长辈，可你实在不配。你有什么了不起的，可以随便践踏别人的尊严和人生？"苏锦越说越气愤，"只有你的儿子是人，别人的儿子就不是？你作为母亲，怎么能做出如此恶毒之事。如果是你儿子被人送进了禁卫局，你还能说出这些话吗？"

李敏捂住脸，不敢置信地望着苏锦，声音颤抖："你敢打我……"

"我打你怎么了，你简直不配做母亲！要不是你放纵魏然强抢民女，欺压百姓，弄得天怒人怨，他怎么会有今天？这一切都不是陆景湛的错，是你还有你丧心病狂的儿子的错！"苏锦几乎是用尽全力说了出来。

她话刚落音，整个人还在止不住地颤抖。

李敏眼眶充血，眼泪滑落。

她看了看晕过去的魏然，立马摇头道："不，不是我们，是陆景湛，是他故意针对魏家，故意诬陷我儿意图谋反。那些贱民能被然儿看上是她们的福分，她们不知好歹就是该死。"

苏锦见她冥顽不灵，便退后一步蹲在李敏眼前："若不是你私下养兵，受贿外臣大量金银，这罪如何会落在魏然身上？这一切都是你咎由自取，是你的报应，与陆景湛无关。"

"报应？我能有什么报应，丞相很快就会救我们出去，到时候我要把你们都杀掉。"李敏凶神恶煞地看着她。

陆景湛望着李敏，他冰冷的眼眸中找不出一丝温度，薄唇微启："李敏，我不会杀你和魏然，魏然今生今世都会被囚于禁卫局，和你永不相见。"

听到陆景湛的话，李敏的心底防线彻底崩溃："不，不会，丞相会来救我们，不会让你得逞，他一定会来救我们，他会想办法，我们没有谋反。"

"魏铭因你之错，本已死罪难逃，陛下念往日旧情，饶他一命，已经准他辞官回乡，终身不得再踏入皇城。"陆景湛的声音冷漠又无情地传来。

苏锦看着李敏像疯了一样地拍打着魏然，她起身退后两步。

"然儿，快醒醒，娘救你出去，然儿快啊！"

这时候石门打开，侍卫进来把李敏的嘴巴塞住拖了出去。她死命地踢腿，还是没有挣脱。

直到她消失在眼前，苏锦心里仍难受得厉害。

若是平日，苏锦定会觉得李敏可怜，可对于她的所作所为和她给陆景湛造成的不可磨灭的伤害，苏锦知道，这一切都是她咎由自取。

苏锦缓缓回头看了眼陆景湛，他俊美的侧脸轮廓分明，脸上的神色看不出情绪，思绪仿佛已经飘散。

"大人……"苏锦轻声叫了一句。

她不明白陆景湛带她来的原因是什么。

这明明就是他心底最大的伤，为什么要暴露在她面前？

"苏锦，我要你明白我是什么人，这些年我杀的人不少，骨子里早就是冷血，丝毫不在乎眼前这个与自己有血缘之人。比起杀了他们，我更想看他们活着受罚。"陆景湛的声音淡淡地从喉中溢出。

苏锦听陆景湛说的话，心里越发难受，他遇上的这些事简直比话本里的故事还离奇悲惨，这一切不是他的错。

"大人，苏锦不明白你的意思，但我想说的是，国有国法，家有家规，李敏和魏然只是为自己的所作所为付出了应有的代价，你并没有错。"

"我没有错?"陆景湛反问了一句,又喃喃自语道,"我还以为你会觉得我冷血无情。"

"为何会觉得大人无情?丞相他们才是冷血的人。如果大人今日做的事都算错的,那这天下的罪人岂不是无人追究惩处了?"苏锦嘟囔着,不明白陆景湛在想些什么。

若是别的犯人,就是直接杀了,陆景湛也不会眨眼吧……

他这模样分明是为自己的决定而有些难受,苏锦有些心疼,她没想到陆景湛竟然有这样的一面。

两人出了石室,苏锦见陆景湛还是沉着眼,她咬了咬唇,把手放到了他面前:"大人,我手疼。"

苏锦说她第一次打人没有分寸,让陆景湛给她看看是不是折了。

"刚刚打人的狠劲呢?这会儿知道疼了?"

苏锦听着也不反驳,冲陆景湛乖巧地点了点头:"大人,陛下近日有了新欢,想来今晚也不会来找我,不如……"

陆景湛懒懒地扫了她一眼:"然后?"

"大人,你陪我看星星吧。"苏锦眼眸弯成月牙,摇晃着小脑袋。她这旧伤未愈又添新伤,让陆景湛赏些奖励应该不难吧。

陆景湛把苏锦带到院中,让人准备了茶水、糕点,两人坐在椅子上,看着天空中连成一片的星星。

苏锦整个人躺着,双手放在了脑后,看着天空,她有一种久违的自由的感觉。

因为陆景湛在身边,她不用担心会被人发现,想说的话也可以肆无忌惮地说。

"大人，你知道我为什么会入宫吗？"苏锦看着天上的星星淡淡说道。

"或许你也查到了，但我进宫是自愿的。"

苏锦思绪飘得很远。

她年少时不明白烦恼为何物，苏怀给她安排了琴棋书画的课程，她是一样不学，爬树、斗蛐蛐、打弹弓，她倒是样样没有落下，一切由着自己的心意，所以日子过得潇洒快活。

可惜后来，作为肃州首富的苏怀被朋友陷害，生意失败，家道中落。

一时间，以前来往的亲朋好友对他们都避之不及。苏锦一家人搬到了破旧的民宅，她母亲因为在潮湿的环境里生活而染上了重病去世。

从此，苏怀就像变了一个人似的，他每天想的都是如何东山再起，可是他越心急越成不了事。

苏锦十四岁那年，曾经受过苏怀恩惠的友人来到苏家，他见苏锦模样清秀可人，便提议让她入宫。苏怀一听，立马打定主意要她入宫，说只要她入宫做了娘娘，他们家就能东山再起，就不用再看别人脸色。

苏锦当时本是想连夜逃走的，只是……她收拾好包袱路过苏怀房门的时候，看见他抱住她母亲的牌位哭得正伤心。

他在怪自己轻信他人，落了个如此下场。

"大人，你知道吗？当我看到那财迷老爹哭泣的样子，我突然就不想走了。如果我进宫是他想看到的，那就去吧。"苏锦说得轻松，然而她抬眼看着天空，一滴冰凉的眼泪还是从眼角滑落。

苏锦用手背擦了擦眼泪，轻笑出声，继续道："他还以为我是被他说动了才决定入宫的。我当时都打算好了，先入宫，哪有那么容易就被皇上看中了呢？等我攒够了银子给他养老，有的是办法出宫，然后周游各国。"

陆景湛见苏锦的眼角处有一滴晶莹的泪珠，他微微皱起了眉头。半晌，陆景湛轻声开口："苏锦，你可愿随我出宫？"

陆景湛的声音轻飘飘地传进了苏锦的耳朵里，她还以为自己听错了："大人，出宫玩吗？"

"算是……"陆景湛轻轻回了句。

"那我们可以带上月儿和姜海吗？"苏锦弱弱地问了一句。

虽然苏锦不知道陆景湛会用什么办法把她带出宫，但他既然开口，那必定是有了万全之策。

只要能出宫，她就不回来了！

"行。"

见陆景湛松口，苏锦坐直了身子。她用手撑着脸，突然想起什么，转头看向陆景湛，慢悠悠地问道："大人，姜海可有婚配？"

她话音刚落，陆景湛的神情瞬间阴沉了下去。

苏锦一头雾水，是她那句话说错了？这姜海虽然是锦衣卫，但问一句应当是不打紧吧？

陆景湛眼眸暗沉，薄唇勾起一丝笑意："看上他了？"

苏锦看陆景湛笑得比平时还要冷上三分，小心翼翼道："大人说笑了，我是见姜海和月儿还挺般配的，随口问问。"

陆景湛漫不经心地抿了口茶："哦？姜海正好未婚配，倒是良缘。"

"未婚配便好,让他们顺其自然吧,这事旁人总是不好多说的。"苏锦说完,重新躺下,嘴里还哼着小曲。

现在她脑海里都是刚刚陆景湛说的要带她出宫的事,开心极了。

这大好河山,她多想到处走走啊!

陆景湛微微侧眸,刚刚还在哭的人此刻已经轻声哼起了小曲,她眼角还有泪珠,却兴致勃勃地给他描绘着宫外的世界。

他没想到苏锦竟是自愿入宫的,她愿意为了自己所在乎的人,牺牲自己的一生。

苏锦像是发现了陆景湛在瞧她,她轻舔了舔唇,带着坏笑:"大人,是不是越发觉得我美丽动人?"

陆景湛看着苏锦凑近的脸,眼眸中的神色暗了下来。

苏锦见陆景湛冷着脸,顿时觉得有些无趣,她怎会和他开这般玩笑。

这陆大人简直油盐不进,苏锦乖巧地笑了笑,哼了句:"大人,我开玩笑的,你别生气。"

她的话音刚落,就听见陆景湛嘶哑的嗓音:"还不错。"

嗯?

苏锦以为自己听错了,陆景湛竟然夸她了,她一愣,内心莫名地雀跃不止。

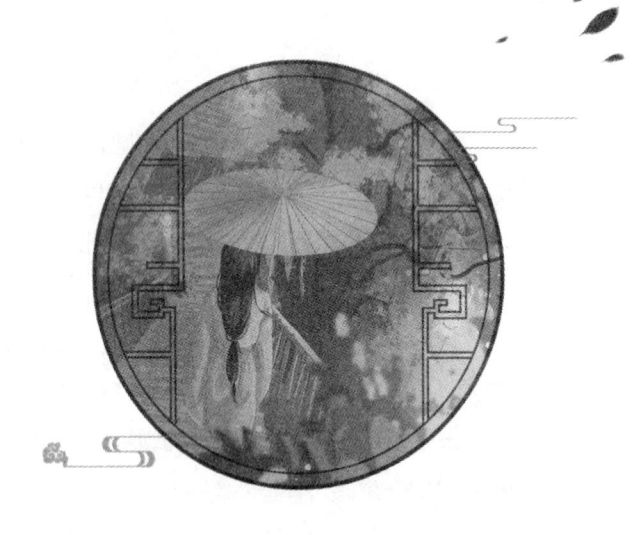

第五章
心心念念出了宫

01

苏锦不知道自己是何时睡过去的,再醒来时已经回到了锦华宫。她掀开被子下床,走到门口,就看见月儿忙前忙后地叫人在院子里打扫。

"月儿,今儿是什么好日子吗?"苏锦笑着瞧了眼月儿,小姑娘脸上都落了些灰。

"姑娘,您忘了?容妃娘娘今日可是要来锦华宫的。"月儿说着,让人伺候她更衣梳妆。

她这一说，苏锦才想起来，容妃性格活泼，和谁都聊得来，又很爱热闹，不过是之前见了几面，容妃就说今日要过来看看她。

"月儿，多准备些桂花糕过来。"苏锦记得上次容妃提了一嘴说喜欢吃。

她说完便回房换了件淡粉色的宫装，一条锦带将纤腰束住，乌黑的秀发绾成髻，双眸似水，雪白的肌肤透出粉红。

"苏妃姐姐。"

苏锦还坐在梳妆镜前就听见一阵欢快的声音，她刚回头就看见容妃提着裙摆进了屋。

容妃一身淡黄色绣花宫装，宽大裙幅逶迤身后。她身材高挑，气质出尘，小脸上略施粉黛，更显得明艳动人。

苏锦起身迎了过去，唇边透着笑意："容妃妹妹，快坐。"

"姐姐，我可算自由了。"容妃说着坐了下来，语气里稍有不满。

苏锦看着满脸孩子气的容妃，心情也明朗起来，这宫里有个能说话的人着实不容易。

"何事能让妹妹烦恼？"苏锦忍不住笑了笑，这容妃正是受宠之际，怕是要天上的星星陛下也得让人去摘。

"姐姐，你知道我几日不见陛下了吗？"容妃举起三根纤细的手指，朝着苏锦晃了晃，"再不换个地方待着，我可就闷坏了。"

容妃说着顺手抓起桂花糕吃了起来，表情十分满足地冲苏锦竖起大拇指，嘴里嘟囔着好吃。

"陛下应是朝中有事，你要是闷得慌，可以来锦华宫走走。"苏锦说着，看了眼门口的太监和宫女，让他们退了下去把门带上。

"姐姐有话对我说？"容妃见苏锦让其他人退下，抬起了圆圆的眼眸，模样十分可爱。

"不是什么要紧的事，只是说话之时有人在总会不自在。"苏锦神情中透出丝淡笑，伸了伸懒腰。

"行，听姐姐的。"容妃拿了块桂花糕给苏锦让她也尝尝。

容妃今日来，给苏锦说了好多宫中趣事。她平日里也会见到其他妃子，但容妃总觉得那些女人都不怎么喜欢她，虽然也冲她笑，但她觉得只有苏锦是真心的。

她告诉苏锦陛下最近因为南城水灾，甚是烦心。

"南城？"

南城地处天晋国边疆，风光极佳。而且作为连接邻国的重要城池，两国百姓交换的生活物资都要从南城流通，不少商人都会选择去那儿做生意，所以城中商贸发达，十分繁荣。

"是的，陛下头疼得紧，还有大臣提议让陛下亲自去南城，近几日陛下似乎一直在忙这件事。"容妃一边吃着点心，一边慢悠悠地说着。

苏锦听着她的话，心头冒出一个想法。

这南城离天晋都城路途遥远，而且水患又是天灾，陛下定然不方便去，只怕现在是为了安抚民心在想对策。

这样的话，她不就可以找机会了吗？

苏锦顿时喜笑颜开地陪着容妃聊了许久。

直到天色逐渐暗了下来，容妃才不舍地告辞，从锦华宫回去。

苏锦开心得在房间转起圈来，她把月儿叫来，让月儿去打听下最近南城的事因。

到了夜里，月儿还没回来，陆景湛倒是来了。

"苏妃娘娘，看来这宫内已没有什么事能瞒得过你了。"

苏锦抬眸就见陆景湛走进了房间，他凤眼轻佻地看向了她。

苏锦垂眸，轻轻皱了皱眉，真是什么都瞒不过他……

"大人就别拿苏锦打趣了，我这点小心思哪里瞒得过大人。"

"南城水灾年年都有，这次不过是当地官员处理不当，导致百姓流离失所，商人的货物堆积无法运输，所以怨声载道。目前涉及此事的人都已革职查办，当下陛下确实是在苦恼派何人去……"陆景湛低沉的声音缓缓响起。

苏锦听着，眼中露出一丝狡黠。

原来陆景湛早就知道了，想必他说的出宫也与此事有关。

"还请大人明示。"

陆景湛盯着苏锦，她此刻美眸流转，轻咬着的唇瓣逐渐染上了一抹红，说不出的诱人。

陆景湛朝着苏锦缓缓伸出了手，让她走近些。他垂眸缓缓凑上前，气息一点点环绕苏锦的耳边。

第二日，苏锦听闻赵衫生病，前去看望。

赵衫躺在床上，神色疲惫，见了苏锦便叹了口气："爱妃，靠朕近些。"

赵衫说完，朝苏锦伸了伸手，让她坐在床边。他看上去说话都有些吃力，像是极不舒服。

"陛下清瘦了许多。"苏锦看着赵衫，他半躺在床上，比上次见时瘦了许多，脸部轮廓越发明显。

"爱妃这样一说，朕倒第一次觉得生病是件好事。"赵衫说着扯开了一丝笑意。

"臣妾听闻陛下为国事忧心龙体抱恙，一夜未眠，臣妾愿为陛下分忧。"苏锦美眸清澈，透出了些许认真。

"爱妃说来听听。"赵衫虽不知苏锦要说什么，但这丫头总是能带给他意想不到的惊喜。

"陛下，南城一事臣妾略有耳闻，此地虽然繁华，却离皇城路途遥远，中途难免会经过蛮荒之地。臣妾斗胆请命，代陛下前往南城视察，安抚民心。"

赵衫一听这话，从床上坐直了身子，神色中透出一些惊讶："你可知南城在何处？"

苏锦樱唇微微上扬："臣妾的父亲早年经商去过南城，略知一二。"

"南城一事，朕已派人前去，只是这南城百姓仍旧颇为不满。这几日朕都为此事头疼，爱妃可是真心愿意前往？"赵衫心中大喜，他没想到苏锦会有这想法。只是这出了宫，一路颠簸，难免要吃些苦头。

"能为陛下分忧是臣妾的福分，臣妾愿意。"

赵衫听闻，挥了挥衣袖："苏妃接旨，朕命你三日后前往南城视察，安抚民心。"

苏锦起身跪下："臣妾领旨。"

陆景湛昨日告诉苏锦，赵衫已派钦差大臣刘远前往南城，只是这刘远去后，百姓还是心中怨气难消。市井间早已盛传苏锦为赵衫最得宠的妃子，若她主动请缨去南城，陛下自会答应，也能让南城百姓心中安定。

苏锦回到锦华宫,赵衫便对外传旨,称身体不适,特派宠妃苏锦出任南城视察,命陆景湛陪伴左右,护苏锦周全。

苏锦得知此消息,不得不佩服陆景湛。

他把赵衫的每一步都算到了,知道她请缨去南城,赵衫定会答应,而此去路途遥远,为了她的安全,赵衫必然会让他最信任的护卫伴在左右。

月儿得知此事,开心得合不拢嘴,马上就开始收拾行李。

考虑到接下来的行程,苏锦交代月儿把轻便的值钱之物都带上,待出宫后私下找人给苏怀送去,她们则带些首饰和银子即可。随后,她又给在锦华宫伺候的宫女和太监们都打赏了银子,便带着月儿把宫内熟悉的地方都逛了一遍。

她这次出宫,定是不会再回来了的,就当作是告别吧。

容妃得知苏锦去南城的事后,对苏锦的佩服又多了两分。临出发前,她给苏锦送来了好些路上要用之物,让苏锦一路小心些,早些办完事,平安归来。

苏锦温柔应下。

翌日,苏锦出了宫门后就进了陆景湛安排的宅院,她和月儿两人都换上男装,随陆景湛一行人打扮成商人模样,到第二日天亮才从后城门出发前往南城。

他们一行人是以商人的模样赶路,陆景湛是苏锦的表哥,姜海是护卫,月儿是书童。

其余的侍卫都扮作家丁模样,运输他们需要去南城买卖的货物。

坐上马车，月儿才有空细细打量男装打扮的苏锦：她换上的是一身雪白的锦袍，腰上系着锦带，身材纤细。柔顺的长发束着丝带随意散落在身后，白净的脸蛋上眉眼如画，小巧的鼻梁秀挺，唇瓣时不时含着笑意，折扇摆动间，活脱脱一副贵公子的模样。

他们此行虽然尽人皆知，但出行的日子赵衫并未对外细说，为的就是避开众人耳目。

苏锦和月儿坐在马车里，陆景湛和姜海骑着马，还有十几名随从带着些平日要用之物。月儿开心地一直抓住苏锦的手碎碎念："公子，这是月儿第一次去南城，好开心。"

瞧着月儿的模样，苏锦打趣道："月儿是因为去南城高兴，还是与姜海大人一起出行高兴？"

听到姜海的名字，月儿小脸通红，小声道："公子，您就别拿月儿打趣了，待会儿被姜大人听见，可羞死月儿了。我听说他们学武之人耳朵可灵敏了。"

"还知道害羞了，本公子看你找姜大人说话时，眉眼带笑，很难不被发现。"苏锦说着打开折扇，故意沉了沉嗓子，一本正经的模样。

月儿听了这话，一脸不可置信。

她找姜海说话时，表现得很明显吗？

"公子，姜大人怕是万万看不上我，月儿不敢有非分之想，只是觉得姜大人人好，有事便总想去问问他。"月儿说着，小心地打开马车帘子。她瞧着姜海并没有回头看她们,这才放心。

听她这样说,苏锦可不乐意了,她用折扇抬起月儿的下巴,仔细打量。

她的脸颊本就十分圆润,皮肤细腻,一双圆溜溜的大眼睛此刻躲闪着苏锦的视线,加之身上穿着书童的衣服,模样更是娇俏。

"如此可人的姑娘,我就不信姜海会不喜欢,他若是想娶你,我还得考虑一下才是。"

苏锦话刚落音,月儿娇滴滴道:"公子,您还是先睡会儿,等会儿天亮我们可以好好看看风光。"

"行,听月儿的。"苏锦点点头,一副风流公子的模样。

苏锦坐在马车上缓缓睡了过去,她本以为马车颠簸睡不熟,结果摇晃起来反而睡得越发香甜,等月儿叫醒她时已经是晌午。

她懒洋洋地伸了伸懒腰,看着月儿递给她一个大饼。

"大家都不吃吗?"苏锦接过饼,掀开了帘子,看大家还在赶路,便开口问月儿。

"公子,刚刚停车时我们已经吃过了,陆公子见您睡得正香,让我不要打扰您。"月儿的语气拉得很长,特别咬重了"陆公子"三个字。

"怎么,陆公子得罪你了?"苏锦见月儿提起陆景湛的时候语气有些不一样。

"不是,我岂敢生陆公子的气,只是……"月儿欲言又止。

苏锦咬着大饼,含糊道:"只是什么,见陆大人俊俏,话也不敢说了?"

月儿认可地点了点头："别的不说，陆公子的长相、身材堪称一绝，月儿觉得他也应当来坐马车，这样抛头露面，容易被贼人盯上。"

苏锦吃着饼，险些因为她的话喷了出来，急忙咳嗽了两声。

"公子，您慢些。"月儿拿水过去，给她拍背。

等着苏锦缓了口气，她把帘子拉开，仔细打量起陆景湛来。他的马跟在她们的马车后面，苏锦探出头刚好可以瞧见。

只见陆景湛身着墨紫色的锦袍挺拔地骑在马上，他的衣襟处绣着祥纹，腰间的锦带上挂着雪白的玉佩。他身形颀长，乌黑的长发被金冠高高绾起，一双狭长的凤眸中带着些冷漠。

苏锦正打量得仔细，陆景湛的凤眸朝着她扫了一眼。

就这一眼，陆景湛的薄唇便噙出一抹笑意，整个人俊美异常，活脱脱一个意气风发的少年郎。

苏锦脸上一红，迅速挪开视线，回到了马车里。

"公子，我都说了陆公子这般在外，容易被贼人盯上吧。"月儿忍不住偷笑起来。

"行吧，那你刚刚欲言又止什么？"苏锦轻咳两声，转移了话题。

月儿见苏锦又问，凑近她耳边："陆公子对姑娘好像很不一样，姑娘没发现吗？"

苏锦听着这话，捏了捏月儿的脸蛋："这是当然，陆景湛这趟的任务不就是护着我吗？"

月儿都急了起来："我的傻姑娘，我说的不是这个，他好像很在乎姑娘，在乎明白吗？大概是有些喜欢的。"

话刚出口,月儿赶紧捂住了嘴巴又道:"呸呸呸,姑娘您当我没说,我胡说八道,这陆大人和您的身份定不能用'喜欢'这个词。"

苏锦听见月儿的话,瞬间愣住了。

月儿说陆景湛……喜欢她?

02

"月儿,你想多了,陆公子在乎我,是因为我们互惠互利,你……不可胡说。"苏锦说着拿折扇敲了敲她的脑袋。

说陆景湛舍不得让她死,苏锦倒是信。毕竟她也被陆景湛培养了半年之久,历经艰险才让她有了宠妃的名头。

但是,说陆景湛喜欢她,那是绝对不可能的。

月儿赶紧捂住嘴巴,点点头:"月儿不说了,姑娘放心。"

"不过呢,本公子倒是认可你说的,这陆公子在外,确实太招摇过市,容易让贼人盯上。"苏锦若有所思。

月儿一听,拍了拍胸脯:"公子,我去骑马,让陆公子来马车里。"

"你骑马?"苏锦笑了笑打量她。

"公子别小瞧月儿,我爹是马夫,我们家兄弟姐妹几个,从小就会骑马。"月儿说着自信地仰起了头。

苏锦不禁露出赞叹的目光,她还是第一次知道月儿会骑马。

她之前想学骑马却一直没有机会,下次可以跟着月儿学学。

两人商量完,苏锦叫停了马车。陆景湛骑着马上前,拨开了车帘问苏锦有何事。

苏锦以有话要和他说为由，让他和月儿换了换。

陆景湛一听这话，微扬起眉毛，俊美的脸平添了几分魅惑。他没有再多问，动作利落地下了马，迈开长腿便上了马车。

月儿瞧了眼姜海，有些羞涩地下了马车。

她下去后把缰绳、马鬃一并抓住，熟练地上了马，慢慢骑到了姜海边上。

姜海见到月儿骑马的动作，眼眸中闪过一些惊讶，没想到她还会骑马。他缓缓开口："你会骑马？"

"是的，大人，我爹是马夫，自我记事起便会骑马了。"月儿说着低下了头，脸上有些烧得厉害，不敢正眼去看姜海。

"月儿，这已是在外面，你叫我姜海即可。"

月儿点了点头。姜海一身黑色紧身长衫，他的皮肤不算白，但眉宇间英气十足，眼底时常有些寒光，沉默寡言的模样，让她想起来便会脸红。

苏锦看着骑马的两人，不禁偷笑起来。

陆景湛懒洋洋地靠在马车椅背上，狭长的凤眼直勾勾地盯着苏锦看。自他上车，苏锦还未说一句话。

触到陆景湛的目光，苏锦开口道："大人，我和月儿一致认为，你在外太容易招惹心怀不轨之徒，为了我们这一路的安全，你还是和我待在马车里吧。"

她俏皮地说完，便笑吟吟地看了眼陆景湛。

陆景湛薄唇轻启，慢悠悠道："心怀不轨之徒……我看这心怀不轨之徒在马车里才是。"

嗯？

苏锦见他把矛头对向自己，娇艳的唇瓣动了动，立刻开口辩解："大人，苏锦可没有。"

"没有？"陆景湛轻声反问了句，懒洋洋地转头看了眼马车外的两人。

苏锦明白了他的意思。

她虽然没这样想过，但目前看上去好像确实如此……苏锦扑闪着美眸，长长的睫毛微颤，她干脆也不反驳，靠着马车装睡起来。

闭了会儿眼，她突然感觉自己腿上躺了一个火热的东西。

苏锦缓缓垂下眼眸，就见陆景湛把头枕在了她的腿上。他的俊脸对着苏锦的肚子，隔着衣衫，他温热的气息在她身上蔓延开来。

"大人……"苏锦一时间有些不知所措，她用手轻轻地戳了戳陆景湛。

因为陆景湛的出现，马车里显得狭窄了很多，他身材修长，把头枕在她腿上后，便勉强可以躺着睡。

苏锦戳了陆景湛几次，他都无动于衷，见他的呼吸均匀，像是很累的模样，她叹了口气便没有再动。

毕竟陆景湛也骑了大半日的马，该是累了吧。

虽然陆景湛是太监，但是他这样躺着，苏锦还是没忍住红了脸蛋。

她把视线落向别处。

不知过了多久，陆景湛突然伸出手搂住了她的纤腰，把脸贴得离她的身体更紧了些。

这陆景湛不会是把她当成人肉枕头了吧。

苏锦抬起纤细的手捏了下他白皙的脸,鼓起勇气开口:"大人……你抱的是我的腰,麻烦放开。"

她见陆景湛还是未醒,微微加重了手里的力道。谁知陆景湛皱了皱眉毛,双手搂得更紧,他的薄唇甚至直接贴上了苏锦的肚子。

苏锦被他勒得闷哼出了声,有些头疼地拍了拍眉心。

无论她怎么折腾,陆景湛都没有要放开的意思,她叹了口气,干脆不管了,随他。

对她而言,陆景湛和月儿一样,没有什么区别。

没错,陆景湛和月儿没有区别……苏锦闭着眼睛给自己洗脑。

又过了一会儿,苏锦因为长时间维持一个姿势,腰酸腿软,见陆景湛一动不动的,倒是睡得香甜,她忍不住小声吐槽:"陆景湛,抱这么久是要付银子的,醒了后乖乖把袋子里的银子都给我,听到了没有?"

苏锦刚说完就感觉到一道冰冷的视线,她缓缓垂下眸,就见陆景湛微眯着凤眼,正等着她继续说话。

马车里气氛僵住,突如其来的沉默蔓延开来,静得让苏锦能听见自己的心跳声。

此刻,苏锦缓缓扯开了微笑,露出甜甜的梨涡:"大人,你醒了,要按摩吗?"

陆景湛未理会苏锦,松开了她的腰,坐了起来。

他神情冷淡地把头转向了窗外。就在这一瞬间,他嘴角扬起一抹慵懒的笑意，转瞬即逝。

天色变暗快要入夜，陆景湛看着四周一片荒芜，让众人加快速度，天黑前一定要赶到客栈。

接到陆景湛的命令，姜海回头看了看月儿，眼神柔了些，语气有些僵硬："月儿，我们得赶路，你跟紧我些。"

"姜大哥你放心，月儿不会拖大家后腿。"月儿说着便挥起马鞭，冲到了最前面。

姜海看着前方越来越远的人影，加快速度也跟了上去，他不是这个意思……

其余一行人紧跟上两人的速度。

"公子，请抓紧扶手，接下来的路会比较颠簸。"车夫回头对着车内的两人说。

马车瞬间加速奔跑了起来，苏锦一个不稳扎倒在了陆景湛怀里。看马车颠簸得厉害，陆景湛顺势搂过她的腰，拉近了两人的距离。

苏锦一慌，想推开陆景湛，却又在颠簸的马车上失去平衡，再次撞入了他的胸膛，这次她痛得闷哼了一声。

看到她吃痛的表情，陆景湛眼眸暗了下去，他骨节分明的手抬起了苏锦的下巴，另一只手揽过她的纤腰，微微用力把她拉到自己腿上。

苏锦被他抱得动弹不得。

两人因为马车的颠簸，几乎要贴在一起了，他身上的清香萦绕在苏锦的鼻尖。

苏锦反应过来后试图挣扎,却被一阵清冷的嗓音打断:"别动……入夜前不能赶到客栈,就只能睡野外了。马车颠簸,你坐不稳。"

陆景湛的语气里听不出丝毫的情绪,他好像也没有意识到自己抱着苏锦有什么不对,反而显得是苏锦不明事理一般……

她语气立马软了下去,弱弱开口:"大人,我自己可以坐稳。"

陆景湛抬起眼眸打量着她,缓缓把视线挪到了窗外,他的手瞬间放开了苏锦。

苏锦感受到了自由后,还没有起身就遇上了一阵更大的颠簸,马车似乎都要被颠散。她被撞得飞起来,下一秒又重重地落在了陆景湛的腿上。

苏锦的脸瞬间绯红一片,双手忍不住扯了扯他的衣襟,把小脸埋了下去。感受到自己的身体起起伏伏地撞在陆景湛身上,她气息微弱地哼了句:"大人,抱我一下……"

陆景湛没有理会苏锦,任由她随着马车颠簸。她几乎带着哀求的语气:"求你了,大人……"

陆景湛听着,微微冷哼了声,不紧不慢地再次伸出手抚上了她柔软的腰身,在苏锦看不见的地方,他薄唇逐渐扬起诱人的弧度。

因为陆景湛的力度,苏锦的身体总算稳住了,她缓缓地松了口气,渐渐地睡了过去。

半梦半醒间,她感觉自己脸上很烫,像被火烧了一样,突然感到有个冰冷的东西,她不自觉地就贴了过去。

陆景湛的脸感受到苏锦火热柔软的脸颊,因为她的动作,他的喉结不可控地上下滚动，抱着苏锦的手捏紧了拳头，嗓音瞬间嘶哑："苏锦，脸离我远些。"

苏锦半梦半醒间听到了陆景湛的话，赶紧挪开，迷迷糊糊说了句"对不起"。

这一路对陆景湛而言很是煎熬，到了客栈以后，他顺势把苏锦从身上丢在了座位上，冷着脸快速进入了客栈。

月儿下马后，只见到陆景湛清冷的背影，她打开车帘，苏锦正揉着眼一脸懵懂。

"公子，您得罪大人了？"月儿扶着苏锦下车，细细问道。

苏锦打着哈欠："没有吧，他估计是困了。"

几人各自回房后，苏锦倒头就睡，然而，她却做了一晚上的梦。梦里，她因为占了陆景湛便宜而被他抓住要砍掉她的手。

最后，苏锦是被吓醒的。

她一个激灵整个人从床上坐了起来，擦了擦额头的汗。

苏锦看了看窗外，见天色还早，便去洗了个澡。等她再回到房里，脑海中缓缓浮现了昨晚马车里的种种，她直接把小脸埋进了被子，忍不住自我吐槽："苏锦啊苏锦，陆景湛可不是正常的男人，你害羞什么，就这点出息，呜呜呜……"

苏锦想着，便从被子里探出头，她得想办法在马车里和陆景湛保持距离。

有了！

她去买些东西放在马车上，把她和陆景湛的位置隔开。

苏锦起身推开窗户，看了看四周，这里像是一个临时的停靠点,附近只有三三两两的妇人在卖东西,并没有大的村落。

苏锦探出头就看见"富济客栈"几个大字,这名字……看来老板颇有话本册子里描述的豪爽性子。她看见客栈附近有卖布料的妇人,感觉这布料正合适,轻盈,不会增加太多重量,又刚好可以隔开两人,便打定主意一会儿去买些。

她下楼的时候,其他人都已在店中吃东西。苏锦特意去看了眼富济客栈的老板,他身材微胖,一脸的大胡子,笑得豪爽。

陆景湛和姜海还有月儿在一桌,这老板还走过去低声和陆景湛在说些什么,看样子像是认识。

月儿见了她使劲挥手:"公子,这边。"

苏锦看着她,轻咳两句,缓缓走了过去。富济客栈的老板朝着苏锦热情地笑了笑。

她点头回以微笑,老板见她过来便走开了。苏锦靠着月儿坐了下来,刻意避开陆景湛边上的位子。

月儿吃着东西,瞧了她一眼,小声道:"公子,边上有个位子。"

"不打紧,想靠着你坐。"苏锦说着把头往月儿肩上靠了靠。

月儿见状,低头笑了笑:"好的,就依公子的。"

陆景湛坐在对面,全程都在吃着东西,没有瞧苏锦一眼。

姜海在中间位子吃着,却莫名感觉桌上的氛围有些奇怪,只是他又说不上为什么。他放下碗筷道:"公子,吃完我们早些赶路吧,今天的路程中途没有客栈,只能在野外过夜,我们得赶去黑山,那里有一处空地,过路的常年都是在那处歇息。"

03

一行人吃完饭后,等着客栈老板去把行李拉出来,苏锦趁这时候到了附近卖布料的店铺。

这里的布不是完整的布匹,像是被特意剪断,有些零散,苏锦也没有多问,付了银子道了谢便拿走了。

布料相比苏锦身上的锦缎要粗糙许多,不过上面织的纹路都挺有特色,长短用来做衣服倒是够了,再不济放在马车上当枕头也是可以的。

她把东西拿上马车的时候,陆景湛已经坐在里面了,他身姿挺拔,五官妖娆俊美,凤眸紧闭。

苏锦轻手轻脚地上了马车,把布料放在了两人之间。陆景湛抿着薄唇,脸色有些苍白,看上去该是昨夜没睡好。

苏锦靠着另一边坐着,心想他还有什么烦心事能睡不好,随即又想到自己的梦,嘴角一撇,都是因为陆景湛,害得自己在梦里都被追杀……

她看着陆景湛睡得很熟也没有再靠过来,便放松了许多。这马车还是一路颠簸,但比起昨天的状况已经算不错了。

外面的月儿和姜海两人在马背上飞驰,光是瞧着背影都能感受到愉悦。

月儿时不时回头应着姜海的话,两人有说有笑。苏锦慢悠悠地从边上摸出了糕点,一边吃点心,一边瞧着两人。

这种感觉真好。

她打小就爱看那些描写情爱的话本册子,对两情相悦的男女,书里看得多了，现实中倒是头一回见。

两人聊得越发开心，月儿回头瞧了眼马车，只见打开的车帘后，苏锦正吃着点心看着她，立马脸色一热，转过头去。

苏锦见状笑了起来，她朝月儿挥了挥手，把帘子放了下来。

陆景湛因为苏锦的笑声缓缓睁开了眼眸，他淡淡扫了眼苏锦，看见两人之间的布料，俊美懒散的模样透出拒人千里之外的气息。苏锦不自觉地摸了摸自己的鼻子，今日见他这模样，倒觉得布料有些多余了。

她被陆景湛盯得浑身不自在，咬了口糕点，小声道："大人，您别误会，是我昨晚梦见有人占了大人便宜，被抓到后要砍掉手……这才买上来，为了保护大人的清白。"

苏锦说得一本正经，陆景湛安静听着，神情中透出一丝兴趣："说说看，占了我多少便宜？"

"大人，不是我，是梦里有人占了大人便宜，我哪里知道大人被占了多少便宜。"苏锦一鼓作气说完，眼神微微闪躲，故作镇定。

梦里就是她占陆景湛便宜，被抓住要砍手，现在却一本正经地说谎，她赶紧咬了口点心来缓解紧张的情绪。

"是吗？别人占我便宜？"陆景湛一脸似笑非笑的神情，"只怕是某人日有所思，夜有所梦……"

听了他的话，苏锦一口点心没吞下去，卡在喉咙，开始剧烈咳嗽起来。她一手拍着胸脯，另一只手胡乱抓起水囊就往嘴边送。

苏锦猛喝了一口水，大口大口地喘气，她绝没有日有所思……

"绝对没有。"苏锦语气软糯，把糕点收拾好，双手抱在胸前，直接侧过头不去看陆景湛。

陆景湛的凤眸扫了眼苏锦，慢条斯理道："如此便好。"

苏锦听着，愣愣地点了点头。

马车疾驰间，她突然想起姜海说的黑山，以前苏怀从肃州去过南城，一路历经多时，这黑山倒没有听父亲提过。

"大人，黑山是什么地方？"苏锦眨着清澈的眼睛，有些好奇地问。

陆景湛直直地凝望着她："去南城的必经之地，此地周边树木繁多，荒无人烟，早些年因有一块黑色的石头而闻名。"

"就这？"苏锦有些惊讶，听起来倒是平平无奇。

陆景湛见她像是不满足这黑山的由来："不然？"

苏锦还以为黑山是有山贼之类的地方，没想到是因为石头而起的名，那怎么不叫黑石？

她想了想，又摇摇头，还是黑山吧，这名字才特立独行。

苏锦的红唇微微翘起："我爹爹以前也去过南城，只是没听他提起过黑山，有些好奇而已。"

"黑山不过是通往南城的一处小地方，不足为奇。"

苏锦听着点了点头。从前苏怀去了南城后，回来告诉她的趣事和有趣的地方多着呢，像风光无限、坐落在山脚下的窦家村，苏怀那时就在窦家村住了几日，一对比，没提到这黑山也不足为奇。

"大人，你看，既然是在野外，我这布料买得不是刚好合适，夜里还能盖盖。"苏锦瞧着陆景湛，抿嘴笑了笑。

陆景湛挑眉，伸出了白皙分明的手指，从布料上划过："你不嫌麻烦就行。"

"不至于……"苏锦嘟囔着把布料扯向自己这边。

这次出发，一行人都加快了速度，天还没黑便到了黑山。苏锦下车伸了伸懒腰，打量了眼四周。

这黑山其实就是一处空地，周围被树林包围，因此常年有人在此歇息。

姜海让人生了几处火，说是今晚就地过夜。

苏锦带着月儿在附近转悠，这儿算是挺大的一块地，有几处还放了桌椅，不远处立了块大大的石头，上面刻了"黑山"两个字。

"公子，这地方只要不下雨，就是个好地方。"月儿打量起边上的树枝来。

苏锦顺着她的视线望了过去，只见树枝处有两个秋千。这里的秋千是以几根树枝为架，两根绳索被固定在树枝上。

两处秋千一处高些，一处矮些，最矮的位置也得从树上爬过去才行。

苏锦小时候经常玩秋千，每次荡起来，整个人飞出去的时候，都会有一种难得自由的感觉。

"确实是个好地方。"苏锦说着便四处打量了下，见其他人都在忙，她挽起袖子，露出纤细白嫩的小臂，想从边上的树上爬过去。

"公子，这太高了。"

"不打紧，爬树是我的老本行了。"苏锦身手灵活，三两下就爬到了树上。

月儿在下面抬头望着,伸出手跟着苏锦的动作挪动步子,生怕她会掉下来:"公子,您小心,这掉下来可不是好玩的。"

姜海跟着陆景湛去周边看了一圈,回来时刚好听见月儿的声音,他不禁回头,眼看苏锦已经爬到了树上,便叫了句陆景湛:"公子……"

他们所站的位置距离苏锦并不近。

听到姜海欲言又止的声音,陆景湛停下脚步,他低垂的眼眸轻微抬起,看向了苏锦。

此刻苏锦已经快够到秋千了。

她正一步步往前爬,步伐轻盈,十分熟练。

月儿在下面看着,心都提到了嗓子眼。忽然听到有脚步声,月儿回头就看见陆景湛和姜海。

苏锦朝着下面打了个招呼,整个人已经坐在了秋千上。

她白皙的脸上美眸灵动,唇瓣间带些俏皮的笑意,散落的长发犹如瀑布般垂直下来。

月儿看着苏锦,直说自己也想上去。

姜海看着月儿微圆的脸蛋红扑扑的,嘴角扬起笑容,眼睛里面全是爱慕。他缓缓走上前,语气生硬:"月儿,我带你上去吧。"

月儿还没反应过来,倒是苏锦笑得越发开怀:"姜海,我替月儿谢谢你,快送她上来。"

"公子!"

"害羞什么,你们两个大男人……"苏锦笑着说道,语气里加重了"男人"二字。

她单手抓住绳索晃动着自己,让姜海快些上来。

姜海见陆景湛未作声，他僵直着身躯朝月儿走近了些，低声朝她说了句抱歉，伸出手揽住了她的腰身，下一秒整个人离地，踩着树枝，飞上了秋千。

月儿被姜海抱到了秋千上，嘴角笑意更深。

在姜海就要下去时，她鼓起勇气扯了扯姜海的衣袖，小声道："姜大哥，我有些害怕，你陪我一起坐吧。"

苏锦晃了几圈，微微侧过头瞧着两人坐在秋千上的背影，不禁感叹女大不中留。若是月儿许配给姜海，她也可以放心了。

她双手抓住绳子，用力晃动着秋千，整个人轻盈地随着秋千飞了起来。

见陆景湛还在她下方，她探出头，语气中略带豪气："表哥，上来坐坐吗？小弟给你让些位置。"

陆景湛微抬眸就看见苏锦笑靥如花，像是料定了他不会上去一般肆无忌惮。他神色冷清，细细看向苏锦，薄唇间有一丝若有似无的笑意。

见陆景湛不理会她，苏锦眼眸含笑，更加放肆。

月儿见陆景湛沉着脸，她小声道："姜大哥，陆大人是不是在生气？"

姜海感受到月儿靠近的气息，他不自然地侧开了脸，看了看陆景湛，在月儿耳旁低声道："大人这是高兴，不是生气。"

"高兴？哪有人高兴的时候还沉着脸？"月儿不解地问。

姜海听着脸上浮出笑容："大人生气的时候可不是这般模样。"

他记得曾经有一次陆景湛生气，浑身都散发出暴戾的气息，整个禁卫局的人大气都不敢喘，生怕自己呼吸声太大，碍了大人的眼。

月儿挠了挠头，听不明白。

苏锦在高空自由地晃动。这种久违的自由感觉让她整个人都放松了下来，她缓缓闭上了眼，感受着微凉夜风。

"掉下去可拉不住你。"一个磁性而低沉的声音响起。

她猛然抬起眼，就看见陆景湛坐在自己边上，他薄唇微张："看够了吗？"

苏锦立马回过头，这陆景湛不会也是像姜海那般飞上来的吧？

陆景湛上来后，整个秋千晃动得更加厉害，有种摇摇欲坠的感觉。

"表哥，我们这个秋千的绳子好像没有月儿他们的粗。"苏锦声音清脆，她伸出手抓紧了绳子，想着要是掉下去，她还能借点力，不至于摔得太疼。

"怕还爬这么高？"陆景湛幽沉的眸子看向了苏锦。

"我在下面都看过了，若是我一个人定是不会断的。"苏锦冲陆景湛眨着无辜的大眼睛。

那模样分明是在说绳子要是断了，那也是因为陆景湛太重了。

陆景湛轻笑一声，慢条斯理道："合着你刚刚是假意让我上来？"

"倒也不是假意，大人上来我下去便是。"苏锦也学着陆景湛的语气慢吞吞道。

"行。"陆景湛说完，停住了秋千，漆黑的凤眸看着她，分明是想看她的笑话，让她下去。

苏锦还未起身，秋千被风吹得摇晃起来，她猛地两手抓紧了绳子。

"表哥可看好，不是我不下，是这风都舍不得我。"苏锦唇瓣微翘，颇得意的模样。

陆景湛的随从已经整理完行囊，有人坐着休息，有人守在附近的树林里。虽然乔装成了普通百姓，但一到黑山，众人都打起了精神。

他们没有一人朝秋千的方向看。

苏锦侧过眼眸，时不时瞧瞧陆景湛，她是真没想到他也对这荡秋千感兴趣。

"表哥，要不今夜你睡马车吧？"苏锦软绵绵地开口，别的不说，就陆景湛这模样说是精雕细琢也不为过，"你这模样睡野外容易被盯上。"

月儿和姜海背对着他俩，听到苏锦的话，就连姜海也忍不住低笑起来。

他本是不怎么喜欢苏锦的，觉得她好吃懒做，不明白为什么大人要重用她。每次陆景湛安排他去保护苏锦，他内心都有些牵强。但这些日子接触下来，加上还有月儿的描述，他是真的没想到，苏锦长得柔柔弱弱，胆子却不小，还喜欢在老虎身上拔毛。

此刻陆景湛脸上依旧冷漠，凤眸中透出微微寒光，薄唇扯出一抹弧度："听你的。"

嗯？

苏锦一愣，没想到陆景湛会说出这句话，听她的。

那挺好的，下次逛街花银子的时候，希望陆大人还是说这句，听她的。

那就不只是陆大人了，还是陆财神。

苏锦光是想想都觉得美妙，她伸了伸懒腰："大人，也不早了，我们下去歇息吧，明早还得赶路。"

她说着朝陆景湛眨了眨眼，就等着他下去后便原路返回。

只见陆景湛半点未动，他修长的手臂揽住苏锦的纤腰，两人贴近，还没等她反应过来两人已经站到了地上。

陆景湛不着痕迹地收回了手，朝马车走了过去。

直到他上了马车，苏锦愣是一句话都没有说出口，她抬眸看了看还在摇晃的秋千……算了。

这时候月儿和姜海也下来了。陆景湛睡了马车，姜海便让苏锦和月儿睡在马车附近，地上铺了几层绸缎。

苏锦和月儿相互靠着和衣而睡，姜海坐在旁边的树下，他的手里抱着长剑，守着三人。

月儿倒是先睡着，她把头靠在苏锦的肩上，双手搂住了她的腰，睡得香甜。

苏锦把身上盖的被子往她身上挪了些，抬眼看着天空繁星点点，眼神迷离，渐渐地也睡了过去。

姜海看见苏锦不经意间的动作时还有些惊讶，但这一刻他有些明白为什么月儿总说苏锦好了。他在宫里当差多年，各种各样的事情见得太多，其他的那些妃子、娘娘没有谁会把一个小宫女当人的，但苏锦不一样。姜海轻轻叹了口气，心里对苏锦的那点不满也逐渐烟消云散。

姜海正要闭眼，就听见掀开帘子的声音。姜海转头看去，只见陆景湛神色淡淡，月光映着他白皙的脸，姜海没出声，回身闭上了眼。

陆景湛的视线落在了苏锦身上，不知过了多久，他才缓缓收回眼神。

第六章
冤有头，债有主

01

晨曦拨开夜的黑暗，悬吊在空中的秋千被风吹得一晃一晃的，在地面落下摇曳的阴影。

苏锦睁开眼，瞧见所有人都在边上站着，她惊得整个人坐了起来，揉揉眼，以为自己还在做梦。

其他人都已经集合，只有她一个人睡在这里。

她起身拍了拍身上，有些尴尬地笑了笑，朝月儿挥手。

姜海见苏锦醒过来后陆景湛并未说话，便对其他人道："收拾好东西，出发。"

苏锦把月儿拉到身边，小声道："大家都醒了，月儿，你怎么不叫我？"

月儿遮住嘴巴凑到苏锦耳边："姑娘，不是我们不叫，是陆大人见你在睡觉，下令不让任何人打扰，其他人大气都不敢出，就怕吵醒你。"

苏锦无奈地低下了头，这辈子就没这么尴尬过，睡在所有人眼皮子底下，而且是大家都醒了，只有她一个人在睡。

"月儿，我说梦话没有？"苏锦抱着最后一丝希望挣扎着开口。

月儿瞧着苏锦，努力地扯开了笑："没事，梦话只有我听得懂。"

"说了什么？"

"你说……让我拿假死药过去……"月儿维持住脸上的假笑。

苏锦用手掌拍了拍眉心，在内心默默祈祷——陆景湛没听见，陆景湛没听见。他听不懂，听不懂。

陆景湛见苏锦垂着脸避开了他的视线，微冷的声音缓缓响起："还不上来？"

苏锦又深呼吸了几次，手轻轻地拍了拍自己的脸，和月儿打过招呼便上了马车。

她担心万一陆景湛开口问起假死药，她不知如何回答，于是故作没有睡好的模样，从上车起就背对着陆景湛闭眼开始睡觉。

虽然以她的聪明才智也能圆这个事，但对方可是陆景湛，天下没有他查不到的事吧。

多说多错，苏锦决定还是睡觉，反正不出半日他们就能到窦家村了，到时候就不用面对陆景湛了。

马车走了许久，苏锦坐得腰间有些发麻，正想换一个姿势，就听见外面传来一阵粗犷的声音。

"此山是我开，此树是我栽，要想从此过，留下买路钱。"

苏锦打开帘子望了出去，一行二十来人站在他们对面，个个手里拿着大刀。

她赶忙放下帘子，见陆景湛闭着眼，她低声唤了声"大人"。

陆景湛这才缓缓睁开眼，俊美的脸上平添些许冷漠，黑眸中冰冷疏离。

他让苏锦坐在车里，自己缓缓下了车。

这时候姜海让月儿去马车上等着。月儿心都提到了嗓子眼，一路小跑，刚上车就靠着苏锦，抱住她的手臂："姑娘，他们不会伤害姜大哥吧？"

苏锦安抚地拍了拍她的手。

如果是一对一，她倒是不怀疑姜海，只是对方人多势众，眼下不好说。

其中为首的大汉留着光头，大刀扛在肩膀上，模样粗犷。看着对面的陆景湛，他摸了摸下巴："识相的把银子留下，我考虑留你们一条小命。"

这群人青天白日下抢劫，看样子像是惯犯。

苏锦打量着窗外，不知该如何脱身才好。

陆景湛一身蓝色锦袍，身形颀长，张扬的脸上神情冷漠，凤眸淡淡扫过眼前的大汉，嘴角勾着笑："我若是不留呢。"

光头大汉和身后的人发出了大笑，他拍了拍大腿："我打劫了这么多年，嘴硬的你是第一个。兄弟们，给我上，扒他个精光。"

他一声令下，身后的人全冲了过来。

姜海拔出刀飞身而下，其他人也都从身上拔出长刀。

"留活口。"陆景湛无情地吐出了一句。

"是！"

一行侍卫齐声回应。

苏锦见状，趁现场打斗混乱，拉着月儿从马车后跑了出去，躲进附近的树林里。

她从远处观战，这群土匪的战斗力明显不如陆景湛的人，光头大汉急了，从马上飞了下来，大刀对准了陆景湛。

陆景湛站在原地等着光头大汉走到近前，利落地抬起一脚，光头大汉飞出去老远。

月儿在苏锦边上紧张地看着，视线全在姜海身上，满是担心。苏锦看了眼紧紧抓住她手的月儿，她轻声安慰："放心，姜海不会有事的。"

打斗中，一名土匪被踢飞，正撞在了马车上，马车瞬间被击垮。

陆景湛见马车里没人，神情未变，像是已经知道她们不在。

两人看得正出神，一把短刀冷不丁地架在了月儿的脖子上，带着一阵轻笑的话语袭来。

"您二位跑得倒是快。"

月儿吓得一动不动，苏锦脸色微变，逼着自己迅速冷静了下来，唇瓣带笑地回了头，只见两个黑衣人站在她们背后。

"好汉，有事好说，小弟们手无缚鸡之力，一定听二位的。"

苏锦和月儿都是一身男装躲在树下，其中一个黑衣人的短刀还架在月儿脖子上。

"我在这儿盯了你们好一会儿了，那群蠢货求财，我们要人，告诉我们宠妃苏锦在哪儿，便饶你们一命。"黑衣人说着指了指那些土匪，语气带着些嘲讽。

苏锦和月儿面面相觑，两人都沉默了下来。

苏锦着实没想到她都出宫了还有人要杀她，脑中略加思索，故作一脸天真，小心翼翼地反问道："好汉，敢问两位可是宠妃的亲戚，特来接应？"

黑衣人看着她越发不耐烦："胡说八道什么，我是来杀她的，看不出来？"

苏锦的脸色白了几分，难道这两人自他们从肃州出城后就一直跟着了？可是他们又并不知道她的模样。

她招谁惹谁了！

黑衣人见苏锦不说话，刀从月儿的脖子上挪到了苏锦的脸上："说话，宠妃苏锦在哪儿？"

月儿被两个黑衣人吓得不行，他们不像土匪那般求财，而是一心想要苏锦的命。她脸色惨白，泪水在眼眶里打转，咬咬牙把心一横，正打算替苏锦承认身份，还未来得及开口，只见苏锦已经指向了远处在打斗中的陆景湛。

"好汉，那位便是陛下的宠妃苏锦，我们两位只是宫里的小太监，还请好汉手下留情饶我们一命。"

月儿听着睁大了眼，不可置信地顺着苏锦手指的方向看向了陆景湛，她在惊讶中附和地点了点头。

其中一个黑衣人顺着苏锦指的位置望出去，他啐了一口："我呸，这分明是个男人，哪有女子身材如此高大。"

"好汉，这苏锦为了安全女扮男装，您再仔细瞧瞧，小人定不敢胡说八道，而且她正是因为身姿与旁人不同才被纳入后宫的，那模样是相当不错的……"苏锦眼眸中带着真诚，让黑衣人再仔细瞧瞧。

黑衣人摸了摸脑袋，让边上身材瘦小的同伴上前瞧瞧。

这时候苏锦的心也提到了嗓子眼，就指望着不要被拆穿。

瘦小男人上前把草丛拨开，定睛瞧了会儿，只见陆景湛脸庞俊美，浑身贵气，其余的人都在护着他，让土匪近不了他的身。

瘦小男人瞧了会儿道："这人一见就是主子，这般模样难怪能得赵衫的宠爱。"

"你确定？杀错了费工夫。"高大的黑衣人还是有些不相信。

瘦小男人用力拍了拍同伴的头："你见过这般好看模样的男人？"

苏锦见两人还在打量远处的陆景湛，她在边上小心翼翼地说："好汉，小人家中还有八十岁老母亲和几个兄弟要养活，这才被家人送进宫净了身。小人只求个活路，要是捉住了苏锦，可千万别说是小弟说的……"

黑衣人回头看了她一眼，确实细皮嫩肉，说话声音也细，原来是太监……

他从身后拿出箭对准了陆景湛，另一个人用手抓住了月儿的衣服，往外推了一把："赶紧滚……"

苏锦见状，立马拉起月儿往外跑，还没走两步就听见黑衣人带着怀疑的声音说："这人是苏锦，那陆景湛去哪里了？"

苏锦只觉得额头狂冒冷汗，她脚步一顿，故作轻松地笑了笑，继续瞎编："好汉有所不知，这陆大人一向看不惯宠妃苏锦，来时说有事，让苏妃娘娘先行。"

"陆景湛不在？你不早说，我出去将他们都杀了。"黑衣人一听这情况，语气发狠，阴森森地笑了笑。

苏锦点头哈腰附和着。

这两人忌惮陆景湛，就是想要来杀她。

看着其中一人举起箭对准陆景湛，她一时也顾不了这么多，带着月儿狂奔冲出了树林后便朝着陆景湛跑去，大声喊道："小心。"

这时，黑衣人的箭刚好射出。

陆景湛听见苏锦的喊声，整个人飞向空中，轻松避开了长箭。

姜海看到两人后立马飞驰了过去。

黑衣人见苏锦使诈，神色立马变了，速度极快地用箭对准了她。

苏锦像是预料到什么，把月儿朝着姜海的方向用力推了出去。她用力将月儿推出去后，脚下不稳，整个人摔倒在地，长箭从身体上方呼啸而过。

02

苏锦趴在地上，只感觉浑身都在疼，特别是膝盖和胸口，直到她被温热的大掌拉起，整个人贴近了结实微热的胸膛。

陆景湛垂眸看见苏锦秀眉紧皱，神色痛苦，他脸色变得铁青，狭长的凤眸中闪过一股火苗。

其余的侍卫快速解决了土匪，朝着树林里冲了过去。

他垂眸紧盯着苏锦，眼中散发出暴戾之气。把苏锦打横抱起，陆景湛快步上了马，语气冷清地给姜海丢了句"窦家村集合"，便骑马飞快离开了。

姜海让月儿藏起来，随即从怀中摸出暗器，朝树林里飞了过去。

姜海来到树林时，两个黑衣人已经被当场处决。他让人把活着的土匪衣服全脱了，用绳子把他们绑在一起驮上马，一行人带上东西去窦家村与陆景湛集合。

陆景湛的马骑得很快，苏锦在他胸前，只觉得胸口颠簸得更加痛，背靠在他怀里软软哼道："大人……好痛，能不能慢些？"

不知是不是因为她声音太小，陆景湛并没有回答。

骑马的速度却降了下来。

苏锦被陆景湛圈在怀里，鼻尖充斥着他身上好闻的气息，她想说话却觉得胸口闷得慌，只能软绵绵地靠着他。

再次醒来时她已经躺在床上，浑身痛得厉害。

苏锦靠着床头坐了起来，她把膝盖露出来，疼痛的位置已经肿了一大块。她叹息了一声，怎么总是受伤……她有些无奈地抬起了头，向四周看了看。

这是一座竹房，房间里东西不多，倒也整洁。

陆景湛站在竹房外，刚要进去就听见苏锦在碎碎念，他缓缓停住了脚步。

"这下真是全身都是伤,不知道胸口怎么样了,不会摔没了吧。"苏锦咬着唇脱下外衣,起身一点点地挪到了镜子前,只见雪白的胸口蹭脱了些皮,火辣辣的,红了一片。

陆景湛透过竹房就看见了一片雪白的肌肤,眼眸逐渐暗了下去。他极快地侧过头,缓缓闭上了眼。

月儿端着水过来时,看见陆景湛站在房外,见他未开口,她小心翼翼地避开,入了房内。

她刚进去就看见苏锦衣衫已褪去大半,正对着镜子打量胸口。

不会刚好被陆大人看见了吧?

月儿心里一惊,还是把陆景湛在门口的事隐瞒了,她把盆放在苏锦边上:"姑娘,您可算醒了,我给您擦擦身子。"

苏锦回过头,瞧了瞧天色,应是白日才对:"我睡了多久?"

"得有快一日了。身子还疼吗?"月儿轻柔地给苏锦擦着,想起苏锦为了救她,差点命都没了,眼眶里又满是泪水。

苏锦冲她笑了笑,故作轻松道:"没事,我爹都算过了,我命大着呢,死不了。"

"呸呸,姑娘快跟我吐口水,千万不能再说这个字。"月儿一听,迅速拉起苏锦的手说。

她给苏锦擦了遍身子,受伤的地方都涂了药,又让苏锦再休息休息,说是明日一早还得继续赶路。

苏锦点了点头,缓缓起了身。

是得早些出发,现在南城的水患也不知怎么样了,这行程耽误不得。

月儿见苏锦神思飘散，想往外走，就拿了件披风给她披上。

她一边扶着苏锦往外走，一边小声道："姑娘别想太多，我听姜大哥说，这陆大人早几日就已经派人去了南城找钦差大臣共治水患了，我们晚两日到也无妨，您身体要紧。"

听陆景湛已有安排，苏锦这才放心下来。不知为何，只要知道是陆景湛安排之事，她总会觉得无比安心。

想着不会出岔子，她便拍了拍月儿的手："我身体无碍，摔了一跤都是皮肉伤，不打紧。"

出了竹屋就是一处庭院，院子不大，东南处有几间房。

月儿告诉她，他们已经到了窦家村，这里是一处闲置的空房，陆景湛给了些银子便住了下来。

不知是不是药效的缘故，过了一个时辰，苏锦的膝盖似乎也好了些。她步伐极慢地把院子逛了一遍，看见竹屋后有一片很大的菜园，一个老伯正在弯腰锄草，眼前一片绿油油的景象。

"月儿，我们坐着休息下。"苏锦在月儿的搀扶下坐在了菜园边上。

月儿四处打量了下，瞧见一棵树："公子，您先坐，我去给您摘些果子。"

苏锦半靠在背后的木栅栏上，老伯锄完草扛着锄头便朝村里走去。

她看着眼前这一大片菜地，想着以后要是有银子了，她也要买一个大院子和菜园，再种上些自己喜欢吃的果子。

苏锦还在心里规划未来，就听见陆景湛一贯冷清的声音从背后的竹屋传来。

"事情查得怎么样?"

"回大人,秦冉冉已在肃州调查参与暗杀之人,很快就会有消息。"姜海毕恭毕敬地答着,说完便沉默下来,一副欲言又止的模样。

"何事?"

姜海垂下眼:"大人,秦冉冉传来消息说,这次暗杀的目标并不是您,而是苏妃。"

陆景湛凤眼微抬,轻声念了出来:"苏妃?"

姜海点了点头,神色严肃:"他们知道大人出宫乃是刺杀的最好时机,但苦于无法近身,就把主意打到了苏锦身上。若是大人这次护主不利,让陛下的宠妃命丧南城,陛下定不会放过您。"

陆景湛薄唇划过一丝冰冷的弧度:"一群蠢材。"

苏锦听到这段对话,心里"咯噔"了一下。

她没听错吧?这群人要杀陆景湛,杀不了就把主意打到了她身上,她招谁惹谁了。

冤有头,债有主,他们有本事就冲着陆景湛去,欺负她一个弱女子做什么?苏锦只是想想都委屈得要掉眼泪,心里一阵酸楚。

她伸手摸了摸头上的束带,还在,便松了口气。

看来这一路都得以男装打扮了。

这时候月儿拿着果子过来,刚凑近,苏锦就捂住了她的嘴巴,做了一个嘘声的动作,轻手轻脚地挽着月儿离开了菜园。

庭院中，陆景湛眼眸黑如深潭，见墙缝中匆忙而过的背影，神色平静。

让她知道自己的处境也是好事，性子多少收敛些。

等苏锦再回到院子的时候，陆景湛和姜海已经不在了。她想了想，打算让月儿这一路都跟着姜海，总比待在她身边安全。

天刚入夜，姜海来找月儿，问她关于昨日在树林里遇刺的事。

"姜大哥，这真得给你夸夸我家姑娘，刀都架在脖子这里了，还好她反应快。"月儿想着当时的情况便笑了起来。

她将她和苏锦逃到树林又遇杀手，苏锦如何欺骗贼人的事说了一遍。

"姑娘说陆大人才是陛下的宠妃苏锦，结果那两人也蒙了，最后竟还信了。"

姜海听着脸色一阵青一阵白，这苏锦脑袋里都是些什么……大人是陛下的宠妃？他连想都不敢想："他们这也能信？"

"我也觉得，可是他们朝着陆大人看了几眼，就真的信了。要不是姑娘这招，我们当场就没命了。"月儿扑闪着圆圆的眼睛，认真地说。

"月儿，这一路你跟紧我，我护着你。"姜海说着，有些不自在地侧过头。

"谢谢姜大哥。"月儿抿着唇，圆嫩的脸上是藏不住的笑意。

第二日准备出发时，苏锦才想起马车被撞毁的事。

她只能准备着先骑马，等到了善州城再找辆马车。上马前她临时抱佛脚，让月儿教她如何骑马，但最终她还是没有上去。

月儿在一旁忍不住开口:"公子,要不您和我骑一匹马?"

距这里不远便是善州城,苏锦想了片刻后,点了点头。对于骑马这事,她还得再学学,现在的情况是她认识马儿,马儿不认识她。

姜海见状走上前,他朝苏锦鞠了一躬:"公子,这一路不太安生,您和月儿一起,怕被贼人有机可乘。"

苏锦第一次见姜海这种态度,挑了挑眉。姜海现在对她倒是客气了许多,但听这话明明就是担心月儿和她一起会有危险。

月儿一听急了:"姜大哥,我不怕的,公子没学过,不能自己骑马。"

苏锦眼眸含笑,红唇微微翘起,慢慢悠悠道:"月儿,这要是遇上危险,你也保护不了我,你自己骑马,我再试试。"

月儿知道苏锦不想和她骑一匹马是为了保护她。她看着苏锦自己上马,着实担心,在边上叮嘱:"公子,可记住了,千万不要放开马的缰绳。"

陆景湛从院子出来时,其余人都已准备就绪。苏锦小心翼翼地坐在马上,她弯下身子揉了揉月儿的头:"放心,我慢一些总该可以,这里离善州城也不远了。"

苏锦坐在马上,瞧了陆景湛一眼,语气清甜地叫了声"表哥"。

她肌肤本就雪白,美眸流盼,穿上男装后一副神态悠闲的模样,像极了清秀的公子哥。

陆景湛从苏锦身上收回了目光,迈开修长的腿朝她走过去。

下一秒,人已经在马上,双手环住了苏锦。

除了月儿惊得睁大眼睛,其他人的表情没有任何变化,一行人开始出发前往善州城。

苏锦的后背贴着陆景湛温热的胸膛，就这样被他圈在怀里，不像那日晕晕乎乎般，此刻她眨着眼睛，整个人一动不动。

陆景湛骑了一会儿便把下巴搁在了苏锦的肩膀上，苏锦一愣，微侧过脸，还未开口就碰上他光滑的肌肤，身体一僵又把脸转回来。

"大人，我们两个大男人这样骑一匹马，会不会很奇怪？"苏锦慢慢悠悠地说。

从窦家村去善州城有官道，陆景湛特意避开，选择了这条小路。虽然小路上行人很少，但这万一来了人，岂不是要怀疑他们有龙阳之癖。

陆景湛的心情似乎很不错，声音缓缓拉得很长："也是，看上去我比较吃亏。"

苏锦听着这话，下意识回过头，又不小心碰上了陆景湛的脸，她以为自己听错了，陆景湛怎会用这般语气说话？

何况，他怕被占便宜还上她的马……明明就是她比较吃亏，这陆景湛总是不把她放在眼里，想抱就抱。苏锦小心思全上来了："表哥既然这样说了，我不占你便宜倒是对不起你了？"

陆景湛的手臂微微收紧，两人贴得更近了，他的薄唇凑在苏锦的耳旁，嗓音低沉："想如何占？"

想如何占？苏锦的脑子因为他的话瞬间蒙了。

她放弃了，反正这陆大人她得罪不起，打又打不过，说又说不赢。

"表哥，小弟不敢，这不还想多活上几日。"苏锦轻声细语地嘟嘴道。

她说完向前坐了些,拉开了两人的距离。

陆景湛勾唇哼笑了声,不再说话。

苏锦瞧着眼前的小路,咬了咬娇艳的唇:"大人,苏锦有一事相求。"

她的语气很轻,却带着少有的认真。

"说说看。"

"这次去南城治理水患之后,苏锦不想再回宫了,还望大人成全。"苏锦说完,顿时紧张了起来,她的手不禁抓起了衣角。

她是否需要回宫都在陆景湛的一念之间。

但无论如何,她都不想再回去了。

03

"就这么想留在我身边吗?"陆景湛眸子低垂,刚好可以看见苏锦白皙的脖颈。

嗯?苏锦想起那日自己为了不委身赵衫,对陆景湛说的那番没头没脑的情话。她叹了口气,紧紧地闭上眼,开口:"表哥天姿国色,谁不喜欢?苏锦万万不敢有其他非分之想,能远远地瞧着大人便满足了。"

"是吗?"陆景湛轻笑了声。

"自然是。大人,能不能不让苏锦再回宫了?"苏锦听陆景湛笑了,便机追问。

半晌,见陆景湛不说话,苏锦的心快跳到嗓子眼,她又低声唤了声"大人"。

"好。"

她听到了陆景湛的话,一个"好"字清晰无比。

苏锦一双美眸弯成了月牙状,柔软的小手抓着他的手臂:"大人,太好了大人,谢谢大人,苏锦这辈子都会记得大人的大恩大德。"

她激动得有些控制不住,回过头想对陆景湛道谢,就感觉到自己额头上传来一阵冰凉酥麻的感觉。

陆景湛的薄唇不偏不倚地正好吻在了她的额头上。

不过片刻,他便挪开了,丢了句:"苏锦,你倒是想方设法占我便宜。"

苏锦听得脑袋里"嗡嗡"作响,她哪有这胆子,敢去占陆景湛便宜。

"大人,冤枉,我是有贼心也没贼胆啊。"苏锦解释着,伸出手揉了揉陆景湛吻过的地方。还好他们两人一直在前方,其余人都跟在后面,一路上都没有人靠近,应该是看不见刚刚的事。

眼看天逐渐黑了下去,苏锦百无聊赖地问了句:"大人,我们还有多久到南城?"

"善州城过了后还有太曲河。"

"太曲河的最南处就是南城了吗?"

"没错。"

太曲河这个地方苏锦知道,苏怀去南城时途经太曲河,之前总说要带她也来坐船玩玩。

这太曲河非常大,从那里去南城有两条路,一条路是坐船,另一条是走太曲小道，最快也得要五六日才能到南城。

苏锦觉得身体有些吃不消，这骑马确实比坐马车累多了。

何况他们从肃州出发后一直在赶路，也没有好好休息，速度比平日里行路的商人要快上许多。

入夜后，陆景湛直接把马赶进了客栈，苏锦随口吃了点东西就上楼了。

店小二把她的房间安排在陆景湛隔壁，苏锦进了房间，看到柔软的床就直接躺了下去。

可算是睡上了床！

刚要入睡，苏锦就听见窗户作响，她睁开眼，微抬起身子，发现夜里的风有些大，窗户没有关紧。她打着哈欠起身走到了窗户边上，伸出手就感觉有些不对劲。苏锦眼神慢慢下移，直直地对上一双凌厉的眼睛。

他的手正攀在窗户上。

苏锦吓得退后两步，只见一人身穿黑衣，手拿长剑，从窗外飞了进来。

她转身刚喊出"救命"，整个人就被打飞到了床上，后背痛得她直咬牙。

怎么都冲着她来？

苏锦立刻爬起了身，看着黑衣人越来越近，她便往床上靠了靠，低头四处望了下，一手用力抓紧了被子。

等到黑衣人快要走近时，苏锦对着门口大喊了声"陆景湛"。

黑衣人一愣，快速回头，下一秒苏锦就把被子丢到了他头上。她趁着混乱之际跑下床，门被人用力踢开，苏锦抬头，惊魂未定地看着门口的陆景湛。

终于……她松了口气,虚虚地叫了声"救命"。

黑衣人一手掀开了被子,一副凶狠模样。然而他人还没走到苏锦面前就倒在了地上,只见他胸口插着把短刀。

苏锦看着地上的人,又抬眼瞧着陆景湛,他不过挥了挥手,这么厉害……

陆景湛面无表情,薄唇紧抿,显出几分锋利。

苏锦还没有从刚刚的惊吓中回过神来,就看见两个侍卫用被子把地上的黑衣人裹着抬了出去。

闹出这般动静,苏锦没想到的是客栈的店小二没有任何异样,立马冷静地给陆景湛他们换了另一头的上房。

该不会……这也是陆景湛的据点吧?

苏锦抱起自己的被子,呆呆地跟着陆景湛离开自己的房间。

整个后半夜,苏锦都在半梦半醒之间。

她睡在陆景湛的房里,只是陆景湛睡在床上,她睡在地上……按理说应该她睡床才对,今日本也是她受了惊吓,结果陆景湛倒好,一个人睡得十分香甜。

想到刚刚的刺杀,苏锦不自觉地紧了紧身上的被子。这跟着陆景湛早晚不被杀死也会被吓死,她是不是也得学点防身之术?

翌日天刚亮,苏锦就被叫了起来,陆景湛安排了马车,他们重新收拾了东西,轻装上阵。

从善州城直接去往南城,他们一行人沿着太曲小道走,这一路倒还太平。只是路没有官道那般好走,路上休息的时日也很少,几乎日夜都在赶路。

"不知道大人他们为何不走官道,这样行程也能快些吧。"苏锦侧躺在马车里悠悠地说。她走之前不知道要在马车里待这么久,早知道这样就带些可以打发时间的小玩意儿。

"姑娘,我知道原因。"月儿抬起眼认真地看着她。

月儿告诉她,姜海说走官道人多,他们一行人太容易惹人注目,做事也会多很多顾虑。若是小路上有贼人,他们可以来一个杀一个,来一百便杀一百,不用有太多顾忌。

苏锦一听,挑了挑秀眉:"他们这般厉害?"

"那是自然,姜大哥武功高强,这些贼人若想对我们不利,他定会护着我们的。"月儿微抬起下巴,眼神里有些欣喜。

"得得得,这一行人里我看就是你姜大哥最厉害。"

月儿拉着苏锦的手晃晃悠悠:"姑娘,您就别打趣我了,人家害羞了。"

苏锦见月儿脸色娇羞得厉害,她唇瓣弯起笑了笑。

这一路大约走了近七日,姜海在入城前告诉她们,南城水患尚未完全解决,城内百姓的情绪只是暂时被安抚住,他让她们入城后不可乱跑,以免让贼人有机可乘。

两人听着点了点头。

苏锦透过窗户看见南城城门十分宏伟,当值士兵的人数也比之前的善州城要多了几倍。

他们刚入城,钦差大臣刘远就已经在门口迎接,苏锦坐在马车内听见刘远的声音。

"臣刘远恭迎苏妃娘娘。"

不等苏锦回话，陆景湛便淡淡开口："刘大人，苏妃娘娘路上感染风寒，需要先回驿站休息。"

刘远听闻此事立马让人带路。

回驿站的路上，积水只是浅浅地盖过了路面，不算严重，看样子这条道已经清扫修整过。

安顿好苏锦，刘远一脸愁容地去找陆景湛，见到他便大倒苦水："陆大人，您和娘娘可算来了，我来这些日子，城中百姓怨气颇重，水患的解决办法虽有头绪，但都无法实行。"

刘远今年三十有余，这次担大任来南城，一路都十分忐忑。这好不容易到了，他整理出解决的办法，却无人愿意施工，可难倒他了。

陆景湛神情淡漠地回了句："明日我自会安排。"

"大人，那这水患之事，刘远就全听大人安排了。"

苏锦到了驿站后让人把东西都放进了房里。这里说是驿站，其实只是陆景湛提前准备的一处地势较高的房子，此地有几处小院，她被安排在东边的院里。

天还没有入夜，苏锦就已经泡了澡，她随意吃了几口东西就上了床，打算好好休息一晚，明日去看看南城的情况。

第二日一大早苏锦便醒了过来，月儿进来说陆大人派人给她送来了衣服。

苏锦走近一看，竟不是宫服。

"姑娘，这陆大人送的不是宫服，还有一块面纱。"月儿也拿起衣服仔细打量。

苏锦换上衣服后,细细打量镜中的自己。

她一袭淡绿色的长裙,纤细的腰肢上系着白色锦带。月儿给她梳了个简单的发髻,上面插金钗,如墨般的青丝垂在身后。

"姑娘可真美。"月儿瞧着忍不住说道。

苏锦听了月儿的话,微扬起唇瓣:"这小嘴可真甜,一会儿有赏。"

"月儿就先谢过姑娘了。"月儿圆圆的大眼睛笑得弯弯的。

苏锦捏了捏她的脸,把陆景湛让人拿来的丝巾拿在了手里。

自从来到南城,陆景湛便对外宣称她这一路舟车劳顿,感染风寒,不宜见客。

姜海又特意来叮嘱她,整个驿站全都是陆景湛的人,但只要出了驿站,时刻都要戴上丝巾。

苏锦明白,陆景湛是想要整个南城无人知晓她的模样。

苏锦手抚丝巾,丝巾的手感柔软,颜色和她的衣服同色系。她把丝巾叠好放进袖口,若待会儿需要出去就不用再折返房里来取。

"月儿,陆大人住何处院子,我有事想问问他。"苏锦走到院子里。

"姑娘可是要问这水患之事?"

"是得问问,当下治理水患要紧。"苏锦认真地点了点头。

月儿带着苏锦出了院子,走到陆景湛的住处,门口的侍卫见到苏锦拦了下来。等了半会儿,侍卫通报后才放行,月儿被拦在外面,苏锦便让她先回去。

苏锦和陆景湛的院子隔得很近，走路也费不了多少时间。

月儿朝她点了点头便回去了。

苏锦进去时，陆景湛正在看南城各处的地形，见她来只是抬眸，神色未变。

"大人，苏锦想来问问南城的情况。"

陆景湛盯着地形图，神情淡然："治理水患已有办法，眼下当地百姓怨气颇重，实施起来有些困难。"

苏锦听着倒是有些惊讶，原以为是南城水患治理多时，总该有些成效，没想到百姓怨气还是如此难消，他们不配合实施治理方案，水患问题还是不能解决。

"大人打算怎么办呢？"

"按照南城的地势，治理水患并不难。"陆景湛缓缓开口。

早年南城因水患已经修建了排洪沟渠，把城内雨水排入太曲河便能解决水患。

只是这次排洪渠坍塌，当地官员未能及时修理，导致水患发生。事态变得严重后，当地官员又在百姓中广招有经验之人修理，但他们未事先做好准备，排洪渠重修没有成功，反而还拖欠了百姓工钱。

一时之间天怒人怨，耽误了时间，南城的水患日益严重。好在这几日雨水不多，水患才暂时被控制住。

苏锦听着走到了陆景湛边上，她早年倒也听师父说过一些治理水患的办法。

她看了看陆景湛在图上的部署是打算重修坍塌水渠，再根据地势修建排水渠，让沟渠之水通过城墙下的水关涵洞排入太曲河,就连街道两旁,也打算修建暗渠。这样一来,控制住水患肯定不成问题。

苏锦稍加思索,开口道:"大人,不如先把之前参与重修排水渠的工匠找出来登记,结清工钱,然后以先付银两的方式招新的工匠去修排水渠。"

"先付银子?"陆景湛微抬凤眸。

"是的大人,南城的百姓都登记在册,按姓名做记录,用先付银两的方法,让百姓相信我们,起码得把修建排水渠和暗渠的匠人招到才是。"苏锦说完挑了挑秀眉,看着陆景湛。

陆景湛满意地点了点头:"这样也未尝不可。"

苏锦的眼眸清澈,唇瓣浮出笑意,微微低下了头,她只是打算先说说看,没想到陆景湛会直接听她的。

苏锦的话刚说不久,陆景湛就让姜海去广贴告示,让人来驿站领银子。

之前拨给南城治理水患的银子已亏空,赵衫打算解决水患后彻查此事,那么,目前需要出的银两都得陆景湛先垫付了。

苏锦不禁朝陆景湛鞠了一躬:"苏锦替南城百姓先谢过陆大人。"

她心里忍不住感叹,果然还是有银子才好办事,要换别人来,想空口白话地说服百姓也是难于登天。

这南城本不该到如此地步,只是因为官官相护,把修建的银两都纳入自己府中,需要用的时候拿不出来,才导致出现了这么多问题。

领钱和招工的消息一出,很快就有百姓来驿站询问,苏锦戴着丝巾在外，陆景湛给她放了一把椅子，以苏妃娘娘的名字，先垫付银两。

之前修建排水渠的匠人拿到银子后都感恩戴德，来参与修新的排水渠和暗渠的匠人也都在登记。

陆景湛让刘远全程参与此事并把施工图给了他，匠人们拿到银子，半刻也不耽误，与刘远的人集合准备开工。

夜里，苏锦还在院中乘凉，月儿高兴地跑了进来："姑娘，天大的好消息，听说南城几个富商知道我们给匠人先垫付工钱，都来拜见陆大人了。大家都愿意出钱出力，希望尽快解决水患。"

"有如此好事？"苏锦一听，立马坐直了身子。

"姜大哥刚刚告诉我的，这群商人之前就想解决此事，但是怕新官把银子贪污了，到时候人财两空。"月儿愤愤不平道。

苏锦点了点头。她明白，现如今城里的许多房子都淹得厉害，住不了人，百姓都往高处躲，看着让人难受，但是若没有朝廷之人出面，商户们断然不敢贸然出力，怕有差错。

这次陆景湛先付银子的行为，包括他们传出去的"苏妃在此，水患若不解决，绝不回宫"的话，让百姓和商人听了都放心了不少。

"还有未安顿的百姓吗？"

"听说之前管事的人也安排了，但地方不够，不过姜大哥已经告诉陆大人，说是会派人去解决此事，不用担心。"月儿说着，还有些不敢相信的模样。

"你为何这副模样？"苏锦起身给月儿倒了一杯茶水。

"还不是之前都说陆大人铁石心肠，做事手段毒辣，万万不敢想他还会做善事。"月儿小心翼翼地说着,还回头瞧了瞧门口。

苏锦笑出声来,她也没想到陆景湛会是这样的陆大人。

不过这百姓与他无冤无仇,他也不会随意杀人吧,之前在禁卫局的可都是些做尽坏事的贪官或者得罪他之人。

"我瞧陆大人也不像是不讲理的,我们俩别得罪他,应该不会有事。"苏锦也学着月儿的模样小声道。

"姑娘讨厌,我可不怕陆大人,姜大哥说了,他是好人,月儿不怕。"

苏锦诧异地挑眉,这句话用来形容陆景湛,总感觉有些奇怪……行吧,就当他是个好人,毕竟这南城的百姓还得靠他。

有了陆景湛解决水患之事,加上富商们鼎力相助,没多久城里不少地方便退了水,一些货运的通道也恢复了正常,大家开始修缮自家的房子。

外头忙碌着修渠治水、清理街道的这些天,苏锦倒是过得清闲,她只在研究一件事——骑马。

她想着以后不在宫里,万一有突发情况需要骑马跑路,于是有了空就跟着月儿学骑马。

苏锦学起来格外认真,没多久,就骑得像模像样,月儿都夸她有天赋。

苏锦还想,等水患彻底解决后,她只要征得陆景湛点头就可以自由行动了吧……到时候带上自己存的银子,骑着马去四处游玩,该是多快活的日子!

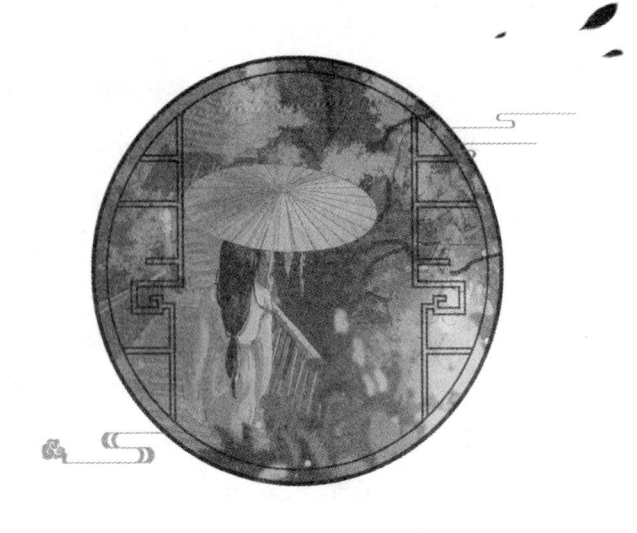

第七章
大人日益见长的欢喜

01

从南城往肃州的方向走,和善州城隔得不远的地方有座叫万州的小城,四处环境都更为怡人,城内皆是美宅,不少诗人、商贾都定居于此,且因其靠近南城,新奇有趣的玩意儿也多,是这一带有名的游玩之地。

苏锦不能抛头露面,月儿倒是换了男装跟着姜海进进出出。

早几日,陆景湛派姜海去万州城寻一处房子,月儿非要跟着去,苏锦便也答应了。

这陆景湛是真有些家底，随随便便就能让姜海去看宅子，苏锦有些羡慕，但她也没有细问，给了月儿一些银两，让她不妨多玩些时日，临行前还叮嘱姜海照顾好月儿。

而南城这边，有陆景湛给解决困难，刘远办事也十分卖力，给陆景湛省下不少工夫。

前两日苏锦闲着无事，有些好奇南城外面的景象，逛到外院的时候刚好瞧见墙边有落脚的位置，便踩上去看了看。

没一会儿就被陆景湛的人给带下来了，以为她要翻墙出去……

这天，苏锦为了打发时间，在院子里踢毽子。刚踢没多久她就听到细微的脚步声，一脚踢飞毽子后，回头便瞧见院门口站着一个面生的姑娘。

这是一个长得十分艳丽的美人。

苏锦好奇地打量她，这女子约莫二十岁，穿了条浅紫色长裙，身材纤瘦，长发犹如瀑布般，脸蛋白净，五官长得极为妩媚。苏锦想起了一个词，艳而不俗。

寻常人自是进不来这驿站，更别说苏锦身处的小院。苏锦一时间没有说话，那女子笑意颇深地朝着苏锦走了过来，缓缓向苏妃施礼，整个人显露出一丝风流气息，却也不失端庄。

"苏姑娘，我是肃州天香楼的花魁秦冉冉，冒昧打扰。"

秦冉冉？天香楼花魁？

苏锦觉得这名字十分耳熟，并且对她的称呼是"苏姑娘"而不是"苏妃"。

苏锦美眸弯弯朝着她笑了笑："快请坐。"

她想起来了，在宫里八卦那些年，有个小宫女提过这个名字。

天香楼，肃州城最大的烟花之地。

花魁秦冉冉更是美艳绝伦，名声在外。

听说，她从入天香楼起就是卖艺不卖身，但仍有不少公子哥想要一亲芳泽，天香楼的门槛都快被踏破了。

今日一见，果然名不虚传，确实美艳。苏锦暗自思忖，她和秦冉冉是第一次见，对方能到这里，该是陆景湛安排的吧。

他也认识秦冉冉？在天香楼认识的？

秦冉冉像是看穿了苏锦的心思，她倒也不客气，坐在院中的椅子上，笑得温温柔柔："苏姑娘见谅，我刚办完公子的事，这才从肃州赶来，本应该早些和姑娘见面，路上就不会让贼人有机可乘了。"

苏锦没有听明白秦冉冉的意思，倒也不避讳地问着："秦姑娘客气了，是陆大人安排姑娘过来的吗？"

"正是，我奉公子之命，自今日起贴身保护姑娘，若是有什么吩咐，姑娘可尽管告诉我。"

贴身保护……苏锦有些惊讶，她看上去也是一副娇弱的模样。

苏锦微抬起脸，摆了摆手："秦姑娘不用这般客气，若是专程来保护我，我还得先谢谢姑娘才是。"

"如此这般，那以后我便唤你苏锦了，你叫我冉冉即可。"

"行，秦……"苏锦一顿，"冉冉，你今日刚到，可有安排住处？"

"公子让我住你院里，有间空房子便行。"秦冉冉轻轻笑着。

苏锦点点头，她这院里刚好三间房，月儿住了一间，北侧还有间空房。

这天香楼的花魁叫陆景湛为"公子",而且还是那些达官贵人都得不到的美人……不愧是陆大人,总是让人出其不意。

没一会儿,就来人把秦冉冉的东西放好了,房间也被重新打扫了一番。

秦冉冉站在屋子里,玉手一点点划过床沿,轻声低语:"公子还是这般细心,虽然平时总是冷着脸,但心可细着呢。"

苏锦愣了一下,这两人的关系果然不一般。

她抛开心里生出的不知名的情绪,微微晃了晃头,这与她何干。

早晚她都是要走的,现在的主要任务就是得把银子存好。若平日事做得好,陆景湛再打赏些那就再好不过了。

见苏锦未说话,秦冉冉忽然回头:"抱歉,我和公子好久不见,难免有些念旧。"

"不打紧,陆大人确实人很好。"苏锦附和着秦冉冉。对苏锦而言,陆景湛确实还不错,也不算拍马屁。

"我哪里好?"一个低沉磁性的声音响起。

两人回头就见陆景湛走了进来。

他虽薄唇处勾着几分笑意,却还是往日那般让人有些高不可攀的模样。

苏锦拉长了语气:"大人自然是哪里都好。"

两人视线交汇之时,陆景湛朝她走近,嗓音冷淡:"在这南城便让秦冉冉护你安全,不可再私自乱跑。"

听见这话,苏锦的脸上泛起一抹绯红,这不就是在说她前几日爬墙的事,她人压根没出府,就被他的人抓了回来。

苏锦咬唇抬眸:"大人,苏锦下次不去便是了。"

陆景湛缓缓抬起手在她的额头上轻柔地敲了敲:"乖一些。"

他语气温柔,一时间苏锦有些失神。

这陆景湛很不对劲,为何用这种语气跟她说话?

秦冉冉站在一旁,眼眸里闪现一丝异样,很快便被她压了下去。陆景湛从进门起就没有正眼瞧过她,她藏在袖子里的手微微用力,握紧了拳头。

苏锦故作吃痛的模样揉了揉额头:"大人也不用特意让冉冉来保护我,她难得来南城,可以让她去逛一逛。"

陆景湛抬眸淡淡地扫了秦冉冉一眼,又看向苏锦:"她来了,你想去逛便可以去。"

"我可以去街上逛逛?"苏锦还有些不敢相信,陆景湛竟然松口让她出去了。

也许是因为来南城这一路都有人想杀她,又或是苏妃在南城的消息已经传遍全城,从她来了南城之后,陆景湛便再没有让她在外人面前露过脸,更别提逛街了。

"带上她一起便可。"陆景湛耐着性子又说了一遍。

苏锦一听立马喜笑颜开:"谢谢大人,大人最好了。"

等陆景湛一走,苏锦就迫不及待地和秦冉冉换上男装,戴上丝巾,从后面出了府。她还特意看了看手里的银子,算好了今日去街上能花多少。

毕竟接下来她都得靠自己了,银子得省着点花。

秦冉冉见苏锦嘴里念念有词，笑了笑："苏锦，今日出门公子给了银子，你尽管买就是。"

苏锦一听这话，收好了钱袋，抬起眼眸看向秦冉冉："大人给了银子……"

秦冉冉从怀里掏出一袋沉甸甸的银子晃了晃。

苏锦看得眼睛都直了，这陆景湛真是大手笔，居然给这么多。她舔了舔唇瓣："我就说陆大人是个好人。"

02

南城的街道上，已经有部分百姓恢复了正常的生活，开始出来摆摊卖东西，还有些人在修缮房子，苏锦看着心里有些许欣慰。

秦冉冉跟在苏锦后方轻飘飘地来了一句："苏锦，刚刚你是在数银子吗？"

苏锦微微点了点头："我手里的银子也不多，这以后还得过日子，得好好划算。"

她倒也丝毫不避讳，这秦冉冉从见她起就以"苏姑娘"称呼她，而不是苏妃，表明秦冉冉应该清楚自己的事，况且这陆景湛能把她的命都交托到秦冉冉手里，说明秦冉冉可以信任。

秦冉冉突然停下了脚步，故作随意地问了一句："你不打算跟着公子？"

跟着陆景湛？

苏锦一愣，这倒是她没有想过的，她出宫就是为了自由，如果跟着陆景湛，她现在没了用处，他也未必要自己吧。

她打算等南城一事处理好就离开，所以才把手里的银子都囤起来。

"我和陆大人倒也没有这么深的交情，跟着他白吃白喝也不合适，何况我吃得也不少。"苏锦说着调皮地吐了吐舌头。

秦冉冉一听便放下心来："我遇见的人多，人人都有自己的想法，你若是想走，该是已经想好，我也不便多说什么。"

"不用不用，我还有些银子，到时候再想办法，一时半会儿离了陆大人也饿不死。"苏锦摆了摆手，让秦冉冉不用为她担心。

秦冉冉眼眸里露出一丝愉悦的情绪，转瞬即逝，她拉起苏锦的小手："今日你尽管买，银子管够。"

"行。"苏锦冲着她笑笑。

她们逛了一路，秦冉冉走得很慢，一直都跟在苏锦的身后。

南城虽不如往日那般热闹，却也没有削减各位老板做生意的热情，两旁的茶楼、酒馆还有人在门口拦客，苏锦四处瞧着，倒也觉得有趣。

或许是大难过后，人们脸上喜开颜笑的神情让她动容。

转角处有个商贩在卖小泥人，说是可以现场捏出她模样，她便带着秦冉冉坐在街边，没一会儿就见到一个惟妙惟肖的小泥人。她把泥人推到秦冉冉面前："冉冉，你看这泥人像我吗？"

"是挺像的。"

"你要不要也捏一个？"

"不用了，我们赶紧再去逛逛，不然天要黑了。"秦冉冉说着，付了银子给老板。

苏锦这一路倒也没有再买什么东西，虽然秦冉冉说是陆景湛出银子，但她总觉得吃别人嘴软，拿别人手短，还是少用为妙。

她正低头瞧着手上的泥人，就听见一道温润如玉的声音响起："这位兄台，在下请问一下肃州来的陆大人住何处？我听闻在招工匠，想过去瞧瞧。"

她缓缓抬起眼眸，还未开口，秦冉冉已经拦在了她身前："陆大人住在驿站，你朝前直走，看到一座酒楼再左转……"

眼前的男子用精致的玉冠束起了长发，身穿一件华丽的白色锦袍，袖口处用金线覆盖，身材挺拔，他的相貌温雅清秀，眉目俊朗。

他听完秦冉冉的话，回过头正好对上苏锦的眼眸。

苏锦礼貌地回以微笑，心里不禁感叹好一个如玉般的公子，这南城还有这般模样气质的工匠，不知得多少工钱。

秦冉冉说完后，带着苏锦正要走，一双温热的手忽然抓住了苏锦。

男子炽热而急切的声音传来："阿锦，是你吗？"

阿锦！

好熟悉的称呼。

苏锦盯着眼前这位男子，他的脸逐渐与记忆里的人重叠。

"阿锦，我要随我爹去做生意了，等你大了再来看你。

"阿锦，你喜欢什么，我给你带回来。

"阿锦，记得要想我。"

苏锦有些迟疑，不敢相信地笑了笑："承……允哥哥？"

"是我，阿锦。"李承允像是松了一口气。

秦冉冉从李承允手里把苏锦的手抽回，淡淡地反问："你们认识？"

"认识，是我儿时的朋友。"苏锦欣喜得不得了。

自从苏锦家道中落，儿时的玩伴们便都远离她了，及至入宫，她都没再见过他们。

她没想到还能碰上李承允。

那时候李承允家和苏怀有生意往来，他时常被他爹带来苏家玩，他比苏锦大六岁，长相、气质都十分出众，是个孩子王，当时苏锦有不少玩伴都偷偷喜欢李承允。

过了会儿，秦冉冉把苏锦拉到一旁的巷子："你想清楚了吗？要是带李承允回去，公子会不高兴的，他不喜欢陌生人。"

"冉冉，你让我把他带回去试试吧，承允哥哥初来乍到又不认识人，我带他回去问问大人。"苏锦拉着秦冉冉的手晃了晃。

李承允在一旁见两人在说些什么，便缓缓走了过去，朝秦冉冉道："到了驿站我自当拜见陆大人，想留下该是可以。"

苏锦道："天快黑了，我们先回去吧。"

秦冉冉神色松动，也不再说什么。

三人朝着驿站走去，一路上李承允和苏锦说了很多儿时有趣的事。

"承允哥哥，你还记得啊，我那时候开玩笑的。"

"我还以为你说真的。"李承允走在苏锦边上，衣角有意无意地蹭了一下她的衣服。

苏锦儿时碰见李承允，总是会缠着他玩捉迷藏。

有一次苏锦找了很久也没有找到，便哭着回家了。后来夜里李承允来苏家道歉，说他一直藏在里屋的柜子中。

那时候他哄着苏锦,说答应她一个要求,小苏锦便说长大之后要嫁给他,要天天欺负他,才能不生气。

"儿时的玩笑话,作不得数。"苏锦微微叹了口气,笑了笑。

李承允还不知道她已经入宫了吧,也许是以为她在陆景湛手下做事。

三人到了驿站,李承允让侍卫去通报,他自称是来报名的工匠,没一会儿侍卫就让他进去了。

他们到了陆景湛的院子,他正悠闲地喝着茶,李承允叫了声"陆大人"。

陆景湛微抬起凤眼,嗓音凉薄:"晋王客气了,不知您怎会来此处?"

晋王?

苏锦眼眸中透出惊讶,李承允是晋王?

她怎么没有听爹爹提起过?

在肃州,没有人不知道晋王的名头,他的母亲是赵衫的亲姑姑,与赵衫感情极好,后来这位姑母去世,赵衫登基便破例封了姑母的儿子为晋王,还划了封地。

只是她如何也想不到李承允会是晋王。

"这次来南城寻人,想在这里暂住,还望陆大人见谅。"李承允嗓音清润,不紧不慢的语气让人听着很是舒服。

"晋王想住此处,我岂有阻拦之理。"陆景湛让人给李承允安排一间上房。

苏锦见陆景湛对待李承允态度不卑不亢,也不像是有所顾忌,苏锦有些疑惑,但她不知两人是怎么认识的,便也不敢说话。

李承允见苏锦有些紧张，他回过头问："阿锦，你是不是累了？"

陆景湛喝茶的手顿住，他站起身，低沉又冷漠的声音响起："秦冉冉，先带苏妃娘娘下去休息。"

苏锦听到这个称呼有些难为情，便缓缓开口："承允哥哥，我先回去了。"

谁知李承允听了"苏妃娘娘"这个称呼丝毫不为所动，他盈盈浅笑道："阿锦，先回去休息，明日我再来寻你。"

苏锦没有回答，跟着秦冉冉出了陆景湛的院子。

夜里，苏锦躺在床上翻来覆去睡不着，她本是不想回宫了，可是现在又恰好被李承允遇上，不知他会不会帮自己隐瞒。

陆景湛应该是见李承允认识她，想着瞒不过才松了口叫她苏妃吧。

李承允怎么会是晋王……苏锦拍了拍脑袋，紧紧闭上了眼睛，不知过了多久才迷迷糊糊地睡了过去。

阳光照进房间，苏锦慢慢睁开眼，思绪清醒过来就听见门口来回走动的脚步声。她撑着身子起床，开门就见李承允在门口。

"承允哥哥，有什么事吗？"苏锦见他像是有事，他在她门前来回走了一段时间了吧，她睡得迷迷糊糊时就听见轻微的脚步声。

"阿锦，我买了南城最好吃的包子，你来尝尝。"李承允拉过苏锦的手，将她带到了院中的石凳前。

苏锦看清他买的包子，还有一些粥，摸了摸肚子："正好有些饿了。"

李承允丰神俊朗的脸上透出淡淡的微笑:"快尝尝。"

苏锦本想去叫秦冉冉一起来吃,李承允说她一早便出去了,还未回来。苏锦回头看了眼她的房门,是紧闭的状态——也许是陆景湛给她安排了别的任务。

李承允见苏锦吃得正香,清澈的美眸中透着满足,模样很是动人。

他把手放在石凳上,语气有些生硬:"阿锦,这次我来南城,是来找你的。"

苏锦吃着包子点点头,突然意识到不对,什么叫作他是来找她的!

她瞬间有些茫然:"找我?"

李承允神色认真地点了点头:"阿锦,我知道现在告诉你或许不是一个好的时机,但我一刻也不想等了,我无数次后悔自己当年离开肃州……那时候就该让爹爹把亲事定下来。"

他的话让苏锦觉得嘴里的包子不香了,她放下包子,小手放在石凳下方用力地捏了自己一下,眉头微皱。

"承允哥哥,我不太明白你的意思。"

她年少时确实和玩伴们一样喜欢过李承允,但那已经是很久之前的事了。

她和李承允昨日才相遇,而且他已经知道她是赵衫的宠妃了吧,这一番又是什么话……

李承允见苏锦这副模样,生怕自己吓到她,语气便又柔和了三分:"阿锦,我喜欢你,从爹爹第一次带我去苏家时就喜欢了,后来每次爹爹去你家,我总是缠着他带我一起去,其实就是为了见你。"

苏锦听着这话,感觉脑袋"嗡嗡"作响,只听见李承允的声音继续传来。

"那时候你总喜欢捣蛋,经常气得师父上门去找苏伯伯。我去之前还想着该是个男孩,殊不知会是这般可爱漂亮的小丫头。离开肃州后,我一直跟着爹爹做生意,开了很多店便越来越忙,一直都想回去找你,后来听说苏家出事,我赶回去的时候,有人说你们已经搬去外地。"

苏锦垂下眼眸,那时候家里生意失败,欠了好些银子,苏怀为了躲债,就放出风声说他们已经搬往外地,其实他们一直都在肃州。直到后来把唯一值钱的宅子都卖了还清债,虽然穷了,但也不用再躲躲藏藏过日子。

李承允眉宇间透着淡淡的失落:"后来我四处寻觅,直到前些日子才得知你入了宫,成了他们口中的苏妃。可是阿锦,我不信,我不相信你是愿意待在深宫之人。"

他的话让苏锦无法反驳。

苏锦的眼眸瞬间湿润,她吸了吸鼻子:"承允哥哥,谢谢你,我有些不敢相信你会喜欢我,你各方面都很好,我爹说你不仅一表人才,还是难得一遇的经商奇才,你这般好,苏锦配不上你。"

"我若是真这般好,早该在你入宫前就找到你。阿锦,是我对不起你。"李承允苦笑了一声,欲言又止,"无论如何,我都不相信你会愿意留在深宫,阿锦,和我走吧。"

——阿锦,和我走吧!

苏锦瞬间抬起了眼眸看向李承允,他知道自己在说什么吗?

两人不过昨日才相遇,可他的喜欢却如同洪水猛兽般。

"承允哥哥……"苏锦小心翼翼地开口。

"以往找不到你,我总有个念想,想着你在某处或许也生活得很好。可自打知道你入宫后,我便未有一夜睡好过。你若不来南城,我也是要入宫去见你的,阿锦,我不想等了。"李承允俊朗的脸上神情认真。

苏锦听着,慌忙吞下了一口包子,结果卡到喉咙,剧烈地咳嗽起来。李承允赶忙把茶水送到她嘴边:"对不起,阿锦,我是不是太着急,吓到你了?"

苏锦捂住胸口,朝李承允摆了摆手:"承允哥哥,这不过都是儿时的喜欢罢了,作不得数,你若是与我接触几天,就会发现眼前的苏锦和你想的不一样。"

见苏锦还是不信,李承允也没有再继续,他点点头温和地笑了笑:"行,那我就多待上几日,瞧瞧你有什么不一样。"

03

苏锦做梦都不敢想这般情形,为避开二人,她便问起李承允为何是晋王。

李承允说陛下小时候是由他母亲一手带大的,后来陛下登基,就给他赐了封号和封地。不过,因为父亲常年经商,李承允从小耳濡目染,心里更想学做生意,所以一直隐藏身份,极少有人知道他便是晋王。只是册封时因为他的身份,百姓中会有诸多关于"晋王"的传言和猜测。

至于陆景湛,他早年进宫时与对方有过几面之缘。

"你呢？阿锦，你在宫中过得怎么样？"李承允问。

苏锦沉思了片刻，便起身走动几步，她揉了揉吃饱的肚子："过得还行，说来还是要感谢陆大人，我才能够出宫来到南城。"

"以后有机会，我定会带你谢谢陆大人。"

李承允瞧着苏锦，眼神逐渐暗了下去。他不明白为什么她不说实话。他多方打听知道苏锦一直在找假死药，若不是想出宫，又为何需要这药。

或许是他吓到了苏锦，让她一时半会儿有些接受不了，他已经等了这么多年，也不在乎这几日了。

李承允冲着苏锦宠溺地笑了笑："阿锦，有空我带你四处走走，你小时候不是最想去看天下好玩之处吗？"

四处走走？

"承允哥哥，以后再说，你那么忙，没有必要陪着我。"苏锦有些腼腆地回道。

"陪着你对我来说比什么都重要。"李承允轻言细语，眼里满是认真。

"啊？"苏锦伸手摸了摸后脑勺，傻笑起来缓解气氛。

两人聊着，笑声传遍了整个院子。

苏锦所在小院外的门边，陆景湛站在此处。

他因为李承允的话神色逐渐冷峻，浑身散发出戾气，微眯了凤眸，透出了几分危险之色。秦冉冉跟在他身后，眼神冷漠，她倒是真希望苏锦跟着李承允走才好。

"承允哥哥，你都做些什么生意，是不是已经名扬天下了？"苏锦转了话题，一双水汪汪的美眸盯着李承允。

苏锦想，她若是离了陆景湛，身上的银子总有花完的时候，还是得先做打算。

李承允听闻笑了笑："那倒也没有，只是开了些客栈、当铺，还做些绸缎生意。"

苏锦露出佩服的眼神："承允哥哥真厉害。"

李承允见苏锦感兴趣，一点点给她说着这生意要如何做，两人一聊便已快天黑了。

苏锦这才发觉秦冉冉一直没有回来，她送完李承允便去了陆景湛院里，结果他也不在。

她心想这两人不会一起出去了吧，竟也没有告诉她。陆景湛还说让秦冉冉来陪她，约莫着是自己喜欢，才不远千里把秦冉冉从肃州叫了过来。

苏锦在院里等了好一会儿，也不见两人回来，不知过了多久，她竟在院中的椅子上睡着了。

此时，南城的另一处宅子里，陆景湛坐在高位，神色阴冷，秦冉冉跪在地上垂眸："公子，属下该死，的确不知李承允便是晋王，不该带他回驿站。"

"你可知我让你从肃州来的用意？"陆景湛嗓音冷淡，让人听不出情绪。

"属下知道，公子让我护苏锦安全。"

"你做事一向都很小心，不该出岔子。"

秦冉冉神色紧张了几分，她其实一早就知道李承允便是晋王，从肃州出城前就知道他要来南城找苏锦。此前，李承允暗地里在肃州四处让人打听苏锦的情况，苏锦在南城这消息还是秦冉冉让人传给他的。

这事她做得天衣无缝，陆景湛不可能知道。

她咬咬牙："属下不明白，还望公子明示。"

陆景湛凤眸锐利地盯着她："让你在肃州调查暗杀者为何人，抓到人之后，你却未审，直接杀了，被杀之人还是天香楼的常客高坚……"

秦冉冉微微仰起头："公子明察，属下绝无二心，此次尾随公子至南城的暗杀者是此前贪污案官员高辉之子高坚。他一直在谋划着刺杀公子，还派出了几路人马，属下虽已派人剿灭，但还是有漏网之鱼，让公子受惊，属下该死。"

陆景湛听着冷笑一声，眼眸阴郁："不要再自作聪明，我的性子你是知道的。"

"属下谨记。"秦冉冉出了一身冷汗。

她不清楚陆景湛是不是知道她给李承允送信的事，以及她故意放了高坚的人，让他们改杀苏锦之事。

他若是知道……为何还让她贴身保护苏锦？是在试探她吗？

秦冉冉长袖中的手捏成了拳头。

这么多年，陆景湛从未用和苏锦说话的语气对她说过话。

她十二岁时在街上乞讨，饿得奄奄一息，快被人打死之际，遇见了陆景湛，他也只是淡淡地问了句要不要跟他走，她拼尽全力点了点头。

混浊之中，只有陆景湛成了她唯一可以见到的光。

他俊美无双，美得犹如天上仙人。跟着他回府后，秦冉冉才知道，这位仙人般的公子，竟然是禁卫局的人。

他让人教她识字、武功，让她成为禁卫局里一道看不见的影子，为他所用，她便只能藏起了那颗只为了他而跳动的心。

可是为什么……

明明苏锦是和她一样的存在，一样为公子所用，苏锦却能得到公子的喜爱。

那是旁人不可企及的偏爱。

她不甘心，若是此生不能与公子长相厮守，那更不能有其他人比她更靠近公子。

她比任何时候都想杀了苏锦……

陆景湛回院子的时候看见苏锦睡在椅子上，嘴里还在念念有词，他凑近就见她唇瓣微启正在算着银子。

他唇边勾出了笑意，轻轻地拉过椅子上的人儿，抬手把她抱在怀里，迈开了步伐，往她的院子里走去。

秦冉冉失魂地坐在梳妆镜前，想着陆景湛找她之事，忽然听到了院子里的脚步声。她推开一点窗缝，就见陆景湛怀里抱着苏锦，神色仍如平日那般冷漠，唇边的笑意却藏不住。他垂眸望着怀里的苏锦，薄唇缓缓吻上了她的额头。

秦冉冉瞬间睁大了双眸，心里的酸楚逐渐放大，死死咬紧牙关，握住窗户的手微微用力。

半晌过去，陆景湛才从苏锦的房内出来。

这一夜，秦冉冉注定无眠。

苏锦醒来的时候发现自己已经回到了房里，长裙也脱了，被子也盖好了，她起床穿好衣服走到了院里。

看见秦冉冉的房门虚掩，便敲了敲门走了进去。

只见秦冉冉坐在桌前，她脸色苍白，失神落魄般，看到她时眼神丝毫未动，十分不对劲。

苏锦上前伸出手在秦冉冉的额头摸了摸，柔声道："冉冉，你怎么了？"

秦冉冉感受到额头上传来苏锦手心的温度，她下意识地侧过了头，神色恢复了一些："我没事，夜里没有睡好。"

"那你再睡会儿，今天哪儿也不去了，你好好休息。"

秦冉冉微微笑了笑，眉眼中又透露出一丝娇媚："公子说今日要你随他一起出去，不出门怕是不行。"

随陆景湛出门？他不是正忙吗？

两人换上男装到了后门，陆景湛已经备好马车，不知何时李承允也出现了，他在苏锦之前直接上了马车。

秦冉冉看见陆景湛眼神沉了下去，便缓缓开口："晋王殿下，今日是公务在身，要带苏妃看看南城景象，不知晋王有何事？"

李承允应了声便道："正好我也想看看南城恢复的情况，有些生意和南城息息相关，今日就随陆大人一路吧。"

四人坐在马车里，气氛异常尴尬，李承允倒是丝毫不在意，眉眼温柔地看着苏锦："阿锦，待会儿你有什么想吃想玩的，我带你去。"

苏锦倒是想答应，不过今日行程是陆景湛安排的，她没有自由活动的时间。她委婉拒绝："谢谢承允哥哥，我还不饿。"

"那你想玩什么呢？我听说南城有个戏班子很不错，过几日我带你去看看。"

苏锦还未回答，陆景湛冷冰冰的嗓音响起："晋王，苏妃此行是带着陛下的旨意前来，恐怕没空招待晋王。"

李承允坐直了身子，声音虽柔却丝毫不退让："陆大人太客气了，难得阿锦来了南城，我自当亲自照顾，护她安全才是。"

苏锦见陆景湛的脸色黑到极点，她连忙摆手："承允哥哥不用的，冉冉很厉害，她保护我就行。"

"阿锦就别客气了，多个人多份力，没什么比你的安全更重要。"李承允温润的口吻里充满了疼爱。

苏锦微微皱了皱眉，只见对面的陆景湛已经闭上了眼眸，他容貌俊美，长长的睫毛十分好看。

她没有再接话，打开了窗帘瞧着外边。

城里的景象似乎比上次出门看见的还要好上许多，修建暗渠的匠人也非常卖力。

马车拉着他们在南城整整绕了一圈，正要回府之时苏锦突然开口："大人，我们能不能找处高地看看日落？"

她想着南城这边风景宜人，日落不知是否一样。

"好。"陆景湛淡淡应了句。

马车把他们拉到高处的山上，这里有一处平地，苏锦下了马车，闭上眼感受这独属于南城的清新气息。

"冉冉，你看这景色是不是很美？"苏锦拉起秦冉冉的手走到前方。

眼前的山交错重叠，高低起伏，不像肃州那般以平地居多。

"确实很美。"

"坐这里看看。"苏锦拉秦冉冉坐下，接着她从怀里掏出几颗药丸递到了秦冉冉面前，"冉冉，你吃些，补气养血的药丸。"

秦冉冉看着眼前深棕色的药丸，眼神有些不解。

"这是我出宫前去御医处寻的，说是可以补气养血。你脸色不太好，试试。"苏锦说着拿起一颗放在秦冉冉面前晃了晃，大有一副秦冉冉不吃她便不收回手的架势。

陆景湛见状，黑眸淡淡扫了眼："吃了吧。"

秦冉冉听见陆景湛的话有些失神，她抬手拿起一颗放进嘴里。

秦冉冉看着眼前的苏锦，阳光照在她纤薄的身体上，她眼眸透亮地朝着她笑，唇畔微现梨涡。

李承允见状坐在了苏锦边上，神色温柔："阿锦，回去后我让人多做些给你备着。"

"承允哥哥也知道这药丸？"苏锦回头看了看他。

"你小时候身子骨弱，苏伯伯和我爹提过他时常给你备着补身子骨的药丸。"

"不瞒你说，那时候我可讨厌吃了，好几次偷偷扔掉药丸都被我爹抓个正着。我对我爹说，爹爹，我这般小，吃多了会长不高的。"苏锦模仿起小时候的语气，两个人忍不住笑了起来。

陆景湛在身后居高临下地瞧着两人，眼里是藏不住的不耐烦。

这李承允前前后后的行为都像是在宣示主权，丝毫不顾及旁边有别人。

"阿锦，这里风景不错，位置也宽敞，明日我带你来放风鸢怎么样？"

苏锦朝李承允靠近，小声道："承允哥哥，我得问问陆大人，这次出宫……我的行程都是他负责。"

李承允神色淡了几分："我去和陆大人说吧。"

"不用不用，承允哥哥，我去就行。"苏锦小声应着。

她回头看见秦冉冉跟着陆景湛去了一旁，顿了顿又道："毕竟我现在是苏妃，也不好时常和承允哥哥出来。"

今时不同往日，就算她和赵衫什么也没有发生过，她也不是从前的苏锦了。

听着她的话，李承允眼眸中的光淡了下去，但他的语气依然温柔坚定："阿锦，无论你过去如何，我都不在乎。我知道你想出宫，以后能不能让我陪着你？"

无论你过去如何我都不在乎，以后能不能让我陪着你。

苏锦感觉到了自己的心跳加速，她赶紧回过头，故作不在意地看向前方。

李承允说的是她与赵衫之间吗？不在意她和赵衫的过去？

"你是如何知道我想出宫的？"苏锦避开他的问话，顾左右而言他。

"你找人打听假死药的事，被一个宫女说漏嘴，这不难知道。不过我已经都处理好了，不会再有其他人知道。"

苏锦听着这话，心情更加复杂。

她还以为自己做得足够隐秘，没想到消息就这么传出去了，看来还是她想得太简单。

见苏锦不回话，李承允神情有些紧张，他柔声继续问道："阿锦,以后让我陪着你吧……"

此时陆景湛走过来打断了李承允的话,他薄唇带着轻笑:"晋王,日落来了,可记得抬头好好瞧瞧。"

李承允收回了话,沉默了会儿,抬头看向落日。

此时的天空红成一片,太阳即将落山,美不胜收。

苏锦看着眼前的情景,开心地站了起来,她冲着落日方向的群山使劲喊着:"我苏锦,今天很开心。"

她嗓音清甜,语气充满着愉悦,对着落日方向释放自己的情绪。

李承允也跟着她大喊起来:"我李承允,终于找到你了。"

苏锦眼眸笑意颇深,她回头看了看李承允,有些不好意思地低下了头,然后走过去拉秦冉冉:"冉冉,你也来,大声把你想说的话喊出来真的很开心。"

秦冉冉神色很淡,她不知道该如何说出口,只好举着手学苏锦喊:"我秦冉冉,也很开心。"

"冉冉,声音不够大,你学我这样大声喊出来。"苏锦开始做动作,让秦冉冉看着。

陆景湛在后方看着苏锦,眼神逐渐深邃。

我陆景湛,喜欢你——苏锦。

苏锦让秦冉冉喊完,又看了看陆景湛:"大人,你要不要……也试试?"

虽然她觉得陆景湛不会做这种事。

"你们喊吧。"陆景湛嗓音虽淡,但也没有白日那般冷了。

苏锦瞧着，冲他吐了吐舌头。

秦冉冉在苏锦的带动下越喊越大声："我秦冉冉，喜欢你。"

她话刚出口，被自己的话吓了一跳。

苏锦眼眸弯成了一条线："冉冉，你喜欢谁？这位公子真是有福了。"

秦冉冉不经意地稍稍望了眼陆景湛，他面无表情地看着落日，似乎并没有把她的话放在心上。

能陪在你身边便好。

"他不喜欢我，也许永远也不会喜欢。"秦冉冉故作一笑。

苏锦伸出手钩住她的脖子："不喜欢就不喜欢，你这等美人，他既然没有福分，换一个喜欢不就得了。"

听着苏锦的话，秦冉冉心里有了些许异样。

换个人喜欢？她竟然说出这种话来，与寻常女子如此不同。

她这辈子从未想过要去喜欢除陆景湛以外的人，在苏锦出现前，她觉得自己只要这样陪在他身边即可。

有时候她也会有些窃喜，或许正是因为陆景湛在禁卫局，自己得不到他，其他女人也得不到。

只是苏锦出现了，成为公子生命里那个不一样的存在。

秦冉冉垂下眼，笑了笑："不打紧，一个小时候的故友而已。"

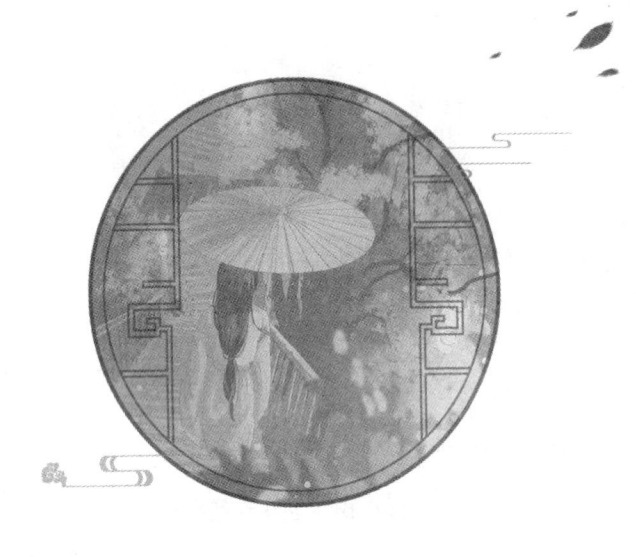

第八章
青梅竹马初现形

01

天渐渐入了夜，苏锦和秦冉冉上了马车后，李承允经过陆景湛身旁，便听到他冷冰冰的嗓音："晋王殿下请自重，男女有别，希望日后您能够与苏锦保持距离。"

李承允听着停下了脚步，因为陆景湛用的是"苏锦"而不是"苏妃"。

他眼神中透出些许不在意，声音散漫了些："陆大人管住我的人有何用，南城事急，还是希望大人能把心思放在治理水患上。"

陆景湛轻蔑地冷笑出声:"传闻晋王稳重自持,谁知竟会为了女人如此,何况还是别人的女人。"

别人的女人。

李承允脸色铁青,不再理会陆景湛,迈开腿上了马车。

两人都上去后,马车里又是一片沉默尴尬的气息。不懂为什么,苏锦总能感觉陆景湛和李承允两人嘴上毕恭毕敬,实则互相看不顺眼。

"大人,承允哥哥,大家都是朋友……"

她话还未说完就被两人打断。

"苏锦。"

"阿锦。"

陆景湛和李承允两人同时望了她一眼。

霎时,李承允意识到自己语气不太对劲,又道:"阿锦,你先休息会儿,今日起得太早了。"

苏锦无奈地点了点头。她想说大家都是从肃州来的,有缘相遇就是朋友,有话可以敞开心扉说,不然总感觉这两人奇奇怪怪的。

四个人在马车里都不说话,也挺难受的。

回了驿站,李承允和苏锦道了晚安,让她早些休息,好好考虑他的话,才慢步离开。

看着李承允的背影,苏锦又开始有心事了。秦冉冉见苏锦有些失神,她眼神中透出些许笑意:"苏锦,你喜欢李承允?"

"冉冉,喜欢一个人是什么感受?"苏锦也为难了,她拉着秦冉冉坐在院里。

秦冉冉不是有喜欢的人吗？她应该知道的。

苏锦入宫以来就是想要自由，想要看遍山河，至于喜欢一个人，她从未曾想过。

儿时对李承允的喜欢，是因为玩伴们都喜欢他，所以她也该是喜欢他的，可都过了这么多年，那种喜欢早就消失——儿时的喜欢该是不作数的。

至于现在见到他是否喜欢，她也不知道。

秦冉冉因为苏锦的话陷入了沉思。片刻，她开口道："喜欢一个人，会时常想念他，想要永远和他在一起，见他受伤会难过，见他开心便会欣喜。若是他和别的女子在一起，心便会和碎了一般。"

她看向了苏锦，语气有些急迫："你明白你喜欢谁了吗？"

"我不知道，只是能够再见承允哥哥，我的确很开心。"苏锦神色暗淡，她也不知道自己是什么想法，若是离宫……李承允在她身边，她应该也会很开心吧。

秦冉冉唇边绽开了些许笑意，不再多说什么，打过招呼后便回房了。

夜里，苏锦在床上翻来覆去睡不着，心想陆景湛已经应允她不回宫，南城水患之事也有条不紊地在进行，她是不是该和陆景湛道别了？

本想等天亮后再去找陆景湛，但苏锦躺了整整半宿都未入睡，她便起身穿好衣服走了出去。

到了陆景湛的院里，只见他房里灯火未灭，她顿时松了口气，走过去小声地敲了敲门："大人，是我。"

"进来吧。"陆景湛从床上坐起身子，把外衣穿上。

苏锦刚进门就看见了陆景湛的背影，他身形挺拔颀长，长发如墨。他回过头，俊美的脸上神色慵懒，凤眸轻扬："何事？"

"苏锦有一事想和大人说说。"

陆景湛凤眸盯在她身上："说说看。"

他坐在了桌前，修长的手指在桌子上轻轻敲打，示意苏锦坐下来。

两人坐下后，苏锦率先打破沉默，她语气很软："大人，月儿和姜海何时回来？"

"他们在万州等我们。"

苏锦有些惊讶，月儿去之前没说不回来，按她的性子，有事一定会提前说，或者来信告知，是突然决定的吗？

"万州？月儿他们不来南城了？"

"不来了。"陆景湛语气很淡。

苏锦想着应该是南城水患已经在有条不紊地解决中，陆景湛已打算经万州回去，所以让他们在那儿等，便也没有多问。

她扯开了笑，鼓起勇气道："大人，苏锦很感谢你，谢谢你一直以来的照顾，等南城水患的事结束后，我想离开。"

陆景湛没有接话，凤眸里的光沉了下来，嗓音突如其来的有些冰凉："我准你离开了吗？"

苏锦一时没明白他的意思，是南城事未完，她提得有些早了，还是其他原因。

"大人,你之前答应我,允许苏锦不回宫……"

"我允许你不回宫,可允许你离开?"陆景湛声音喑哑,桌下的手握成了拳头,白皙的骨节泛出青白。

苏锦双眸闪烁,陆景湛允许她离宫,却不准她离开?

南城事了,他也得回宫复命,那到时候她该如何。

陆景湛见她神色紧张,忍住了怒气,薄唇微张:"离开南城后,你随我去万州,我已经在那里买了宅子,你在那里等我,我回宫复命后便来寻你。"

他的话一字一字地进入苏锦耳朵里,她在努力地拼凑,去理解陆景湛的意思。

她出宫是为了看看大千世界,而不是从一个枷锁到另一个枷锁。

苏锦脸色苍白,有些无力地开口:"大人,苏锦想离开,想去各处走走。"

"你想跟着李承允走?"

苏锦语气很轻:"他若是不嫌弃我,我便跟他走。"

"你喜欢他?"陆景湛几乎是咬牙切齿地问了出来。

这个问题苏锦也没有想好,但她知道李承允不会限制她的自由,不会嫌弃她。

见她抿着薄唇不说话,陆景湛眼底的暴戾之气尽显,冷笑一声:"好一个不嫌弃你。"

这语气里有嘲讽和愤怒,苏锦无法辩驳。越是如此,她越是想要摆脱这苏妃的枷锁。

她知道陆景湛生气了,可事已至此,她也再无退路。苏锦语气认真:"我知道大人在我身上付出了很多,苏锦无以为报,日后一定天天祈福,保佑大人长命百岁。"

陆景湛盯着眼前一张一合的唇瓣,压着的情绪不断四溢。好一个保佑他长命百岁,若她不在,这枯燥乏味的日子又有何意义?

他心里泛出酸楚,此刻只想让她停止说这满心满眼都要离开他的话。

见陆景湛不说话,苏锦探出手在他眼前晃了晃:"大人……"

陆景湛伸出手抓住了眼前纤细的手腕,稍用力便扯过她坐到自己腿上。柔软的身躯,独有的香气,他几乎无法思考,下意识地朝着淡粉的唇瓣吻了过去。

苏锦手腕一痛,落入了一个温热的胸膛,下一秒冰凉的唇瓣贴上了她的唇,她微微睁大了眼。

陆景湛竟然在吻她。

她的大脑一片空白,只有他柔软唇瓣带来的触感传来。

陆景湛温热的手掌覆盖在她的纤腰上,苏锦眨着眼眸清醒过来,她的手抵在胸前开始挣扎。

只是无论她怎么使劲,整个人还是被他死死固定住。他吻得越发深入,她只能被迫承受陆景湛有些侵略意味的亲吻。

"大……大人,求你,别这样。"苏锦断断续续地哼道,语气带着哀求。

她心里很乱,很害怕。

陆景湛听到她带着哭腔的声音,猛地放开她。

苏锦起身退后了几步,她捂住自己的唇,开始神色慌乱地擦拭。

陆景湛紧盯着她,他的吻让她如此嫌弃吗?

他心里的酸楚扩散。

若是苏锦还留在这里,陆景湛不敢保证还能控制住自己,他深吸了口气,凤眸漆黑犹如深潭,他冷漠的声音在房间里慢悠悠地响起:"这样,他也不会嫌弃吗?"

他的话让苏锦浑身一震,一阵冰凉感袭遍全身。她在脑海里把骂人的话都过了一遍,最后还是只说出了两个字。

"无耻。"

苏锦丢下话,忍住了眼泪夺门而出。

看着苏锦单薄的背影,陆景湛紧紧地闭上了眼。他摇摇晃晃地退后了两步,神色悲凉,薄唇间毫无生气。

"苏锦,你休想离开……我。"

02

这一夜,苏锦坐在房里直掉眼泪,她一边擦着眼泪,一边骂着陆景湛。

哪有他这般的人,为了羞辱她,还把自己凑上来吻,亏自己之前还觉得他是好人。

他让她出宫却不愿意让她走,什么叫买了个宅子给她住,她又不是金丝雀,要这么一个大宅子做什么?

苏锦越想越伤心,莫名就被陆景湛给吻了,还被他言语羞辱。

她起身把所有值钱的东西都放进包袱里,换了身男装。她要跟李承允走，要离开这个蛮不讲理的陆景湛。

夜很快过去，苏锦一夜未眠，困得直打哈欠。

天空泛起亮光时，她起身朝外瞧了瞧，秦冉冉还未起床。

去李承允的院子得从这里出去，她小心翼翼地关了门，正要出院子，就见到陆景湛的人守在门口，拦住了她。

苏锦拿着包袱的手紧了紧，面不改色道："你们这是做什么，我想去别的院子走走。"

"还请姑娘恕罪，属下奉大人之命保护姑娘安全，近日这附近有贼人出没，还请姑娘回院里。"

苏锦被噎得一句话都说不出，这附近哪里有贼人？陆景湛下属的话明里暗里都是在指李承允！

她气呼呼地回了院里，秦冉冉听到动静从屋内出来了。

"何事如此生气？"秦冉冉坐在她对面轻声细语地问。

苏锦叹了口气，也不知道该不该说，这秦冉冉是陆景湛派来的，听命于陆景湛，就怕是有心帮她，也是力不从心。

况且陆景湛这家伙耳目众多，到时候别再连累了秦冉冉。

苏锦一想便摇了摇头，开始回想这院里是否有狗洞。之前好像听月儿提过一次，说是正好在她屋子边上，被杂草盖住了。

等到今夜天色暗下来，她是不是可以从狗洞走……

只是这狗洞好像是通往陆景湛的院子。

苏锦气得闭上了眼，现在月儿不在，她要打听点事都没人帮她，也不知道李承允会不会来找她。

他好歹也是晋王，这侍卫总不好拦。

秦冉冉见她有顾虑，便浅笑着开口："你若是信得过我，便和我说，只要不是伤害公子之事，我就不与他说。"

回头扫了眼门口的侍卫，秦冉冉再次把目光落到了苏锦身上。她今日脸色苍白，时不时打个哈欠，像是很困一般。

苏锦想着秦冉冉的身份，有些无奈，她把包袱丢在了桌上，开口道："冉冉，不是我不跟你说，这事关系到陆景湛，你若知道了，我怕会连累你。"

秦冉冉看着包袱里露出来的首饰和银子，勾人的眼眸微惊，便压低嗓音问："苏锦，你要走？"

"是想走，但是那位自我的陆大人不让，出尔反尔，说话不算话，害我白高兴一场。猪头，笨蛋陆景湛。"苏锦越说越气，把自己能想到的骂人的词都用了一遍。

秦冉冉听着捂嘴笑了起来，她真不知若是陆景湛听见苏锦的话，脸色能黑成什么样。

"公子不让你回宫的事我知道，来此处前公子就交代过了，这里没有苏妃，只有苏姑娘。"

苏锦失落的小脸仰了起来，秦冉冉不说她还真未注意，刚刚的侍卫也是叫她"姑娘"。

那既然他都同意不让她回宫，为什么还不让她走？苏锦开始在心里一点点用排除法猜测。

看上她？

刚想到这点，苏锦就坚定地摇了摇头，她不认为陆景湛能看上她，况且这禁卫局也极少听见过对食的事。

想让她像秦冉冉那般为他所用？

陆景湛在宫里费了心思培养她，结果她一事无成就要一走了之……唉，如果是这个原因，他不愿意放她走她也能理解。苏锦寻思着和陆景湛谈谈条件，比如弄个欠条，她以后若是挣到银子，便给陆景湛，就当作是报酬。

可是……陆景湛缺银子吗？

苏锦长叹口气。

那怎么办？她总不能去买个丫头培养好送给陆景湛吧？

"冉冉，我想离开。"苏锦眨着眼瞧向秦冉冉。

"你是想随李承允离开？"秦冉冉带着试探性的口气问。

苏锦整个人趴在桌上，闷哼了声，反正她要走，一路和李承允一起还能有个伴，况且李承允哪儿都挺好，还不嫌弃她从宫里出来的身份。

她一股脑把昨夜去找陆景湛的事都告诉了秦冉冉。

除了陆景湛吻她的事。

"苏锦，公子是吃软不吃硬的性子，有时软硬不吃，你没得到他的许可便要走……"秦冉冉说着欲言又止。

苏锦也知道秦冉冉说得有道理："我明白，陆大人在我身上花了心思，我没什么可以报答的，但是我一无所长，就算不走也没什么别的用了，我总不能买个丫头送给他吧？"

秦冉冉面似芙蓉，眼眸中神色涌动，她真不知该说苏锦是单纯还是犯傻，竟会对陆景湛的心思完全视而不见。买个丫头送给他？亏她想得出来。

若苏锦一心想走，她帮苏锦一把又如何？

只要苏锦离开，只要苏锦成了李承允的人，公子便又属于她了。她要公子知道，这世界上只有她秦冉冉永远不会离开他。

"你先别急,等会儿我去看看李承允那边的情况。"秦冉冉把手放在了苏锦手背上。

苏锦一听,坐直了身子:"冉冉,你肯帮我?"

"只要不伤害公子,这些事我会尽力想办法。"秦冉冉凑到苏锦身边,语气压低得几乎听不见。

苏锦握住她的手,回头看了看门口的侍卫:"你可千万小心,我万万不能再连累你,大不了我假死后再出去。"

假死?

秦冉冉的笑意不达眼底,未再多问,只让苏锦等她消息:"你先去睡一会儿,你这模样走不了几步便要撑不住的。"

苏锦也着实困得睁不开眼,点点头,起身回了房里,倒头和衣就睡。

这不睡还好,一睡梦里都是陆景湛冰凉缠绵的吻。

梦里,他修长的手指一点点从脖子向下,冰凉凉的触感让她忍不住颤抖。

陆景湛狭长的凤眸漆黑如墨,目光直直地注视着她。忽然,他一双有力的手瞬间掐住了她的脖子。

苏锦直接被吓醒了。

她起身摸了摸自己身上的衣服,这才松了一口气,只觉得口干舌燥,起身喝了口水。

秦冉冉说得对,陆景湛这家伙有时候软硬不吃,偶尔吃软不吃硬,她硬碰硬铁定不行,不然怕小命不保。

天色已入夜,听到院里的脚步声,苏锦起身开门,秦冉冉带着李承允走过来:"苏锦,时间有限。"

苏锦探出头,只见两个侍卫站着一动不动,似乎听不见他们说话。苏锦知道秦冉冉武功高强,却没想到她还有点穴的功夫。

李承允对秦冉冉说了句"多谢",拉着苏锦的手进了屋。

见到苏锦,李承允的心才放了下来,他朝着苏锦仔细打量:"阿锦,陆景湛此人阴晴不定,他没有对你怎么样吧?"

李承允的话让苏锦想起了陆景湛的吻,她侧开了头:"承允哥哥,我没事。"

关于她和陆景湛,苏锦也不打算瞒着了,她把自己入宫后的事一五一十地告诉了李承允。

苏锦尽量长话短说,目的是想让李承允知道,陆景湛花了很多心思在她身上,不可能就这样放她走。哪怕他同意她不回宫,也绝不会准她离去。

"承允哥哥,我估摸着陆景湛还想让我帮他办事,所以我可能没有这么快能离开……"

李承允忽然开口打断了苏锦的话,语气变得有些激动:"阿锦,你是说你和陛下之间什么都没有发生?"

苏锦诧异地看了他一眼,意识到李承允的意思,她脸颊染上一抹绯红,咬唇点了点头:"都是陆景湛安排的人,夜里替我去……"

李承允脸上的欣喜之情溢于言表,他有些语无伦次:"阿锦,我怕自己是在做梦。"

他又继续说,语气有力而柔和:"阿锦,我不只是替自己开心,也替你,以前我总担心你会介意自己之前在宫里的身份,用这个理由来回绝我，那……现在你没有任何理由可以让我离开了。"

李承允的意思表达得很清晰，苏锦明白，只是……她还未想好如何开口，李承允的声音还在房间里响起。

"阿锦，我喜欢你，从我第一次见你，我就想要和你在一起，想要你……成为我的夫人，无论如何，都随我走。"

此时他眼眸如墨，目光炽热地盯着苏锦。

苏锦为难地看他一眼，开口道："承允哥哥，我出宫是为了自由，我想四处走走，去看看各处山河。"

"阿锦，或许是我太急了，成亲的事等你想好了再说。你想去之地我陪你，先随我走好不好？"李承允轻柔的嗓音一点点地安抚着她。

苏锦听到这句话，冲着李承允抿唇笑了笑，梨涡浮现，好看之极。

这时，秦冉冉推门进来："得走了。"

李承允依依不舍地瞧着苏锦："阿锦，你等我，我定会带你出去。"

等秦冉冉把李承允带出去后，苏锦便出了房门。

当下，她若想和李承允一起出驿站是绝对不可能的，只能让李承允先走，自己再想办法出去，两人在外会合，这陆景湛总不能日日夜夜都派人守着她吧！

她来到屋旁的狗洞边上，这狗洞不大，她身形娇小，应是可以过去。她想这个狗洞通往陆景湛的院子，陆景湛的院子会不会也有狗洞可以通往别处。

另一边,秦冉冉送完李承允便来到陆景湛的院子。

"李承允说第一眼见苏锦时便喜欢她,来南城就是为了找她,让苏锦嫁他为妻。"秦冉冉的语气很淡,她跪在地上,不敢抬眸看陆景湛。

陆景湛俊美的脸上看不出丝毫的表情,神色冷峻:"苏锦答应了?"

秦冉冉:"答应了,两人已约好一起走。"

"他们走不了。"

"公子,苏锦已想好用假死药脱身,可需要我做什么?"秦冉冉了解陆景湛,她知道如何能刺到他。

若是苏锦就此消失,就算是天涯海角,他们也逃不过陆景湛的眼线。

只能让他对苏锦失望,失望至极才有可能真的抛弃她。

陆景湛凤眸失神,默念道:"假死药……"

夜里,苏锦在房里等了好一会儿才见秦冉冉回来。看着秦冉冉房里熄了灯,她才小心翼翼地出了门来到狗洞旁。

她先是探过头,确定陆景湛不在院子里,房里的灯也熄了,才轻手轻脚地爬了过去,小心翼翼地在陆景湛屋子边上检查,看有没有狗洞。

只要能过了这两个院子,其他地方就会容易得多,她借着月光谨慎地在草丛中找着。

这狗洞总不会只有一个吧……苏锦伸手撩开挡在眼前的头发。

眨眼间，陆景湛屋子里的灯就亮了起来，她吓得赶紧躲到屋子的侧面。

他的窗户打开了一些，苏锦站在暗处不容易被察觉。她瞧向房内，陆景湛穿着中衣，身形高瘦颀长，乌黑的长发垂在身后，肌肤如瓷，俊美的脸让人挪不开眼，只是眉宇间神色暗淡，像是有什么烦心事一般。

苏锦瞧着陆景湛这般模样，不知为何，心里总有些不舒服。

这般俊俏的美男子，光是看着就让人欣喜，让人想要与之相识，可是苏锦知道，陆景湛此人只可远观，不可亵玩。

苏锦转过头，拍了拍脑袋，想什么，敢把"亵玩"一词用在陆景湛身上……

她舔了舔唇，想着三十六计走为上策，正要转身，就见陆景湛缓缓脱下中衣。

03

陆景湛裸露出的肌肤光滑白皙，身体线条极美，苏锦吞了吞口水，紧闭上眼，侧过头却蓦地撞在了窗户上，痛得她退后两步闷哼了一声。

"是谁？"门口的侍卫喝问。

苏锦屏住呼吸想钻狗洞原路返回，却被侍卫抓了个正着，她被押入了房内。

"几位大哥，是我。"苏锦仰着头试图缓和关系。

几人充耳不闻地把她丢进了陆景湛房里。

苏锦坐在地上，直接把头埋进了袖子里，没一会儿她听见侍卫走出了房门，还把门带上了。

她转过身背对着陆景湛，软了嗓子："陆大人，小人一时迷路，无意打扰，这就先告辞了。"

苏锦说完缓缓起身，不敢望向陆景湛，半闭着眼摸索着想出房门。

房间里很安静，苏锦一直没有听见陆景湛说话。她不解地停下了脚步，按照平时他不是应该冷嘲着说："苏锦，你就这般想我，还要来偷看？"

今儿怎么没声？

"大人。"苏锦叫了句便转过了身。

陆景湛坐在床上，俊美非凡的脸上神色淡漠，肌肤白皙到略显憔悴。他的中衣脱了大半，白嫩脖颈以下的肌肤白润如瓷，活脱脱的一幅美男图。

他的手臂受了伤，正在缓慢地单手涂药，一直未抬眼瞧苏锦。

见他这样，苏锦有些于心不忍，陆景湛好歹几次救过她的命。她抿了抿唇，走过去，一手拿过陆景湛的药轻声道："大人，我来吧，你自个儿不方便。"

陆景湛倒也没拒绝，任由苏锦把药撒在他的手臂上。

伤口不深，像是被锋利的小刀割伤，苏锦不知何人能伤到陆景湛，估摸着是在哪儿碰伤的。

苏锦上好药又给他包扎，柔软的小手触碰到了陆景湛滚烫的肌肤，她拿手直接贴了上去："大人，你是不是发热了？"

陆景湛不理会苏锦，伸出手把中衣穿上，始终没有瞧她一眼。

苏锦也发现了陆景湛不对劲。

这是在生气吗？他亲……她都没生气了，这陆大人可真小心眼。

苏锦也不打算理会他了，她把小药瓶盖好，起身将其放到桌上便准备出去，刚转身手腕就被陆景湛抓住，整个人被带到了床上。

她一头栽到了枕头上，人撞得有些晕晕乎乎，陆景湛从背后抱住她，房间的灯瞬间熄灭。

苏锦试图挣扎，陆景湛把脸放在她的头顶，一手抱着她，也不说话，他的气息扑面而来。

苏锦躺在床上，任由她说什么陆景湛都不理会，就只是抱着她。

"大人，你是不是喜欢我……"苏锦无奈，只得小心翼翼地反问。

她感觉到身后的陆景湛轻微动了动，还是沉默。

"大人，你要是喜欢我的话，等苏锦出去玩几年就回来看你，或者我隔三岔五回来看你？您老人家看行不行？"苏锦想继续和陆景湛商量，可她什么回应都没有收到，陆景湛只是抱得更紧了。

被他这样抱着，苏锦倒是不害怕。她知道陆景湛没办法对她做什么，于是耐着性子一点点开导："或者是你想要什么好东西，苏锦都去买了给你带回来？再不然，我要是成亲生孩子了，让孩子认大人做义父怎么样？到时候我们住得近一些？"

陆景湛本是心里烦闷，抱着苏锦才痛快些，直到"成亲生孩子了"传入他耳里。

他抬手捂住了苏锦的嘴,把她的头压在了自己怀里,嗓音阴冷:"睡觉。"

苏锦只能发出闷哼声,她欲哭无泪,不知道哪句话又得罪陆景湛了。整个房间里只有月光照入,陆景湛没有放开她的迹象,她被迫靠在陆景湛怀里,能清晰地感受到他的温度和心跳。

在他的心跳声里,苏锦逐渐睡了过去。

一夜好梦。

这一夜,苏锦梦见了陆景湛,梦里的他一点也不凶,嘴角总是挂着笑意说喜欢她。

苏锦睡得香甜,陆景湛却一夜未眠。

她就在怀里,却还是不能够让自己安心,陆景湛便用力抱得更紧了些。这时,苏锦嘴里含糊道:"大人,苏锦知道你喜欢我,我也喜欢……"

"喜欢什么?"陆景湛神色紧张,嗓音低沉地开了口。

苏锦的脸蛋在陆景湛怀里蹭了蹭,又含糊一句:"喜欢……"

迷迷糊糊间,苏锦只觉得有什么东西压着自己,她用力推了推,小手被人抓住,随即唇上一热。

她猛地睁开眼,就看见陆景湛俊美的脸在眼前,他闭着眼眸,长长的睫毛微颤,似乎在做梦。

苏锦下意识摸了摸自己的唇,难道她也在做梦,刚刚的温热是什么?

她小心翼翼地挪开了陆景湛压在她身上的腿,轻手轻脚地下了床。

为了避免麻烦,她从狗洞回了自己院子。

刚爬出来,就见秦冉冉打开房门,苏锦有些尴尬地笑了笑,起身拍了拍身上的泥土。

古语有云,做大事者不拘小节。不打紧,不打紧,这秦冉冉也是自己人。

苏锦走到秦冉冉面前正声道:"冉冉,得让承允哥哥先出府才行。"

从昨天晚上来看,陆景湛都懒得搭理她了也不让她走……她若要离开,只能将来再想办法了。

秦冉冉沉默了会儿,没有多问便点了点头。

"冉冉,你等等我,你帮我把信拿给他。"苏锦说着回屋写了封信。

苏锦在信里告诉李承允,眼下南城水患未完全解决,她也走不了,让李承允先行离开驿站。

等解决完南城之事,陆景湛有可能会带她去万州城。到时候她会想办法离开,一个人先离开总比两个人一起离开容易些。苏锦让他回信留一个能寻他的位置,出去后定会去找他。

她洋洋洒洒地写了很多后,又重写一张,挑重点写。

这李承允住在驿站的事,太容易查了,她此时若跟着李承允走,万一陆景湛气急败坏禀告陛下,只怕会连累他。

苏锦写好信折了起来,递给了秦冉冉。

"冉冉,谢谢你了。"

秦冉冉接过信:"我先送去,晚些得帮公子去办事。"

苏锦点了点头,看着秦冉冉出门,便自己坐到了院子里。

阳光轻轻柔柔地洒在脸上。

"苏姑娘,姜大人的来信。"她回过神,就见侍卫递上了一封信。

苏锦接过,信整整有两页。

这信是月儿从万州寄来的。

月儿的大意是她随着姜海到了万州,因为陆景湛让他们去寻一处宅子,她跟着姜海把万州城都绕了几圈,才按照陆景湛的要求寻到一处不错的宅子。

这宅子非常大,院子里有假山、小桥、流水,四处还种满了花。

本该是看完宅子就要回南城,陆景湛却让他们在万州城歇脚,等南城一事忙完,他们自会与两人会合。

月儿在信里一直给苏锦道歉。

姑娘,我知道就算是姜大哥领了陆大人的命令不能回南城,我也要回去陪您的。可是姜大哥说陆大人已经安排了一位武功高强的姑娘陪您,这样一想月儿确实有些一无是处了,去了好像也帮不上忙,便在万州城随着姜大哥住了下来。也不知您这边是否有什么需要我的地方,思考几日才想起可以给您写信。这是我让姜大哥代我写的,您也知月儿不识几个大字。

万州这地方,我保证您来了一定喜欢,您可千万别怪月儿背着您已经把万州都玩了一遍,等您来了我再陪您重新逛,看戏、逛街、唱小曲、游船……太多了,您来了准喜欢。

月儿就在万州等您了，希望您能早日过来。对了，偷偷告诉您，姜大哥说，已帮我和陆大人说了，会安排我出宫。还有件事本应第一时间和您说，只是月儿现在不好开口，我们万州见时再告诉您，等您回信儿。

　　苏锦看着眼前的信，心里才畅快些，近几日着实闷得慌。她刚想把信收好，就看见里面夹了一张字条。

　　苏姑娘，月儿不好开口之事，我想代她说。姜海今年二十有三，在肃州有套小宅子，在下想向月儿提亲，她说得苏姑娘同意才行，思考再三为避免姑娘来万州时觉得太唐突，特来此信。若能娶月儿，姜海此生此世定会好好待她，不让她受苦，还望姑娘成全。

姜海敬上

　　苏锦看着姜海的信，嘴角不受控地上扬，心情愉悦极了。她从字条上的字迹都能看出姜海写它时紧张的状态，相比上一封，这封下笔要用力些。
　　苏锦本想立刻回信，但又不确定自己是否能随着陆景湛到万州，她不想瞒月儿，又怕写在信里会被陆景湛发现。
　　她拿起纸笔，在信里嘱咐月儿好生玩，千万不要担心她，无论何时都随着姜海走，不可在万州等她。
　　她在信的最后写下：

姜海，若月儿同意，我便把她许配给你，希望你能好生照顾她，护她一生周全。

苏锦写完便让人给姜海送去。

她出宫时还担心月儿的去处，若是月儿回宫，她不在宫里，只怕月儿的日子也不好过。现在有了这事，倒让她放心不少。想起这两人，苏锦嘴角的笑意就藏不住。

夜里的庭院格外静，天空繁星点点，借着星光，苏锦在院里等了许久，却迟迟不见秦冉冉回来。她闲着无事便在纸上作画，把整个驿站都画出来。

昨夜她在陆景湛院里没找到狗洞，就得另想办法从其他路出去，但整个驿站都有陆景湛的人……她当下要做的就是打消陆景湛的疑虑。

苏锦等了许久也没有等来秦冉冉，倒是李承允冲了进来，他穿着一袭黑衣，神色紧张。

她惊得瞪大了眼，不是让他先离开吗？

"阿锦，我已在外备好马车，你且随我一起走。"李承允说着上前拉过苏锦。

苏锦瞧着院子一片漆黑，可院门口有人，这李承允是如何进来的？

"承允哥哥，我此时定走不了，万一陆大人告发，你会有麻烦。你先走，我一定会想办法出来。"苏锦咬唇，紧张地瞧了瞧院子。

"阿锦,此事等我们安全离开,我自会和陆景湛交涉。你先随我走,我绝不可能把你一人留在此处。"李承允神情严肃,嗓音还如往日那般温润。

"如何走……"苏锦眼眸里满是担忧。

"随我来。"李承允拉着苏锦的手,带她穿过了院子,门口的侍卫已经晕了过去。

"承允哥哥,他们人……"

"蒙汗药,不碍事。"李承允说着便带苏锦从她院子走去了别院。

两人一路躲避正在巡逻的侍卫,苏锦的心都快跳到了嗓子眼。

不知为何,今夜她心慌得厉害。

趁着巡逻侍卫走过后,李承允带着苏锦进了驿站一个废弃的小院里,这处小院常年没有人住,也没有陆景湛的人。

"承允哥哥,你可收到了我的信?"苏锦压低了声音。

"收到了,我找了你这么久,不可能再把你一个人留在这里。我甚至不敢想,如果我出去,你被再次带回宫……"李承允压低的声音忽然止住。

"承允哥哥,我不会再回宫了,只是我总害怕这事不会这般顺利。"

"若出不去,若是陆景湛一定要留你,那我便一起留下,我陪你。"

苏锦听着只觉得眼眶温热,她吸了吸鼻子。

李承允带着她来到墙角。这里已经放好了一个木梯,李承允先上去,他朝苏锦伸出手,才发现她已经在墙上了,早他一步先跳了下去。

两人都落地后,李承允带着苏锦快速穿过两条巷子,就看见一辆马车停在那里。

苏锦刚上马车打开布帘,看到里面的人,吓得差点摔下来。

第九章
他分明不是太监

01

时间仿佛在此刻停止，苏锦愣怔地看着马车里的陆景湛。

李承允发现不对劲，赶紧扶着苏锦往外跑，还没跑两步就被四面八方的人围了起来。

"承允哥哥，陆景湛在马车里……"苏锦一下下拍着胸口，语气颤抖。

他非要大晚上坐马车里吓人吗？明明在他们刚出驿站的时候就可以抓住！

苏锦怀疑陆景湛就是故意的。

"阿锦,别怕。"李承允神色淡定地握了握苏锦的手。

此时陆景湛从马车上下来了,他俊美的脸上神情高傲而冷漠,凤眸盯着两人牵在一起的手,薄唇扬起嘲讽:"看来晋王是真不把本官放在眼里了。"

"陆大人,今日若是让阿锦随我走,条件你随意开。"李承允坦言道。

他是个商人,知道有些事需要争取和谈判。

陆景湛浅笑,称赞道:"我竟忘了晋王也是生意人。"

苏锦看着陆景湛的笑,越发觉得不对劲,也不知道他接下来还会说出什么话,便开口:"大人,苏锦求你了,我以后一定会时常来看你。"

陆景湛从始至终都没有瞧过苏锦一眼,他轻蔑地笑了一声:"来人,把晋王的手砍下瞧瞧。"

苏锦听着腿一软,她早知道陆景湛铁血无情,慌忙地把李承允护在身后:"大人,苏锦错了,我不敢了,我和你回去,放过李承允吧。"

李承允不怒反笑:"若是一条手臂能换阿锦,不要也罢。"

苏锦一听急了,吼道:"承允哥哥,你别说话。"

李承允见苏锦是真急了,这才有了些许慌乱:"阿锦,你别怕,我没事。"

陆景湛的人上来把两人分开,李承允被人捉住,苏锦被带到了陆景湛身边,她死命挣扎,却被两人牢牢控住。

这南城天高皇帝远,她知道陆景湛是真的能砍掉李承允的手。

几个侍卫抓住李承允，其中一人拿出了刀。

苏锦害怕得不行，眼泪像断了线的珠子般，她嗓音颤抖地大声哀求着："大人，求你了，别这样，都是苏锦的错，承允哥哥是无辜的，是我想离开，他才带我走的。"

"阿锦，别求他，他就是个疯子。"李承允动弹不得，看着苏锦落泪，心里难受得紧。

侍卫一拳打在了李承允身上，只听见他发出一声闷哼。

苏锦浑身发抖，腿一软整个人坐在了地上。她的手胡乱地抓住了陆景湛的衣角，语气急切："大人，求你了，苏锦都听你的，别这样。"

其中一个侍卫抓住了李承允的手，眼看就要手起刀落，陆景湛的凤眸冷冽地瞧着一旁瑟瑟发抖的苏锦，她脸色苍白得近乎透明，神情痛苦。

陆景湛抬起手，侍卫停下了手里的刀。

半晌，没有声音传来，苏锦感觉自己呼吸都不顺畅了，缓缓抬起眼，看到李承允整个人躺在地上，他的手还在，地上也没有血，慌乱的她瞬间松了口气。

陆景湛蹲了下来，纤细的手指抬起苏锦的下巴，声音里裹着寒气："苏妃娘娘，南城一事后，便与我回宫吧。"

苏锦有些不可置信地望着陆景湛。

片刻，她眼眸里的情绪平复下来，开口道："大人，放了李承允，我随你回宫。"

陆景湛因为她的话，手微微用力，她的下巴被捏得生疼。

李承允被陆景湛关了起来，苏锦也被陆景湛带到了他的院里。

接下来几日，陆景湛再没有与她说过一句话。

秦冉冉再次出现已经是三天后，她给陆景湛复命后便看见苏锦搬了过来。她推开房门时，以为苏锦该是失魂落魄，却没承想她一个人正在作画，神色静如湖水。

见到秦冉冉，苏锦放下笔，轻声道了句："冉冉，你回来了。"

"苏锦，你没事吧？"

那日之事，秦冉冉都听说了。

她给李承允送信之时已特别注意，确定无人跟踪才送了信，接着她去办了陆景湛交代的事，回来路上就听说两人被抓了。

只是她没想到陆景湛会把苏锦带来他的院子。

苏锦眼眸清透，浅笑着说："有事，特别难受，但我一想，再难受也不能不吃不喝，整日以泪洗面。日子一天天都是要过的，难受与不难受又有何妨。"

秦冉冉一时不知如何安慰。

"接下来你有什么打算？"秦冉冉问。

"随陆大人回宫，我也算出来走了一趟，不吃亏。"苏锦眼眸带笑地望向秦冉冉，语气带着轻微的叹息，"冉冉，你能帮我带句话给李承允吗？"

她现在放心不下李承允，他平时看上去温和，性子却倔，可千万别和陆景湛硬碰硬。

秦冉冉关了门，拉着苏锦坐到床前，她做了一个嘘的手势，朝苏锦伸出手。苏锦明白她的意思，侧身挡住她，一笔一画地在她手心里写了起来。

"让他千万保重,有机会一定要先离开,不用担心我,我很好。"

苏锦不确定秦冉冉是否能完全看懂,只见秦冉冉点了点头,在她手上快速重写了一遍。

"苏锦,这事我不能答应你,大人有命,抱歉。"秦冉冉站起来,笑吟吟地故意大声说着,出门前朝苏锦点了点头。

看着秦冉冉离开,苏锦终于松了口气,她也不知秦冉冉为何帮自己,但心里却还是相信对方。

她刚作完画,画上面是照着月儿信里的描述画的院子,也不知画得像不像,她带着画去了陆景湛房里。

她心里默念秦冉冉说的陆景湛吃软不吃硬。

苏锦这几日去到陆景湛房里,无论她进进出出多少次,他都不抬眼,脸上冷漠如冰。

仿佛她只是空气。

苏锦进了门,语气轻快地说:"大人,今日我们出去走走吧,小院有些闷得慌。"

陆景湛未理会她,整个人慵懒地靠在桌前,今日他身穿鹅冠红锦袍,头上套着金冠,黑发垂在身后,修长的腿随意搭着,这身锦袍衬得陆景湛肌肤似雪。

他狭长的凤眼情绪不明,薄唇微抿。

这副模样极为俊美,苏锦不禁愣住,她微低头咬唇,心里直骂自己没出息,都什么时候了,还能轻而易举地就被他的美貌给勾住。

她抬头弯了弯眼眸,继续道:"大人,南城暗渠修建得怎么样了？我们何时回宫？

"大人，要不我们去吃南城那家非常有名的包子，听说去晚了还得排很长的队。"

"大人，你看我这幅画，可像万州的宅子？"苏锦说着把画放在了陆景湛面前的桌上。

"大人……"说到最后，陆景湛依然神色淡然，仿佛房间里没有她这个人似的，苏锦便直勾勾地盯着他，坐在了他眼前。

她虽表现得不在意，但总归还是有点脾气的。

陆景湛怕不是被人给毒哑了，不是不理会她，而是失声了。

哼！

苏锦在心里一边吐槽一边劝自己别生气，就当他哑巴了！

"大人，渴不渴？"苏锦给陆景湛倒了杯茶水，递到他唇边，手指意外地碰到了他冰凉的唇。

陆景湛皱眉，抬手推开了苏锦的手。他的力气不小，苏锦手里的茶杯没抓稳一下就打翻在了画上，墨水染成一片。

苏锦瞧着水墨画上的杯子碎片，伸手想去捡，却被陆景湛抓住了手腕，他冰冷冷的嗓音里充满着不耐烦："滚出去。"

不知道为什么，她心里猛地生起一股委屈，泪水迅速在眼眶打转。刚才的心理建设没有起到半点作用，苏锦用力收回手，转身跑了出去。

她刚出门，就听见陆景湛房内传来一阵巨大的响声，桌子被掀翻在地。

"暴力狂，小气鬼，再也不要理他！"苏锦忍住眼泪，回房的路上一直在碎碎念。

她不明白陆景湛既然如此不愿意看见她，也不想理会她，为何还要让她搬来这处院子？

苏锦越想越委屈，她一边擦着眼泪，一边说着讨厌陆景湛。

也不知道为什么陆景湛对她一发狠后，这眼泪就狂洒不止。

苏锦坐在窗户边上，伸手擦了擦眼泪。

窗外阳光明媚，她看了许久，心里的委屈才渐渐散了些。这院子里，连空气都是清甜的，她才不要因为这件事就变得哭哭啼啼。

于是刚到下午，苏锦又扯着笑脸过去了，心里直骂自己没出息。

陆景湛正要出门，苏锦拦了过去，她就这样站在陆景湛面前，语气低落："大人，我知道你不想理苏锦，日后我也不麻烦你了，可不可以麻烦你，若是要回宫，可以早两日和我说吗？我去南城买些东西。"

苏锦低着头，空气中弥漫着的还是意料中的沉默，她便继续道："陆大人，要杀要剐来点痛快的。平日只能你出门，我就只能被关在这里，你现在还不让秦冉冉过来，我连个说话的人都没有，这是什么理，哪里有大人这般折磨人的法子。"

苏锦说完话，只见陆景湛已经绕开她走出了院子，她追出去，却被侍卫拦住了。

看着他离开的背影，苏锦眼眶一红，迅速跑回房里关上门，眼泪大颗大颗落了下来，房间里只留下她呜咽的哭声。

一会儿后，有侍卫来替陆景湛传话说若是她想要李承允平安无事，便安心随他回宫。

苏锦狠狠地喊了句"知道了",便"哐"地关上了房门。

她已经答应随他回宫了!况且他陆景湛有天大的本事,她能往哪儿逃?

苏锦来回走了一下午,想了许多让陆景湛理她的法子,再这样沉默下去,她感觉自己不是憋死,就是被陆景湛气死。

不行!一定要想办法让他理她。

她早已探好陆景湛院门口的水池,应是不深。

到了夜里,苏锦把心一横,趁着侍卫不注意一路冲了出去,一头跳进了水池里。

苏锦本以为水池很浅,结果跳下去后,人逐渐往下沉。她心里一慌,这才拼命挣扎起来,四周一片漆黑,她只觉得呼吸逐渐困难。

陆景湛不会真这般狠心吧……

这院子的主人为何建如此深的水池?苏锦欲哭无泪,只能死命挣扎。

她不禁有些后悔了,可能陆景湛巴不得她死,现在这般刚好让他如愿。苏锦内心崩溃,她好歹应该等秦冉冉回来再跳,或许还能派人来捞她……

"大人,苏姑娘跳水池了,这夜色太黑,已经让人去找火把了。"

苏锦混混沌沌间听见上方有轻飘飘的声音,然后耳边就传来扑通的落水声。

她感觉到呼吸困难,眼睛睁不开,正要昏昏欲睡,一双有力的手抓住了她,没一会儿她整个人被捞出了水面。

她被人拖上了岸，晕晕乎乎地看不清人，半闭着眼，整个人冻得缩成一团。

陆景湛阴郁的嗓音响起，几乎咬牙切齿："去准备热水，把她丢进去。"

苏锦还没反应过来就被丢进了热水里，晕了过去。

陆景湛吩咐人给苏锦洗干净，给她换了身衣服。

房里，陆景湛看着床上的苏锦苍白的脸色，他修长的手指抚摸上了她的脸颊，心里后怕，一种强烈的窒息感袭来，让他喘不过气。

夜沉得厉害。

苏锦再次醒来时，发现身上已经被人清理干净，换了身干净衣裳，躺在床上。

她坐起来朝四周看了看。

这夜……怎么还是黑的？她不是刚刚跳了水池，难道又过去了一夜？

此时肚子饿得响了起来，她浑身无力，扶着床站起身，想让人弄些吃的。一路忍着晕眩走到门口，她刚打开门，就见陆景湛一身中衣站在门口，脸色阴沉得可怕。

苏锦不由得腿一软，人还未摔到地上，陆景湛就把她打横抱了起来，重重地关上了房门。

他抱自己做什么？

苏锦感觉肚子饿得直叫，又不好意思对着陆景湛开口要吃的。她咬了咬唇瓣，声音虽弱却不依不饶："陆景湛，陆大人，你抱我做什么，你不是不与我说话，不是看不见我吗？"

陆景湛停下脚步，凤眸低垂地瞧着苏锦，她苍白的小脸满是倔强，说话的声音虚弱得不行，小嘴却没有停下来的趋势。

"你放我下来，我不要你抱，不要你管我，我是死是活都与你没有关系。"苏锦说着抬起手去推他的胸膛。

她只想着他赶紧走，自己好去找吃食，然而，手稍微使些力气，她就感觉自己随时会晕过去。

"陆景湛，你滚蛋，放我下来，我不要你理我。我回宫后便安心做好陛下的宠妃，这样你满意了吗？你放开我！"她气得小脸染上绯红。

陆景湛听着苏锦一句"安心做好赵衫的宠妃"，周身便瞬间被一股阴郁笼罩，眼眸死死地盯住了苏锦，声音像是从喉咙里逼出来一般，嘶哑得厉害："苏锦，你是不是觉得我拿你一点办法也没有？"

苏锦忍不住冷笑一声，这陆景湛可真会说笑话，怎么会拿她没有办法，囚禁、软禁、不理不睬、逼她回宫、逼她就范，这不都是他实施的办法。

她不甘示弱地抬起眼眸，唇瓣微启："陆大人，回宫是你说的，我也说了回宫后本本分分地做好宠妃，你还不满意，到底想要我怎样？"

陆景湛眼眸中暗光浮动，嘴角扯出的笑有些残忍，又莫名多了几分悲凉。

这女人眼里不是李承允就是赵衫，就是没有他是吗？

他放下苏锦，大手带着她纤细的手腕把人拖到床上。

苏锦本就没有力气，直直地被陆景湛拖到床上，痛得她闷哼了一声，反抗的话还未出口，就看见陆景湛面无表情地欺身而上。

02

陆景湛微凉的指尖抬起苏锦的下巴吻了过去，她拼命紧咬住唇躲开。

苏锦这副嫌弃的模样，让陆景湛的心沉入了谷底。他指尖微微用力，抓住了苏锦的脸颊两侧，使得苏锦微张了口，他顺势而入，吻得炽热而缠绵，一点点强迫着苏锦回应他的吻。

他另一只手下意识地撕扯苏锦的衣衫，苏锦只感觉胸前的肌肤暴露在空气中，传来丝丝凉意。

这带有侵占性的动作让苏锦害怕，她开始拼命挣扎起来。

可陆景湛的吻顺着苏锦白皙的脖颈一路往下，越发不可收拾。两人乌黑柔软的发丝相互交缠，散落一地，暧昧至极。

苏锦如何都推不开陆景湛，她用力护住胸前，房间里响起她细碎的哭泣声。直到感觉身上的陆景湛某处地方火热，她惊得瞪大了双眼，眼泪凝住，便看见陆景湛漂亮的凤眸中清晰可见的火苗。

她被吻得红肿的唇微张，震惊得说不出话。

半晌，苏锦才断断续续吐出几个字："你、你……不是……"

话未说完嘴又被陆景湛堵住了，这次他温柔了许多，像是极力克制，贴在苏锦诱人的红唇边浅吻，嗓音喑哑至极："你明白了吗？"

苏锦感觉自己快要疯了。

陆景湛留下一句"你明白了吗",便隐忍着起身回了房。

整个后半夜,苏锦坐在床上都还在回想,她是不是疯了,为什么……为什么她会感觉到陆景湛不是太监……

怎么回事?他不是打小便入了禁卫局吗?

她在宫里看过不少话本子,也和小太监聊过……难道她从前看的话本子有问题,还是她认识的小太监有问题?

陆景湛分明就不是太监,可他不是的话……他是如何坐上这禁卫局厂督之位?

她一直以为陆景湛喜欢她,是像对秦冉冉和姜海那般的喜欢。而他之所以生那么大的气是因为她私下逃跑的事让他感觉到了背叛。

可现在……苏锦重重地叹了一口气,她没想过陆景湛对她,是男子对女子那般的喜欢,她的心乱得厉害,把头埋进被子里,甚至怀疑自己的感觉出了错。

可是,总不能把陆景湛叫来再试试吧?

或者直接去问?

苏锦脑海中浮现陆景湛妖娆俊美的脸,还有火热缠绵的吻。

她被自己的想法吓了一跳,赶紧摇了摇头,自言自语道:"苏锦啊苏锦,你满脑子都在想些什么,色令智昏,要冷静、振作、管他陆景湛是不是太监,你都是要出宫。如若他不是太监,那他大可娶妻生子,你心里倒也痛快些,你起初不就觉得他这副模样没生孩子可惜了吗?"

她努力缓解情绪,让自己深呼吸,别想太多。

那边，陆景湛回到房里，整个人逐渐冷静下来。

他走到窗户边，紧紧闭上了眼，脑海里全都是苏锦的模样，和她脆弱的哭声、眼泪。陆景湛叹息了声，睁开眼往苏锦房间望去。

今夜怕是吓坏了她，他想着，不由得抿紧了唇。

从苏锦搬去陆景湛的院子那天起，秦冉冉便整夜难眠。

一大早，她便起床去了陆景湛的院子，想借着看望苏锦的理由，去瞧瞧两人的情况。

只见陆景湛的院子外一个人也没有——他把侍卫调走了。秦冉冉眉心微皱，心里有些异样的感觉，抬眼望去，两人的房门紧闭。

她缓缓走到苏锦房间外，径直推开门走了进去，神色故作担忧，她压低了声音："苏锦，你没事吧，我见门外侍卫都不在？"

苏锦正靠在床边，白皙的脖颈上是清晰可见的吻痕，地上是散落一地的衣物，明眼人都不难看出昨晚发生了什么。

秦冉冉脸色惨白，死死咬住了牙关，这院里能对苏锦这样的，除了陆景湛别无他人。

她还是有些不敢相信，陆景湛会碰苏锦。纵然知道两人不可能发生其他，但苏锦脖颈间的吻痕和地上散落的衣物，都在向她诉说着昨夜发生的事。

秦冉冉压制住心底的不快，坐到了床边。她伸出手抚上苏锦脖颈的吻痕，有种想要捏碎这纤细脖颈的冲动。

她的手颤颤巍巍地捏了上去。

苏锦感受到肌肤上的温度,缓缓睁开眼,就见秦冉冉在她眼前,满脸担忧。

她看着地上的衣物,还有自己这一身,连忙解释:"冉冉,我没事,你别误会,什么都没发生。"

"昨夜是何人如此?"秦冉冉眉头紧皱,把被子往她身上盖了盖,放下的手早已紧握成拳。

苏锦也不知道该如何开口,她微微叹气,突然想起秦冉冉从小便跟在陆景湛身边的事。

"冉冉,你是不是很小便认识陆景湛了?"

秦冉冉神色淡了下去,很快便浅浅笑道:"我的命是大人救的,我打小便跟着他了。"

听到此处,苏锦咬唇想了想,片刻,她还是把昨晚之事告诉了秦冉冉。

"冉冉,我感觉他不是太监,我不知道这个感觉对不对,可能你也不懂。"苏锦说出口时还觉得有些许尴尬。

秦冉冉脸色一阵红一阵白,不敢相信地质问:"你说感觉到身下一团火热……"

她话刚出口,苏锦的脸瞬间灼烧起来,空气里一阵沉默,苏锦闭眼点了点头。

看着苏锦的模样,秦冉冉心里一惊。若照她所说,陆景湛就分明不是太监!秦冉冉只觉得心中的喜悦大过悲凉,她忽然垂眸笑了笑,又怕苏锦弄错:"你确定没弄错?"

苏锦不明白秦冉冉笑什么,见她不相信,便道:"冉冉,这事……是我昨晚感受到的,加上我多年看话本的经验……这些都表明了——他不是太监，但我现在……也不能完全确定了。"

她说完，两人又是一阵沉默，秦冉冉问陆景湛为何会半夜离开？

苏锦只理解为他当时也是神志不清，见自己被吓哭便离开了，两人其他什么都没有发生，让秦冉冉千万相信她。

秦冉冉忍着心中酸楚道："我信你。"

但若不是如此，她永远也不会知道公子的秘密。

秦冉冉想要得到陆景湛的心越发强烈，她起身拿了件新的锦袍给苏锦换上，这男子的锦袍刚好可以遮住她脖颈的吻痕。

"谢谢。"苏锦接过衣物。

秦冉冉柔媚得出水的眸子紧盯着苏锦，她拿起苏锦的手掌缓缓写下："苏锦，我帮你一起救李承允，事成后安排你们离开。"

苏锦有些不敢相信，秦冉冉会为了她冒这个险。

"相信我，我是真心希望你和李承允能够离开。"

她比任何人都希望苏锦能够离开，离开陆景湛，永远也不要再出现。

而且，她要陆景湛彻彻底底地对苏锦失望，不会再派人去找她。

秦冉冉嘴角勾起一抹不易察觉的笑意。

她让苏锦这段日子不要再去激怒陆景湛，以免他做出更过分的事，还让苏锦顺着陆景湛，让他放下戒心，其余之事，她自会安排。

苏锦有些犹豫地点了点头，她犹豫不是因为不相信秦冉冉，而是她觉得自己顺着陆景湛也一点用都没有，前几天他都已经直接将她视为空气，根本不听她说话，也不在意她的示弱了。

不过眼下，也确实没有更好的法子。

苏锦想，秦冉冉跟在陆景湛身边多年，了解他的秉性，说不准真有办法让她和李承允逃出去，还不被陆景湛追究。

两人都没有再说话，房内陷入沉寂。

苏锦揉了揉眼角，神色落寞地朝房内各处打量。这房里的一切摆设都像是精挑细选过，就连梳妆台上放的都是她平日里用惯了的胭脂水粉。她若是走了，该是没有机会再回到这里，苏锦想着，心里竟也生出不舍。

她究竟舍不得什么？

苏锦晃了晃脑袋，侧过眼，这院子里似乎又布置了许多花草，若是以前，她可能会觉得新奇，只是现在她早已没了赏花的心情。

不过有了秦冉冉的话，苏锦心情好了许多。

两人在院子里散步，苏锦便和秦冉冉提起想让她帮忙去和陆景湛说，要出去走走的事。

"自己没有嘴吗，要别人来说？"陆景湛冷淡的嗓音响起。

苏锦忍不住翻了个白眼，这家伙不是不理她吗？况且他知不知道"尴尬"两个字怎么写。

听着他的声音，苏锦偏偏不回头，只是求救似的给秦冉冉递眼神。

"大人，苏姑娘在院中闷得厉害，您看可否让我带她去城中转转，不入夜便回来。"秦冉冉朝陆景湛行了礼，语气清爽。

陆景湛盯着苏锦僵直纤瘦的背影，薄唇微扬："她要是没哑，就让她自己说。"

苏锦在心里把陆景湛骂了八百遍,他这折磨人的手法到底是跟谁学的。

秦冉冉朝着苏锦使眼神,让她转过身去。

苏锦想起昨夜陆景湛的暴行,气呼呼的脸软了下去,不就是比脸皮厚吗?她这脸也比城墙还厚!

苏锦慢悠悠地转过身,直视陆景湛的凤眸,甜甜地笑了起来:"大人,苏锦想去城中走走,你看我可以去吗?"

陆景湛的眼神顺着她的唇瓣慢慢挪到了脖颈处,狭长凤眸中的神色更深了些:"秦冉冉,去备车。"

苏锦见他开口,顿时松了口气。

秦冉冉应声过后便先出了院子,让苏锦一会儿和她在正门集合。

苏锦回屋把身上的腰带绑好,整理了身上的锦袍,看着镜中自己清秀白嫩的模样点了点头,只是她的唇瓣因为昨夜的吻还是有些红肿微痛,她想起这些脸色又红润了些。

陆景湛都不尴尬,她也没什么好尴尬的,就当是被一条恶犬咬了。

收拾好自己,苏锦才发现饥饿感袭来了,她只想快些出去吃小笼包,打开门就看见陆景湛还在院中。

她装作看不见他,径直往外走,身后的脚步声跟了上来。

苏锦头也不回,快速出门上了秦冉冉准备的马车:"冉冉,我们快些走,待会儿那人又跟过来了……"

"何人?"陆景湛修长的手指拨开车帘,上了马车。

苏锦看着陆景湛上车,皮笑肉不笑:"大人在这儿,我想任何人都不敢跟来了。"

她本是想着借这次难得的机会,能和秦冉冉商量一下救李承允的方法,结果陆景湛偏偏跟了过来。苏锦把头侧了过去,不去瞧陆景湛。

秦冉冉让马车直接前往苏锦想吃的那家包子铺。

这家包子铺开在南城的一条巷子里,里头卖的小笼包十分有名,因为马车不方便进去,他们便下车走了过去。

苏锦光是闻着香味就忍不住了,她伸出舌头舔了舔嘴,模样诱人。

陆景湛不由得侧过了头。

"冉冉,这家包子铺还有包厢,我们去找个包厢坐坐。"

等她们找好包厢,陆景湛也过来了,苏锦点了三份包子。

"我太饿了,就不客气啦。"苏锦冲秦冉冉笑笑,拿起筷子夹了个小笼包放进嘴里。

一口下去,满嘴的香味让她赞不绝口:"味道真的很不错。"

要不是陆景湛不让她出来,她早就来这家了。

秦冉冉把小笼包放到陆景湛面前:"公子,您也尝尝。"

陆景湛点了点头,动作优雅地夹起了小笼包咬了一口。和他比起来,苏锦就吃得粗放。她一个人就吃了整整两份包子,走的时候还打包了两份。

"老板,结账!"苏锦刚吐出这句话,猛地想起自己没带银子。秦冉冉在陆景湛的注视下也不敢给她送银子。

陆景湛正在门口打量着苏锦,她和老板说了句"稍等"。

她走到陆景湛面前，伸出手，笑了笑："大人，刚刚的小笼包你也吃了，麻烦先付银子。"

陆景湛挑眉，目光凝视着她，开口道："把我吃的两个小笼包的银子给她。"话是对秦冉冉说的，苏锦听到他的话时有些脑子发蒙。

两个小笼包……

苏锦的表情瞬间绷不住了，这陆景湛也太小气了，今日本就是她想带秦冉冉来吃，他在才点了三份，结果点了他还不吃，自己怕浪费足足吃了两份。

她深吸一口气，眼眸低垂，咬了咬红唇，哼出了声："陆大人，我出门出得急，未带银子，你先借我，晚些时候回去还给你。"

陆景湛见她这模样可爱得紧，心中甚喜，但依然故作无情，慢条斯理道："我为何要借银子给你，我们又不熟悉，万一你不还给我呢？"

苏锦有些吃惊地看向他，这家伙是故意的吧！

不熟悉昨夜还抱着她吻，陆景湛这个浑蛋！

"陆大人，你可不能耍赖，刚刚是因为你在，我才点了三份小笼包，结果你不吃，差点浪费，我还帮你吃了一份，怎么到了结账的时候你就这般快地往外走。小心被人传了出去，说你小气。"苏锦干脆也不要脸皮了，她身无分文，总不能把自己抵在这儿。

"这般说来，你一人吃了两笼还委屈了？"陆景湛说着，视线落到了苏锦手里打包的两份小笼包上。

见陆景湛就是不肯出银子，苏锦只能将计就计，无奈道："既然如此,大人你和冉冉先回去吧,苏锦只能把自己抵在这里偿还包子的银两了。"

她说完还朝着秦冉冉晃了晃手,准备转身进包子铺。

陆景湛薄唇扬了扬:"如此,那我便把你买下,你再慢慢偿还即可。"

什么叫买下?

不等苏锦开口,秦冉冉已经过去付了银子。

陆景湛这家伙不会是想靠两笼包子就把她买下吧?苏锦在一旁怒瞪着他,亏他想得出来。

秦冉冉见两人斗嘴,神色黯了下去,哪怕是从语气里,她也能知道陆景湛此刻心情甚好。

包子铺的位置比较偏僻,离热闹的街道还有些远,但来吃包子的人还不少。苏锦看了眼来往的百姓,秦冉冉在一旁给她解惑:"这家店水患后重开,生意已大不如以前,早些时候来,只怕得等上些时辰才能吃上。"

苏锦闻言点点头,拿起手里的包子瞧了瞧。

早知道便多打包一份了。

03

马车把他们带到了南城最热闹的集市,四处摆满了琳琅满目的货物。

苏锦在街上买得好不快活,好不容易出来一次,她想着反正都要回宫,这银子倒也不用存这么紧,难得来南城,她还是得买些东西回去,便又向陆景湛借了些银子。

陆景湛十分有耐心地跟着她,难得没有毒舌和催她。

苏锦带着秦冉冉一直逛到了快要入夜。摊贩都陆续收摊了,她这才不舍地说要回驿站。

秦冉冉让两人在此处等,她去把马车叫来。

苏锦看着秦冉冉走远,就留她和陆景湛两个人,顿时觉得有些尴尬,只能默默地转过了身子。

不知为何,哪怕她背对着陆景湛,也总能感觉到他灼热的目光。

"待会儿随我去个地方。"陆景湛的声音慢悠悠地响起,让人听不出任何情绪。

苏锦装作未听见,他又没有点名道姓,万一不是和她说话呢?

"你不说话我就当你答应了。"陆景湛迈开长腿从背后走到了她跟前。

他的气息扑面而来,苏锦退后两步,想拒绝又没有底气,她低着头嘟囔:"不答应也没用,反正都是大人说了算。"

陆景湛凤眸蕴含着一抹笑意,他凑近苏锦耳边:"你知道就好。"

苏锦只觉得他的气息让她有些口干舌燥,下意识地吞了吞口水,又退了一步。

"呵。"陆景湛见状轻笑出声。

苏锦侧过头,想着她不尴尬,尴尬的就是别人,她没有再说话。

马车来后,三人回到驿站,陆景湛也没说要带她去哪儿,转身朝着小院走了回去。

苏锦把包子放到了秦冉冉手里,麻烦她给李承允送过去,她特意等陆景湛走远,才慢慢往小院走去。

到了院里,陆景湛正坐在石凳上,像是在等她。

苏锦冲他笑了笑,打算回去好好睡一觉,昨夜一闹,这会儿她觉得困得厉害。

她刚转过身子回房,腰肢就被人用力地带了过去,回过神来,整个人已经被陆景湛带着跃上了屋檐。

陆景湛朝着驿站后方快速跃下的动作让苏锦心里一抖,她整个人不由自主地抱紧陆景湛,把头紧紧地贴在了他怀里。

苏锦欲哭无泪。

他说要去个地方,也没说是这种方式,就不能好好走路吗?

两人跃下时,苏锦有种失重感。她有些害怕陆景湛一个不稳把她丢了下去,抱得格外紧,闭着眼默念:"陆大人,去哪儿?"

没有人回答她的问题。

没一会儿,苏锦觉得脚触到了地面,这才睁开了眼,从陆景湛怀里探出头来。

这里已是山林深处,放眼望去一大片艳丽的花海,漫天萤火虫飞舞,在月光下显得格外如梦似幻。

好美!

一阵凉风吹来,陆景湛的发丝落在了苏锦的脸上,她这才发觉自己还紧紧抱着陆景湛,赶忙松开手。

苏锦站在原地有些不知所措,一只萤火虫轻轻触碰了她。

"苏锦,你可还记得在宫内对我所说之话。"陆景湛嗓音润了几分,缓缓开口。

宫内所说之话?

苏锦抬起眼眸,她在宫里对陆景湛说了很多话吧。

"是你先说喜欢我的。"陆景湛的声音响起,语气里带着些许委屈。

记忆犹如洪水般灌入了苏锦脑海里。

"厂督大人,实不相瞒,从入宫起,我就对你心生爱慕,和小太监一起聊天也是为了打探厂督大人之事。苏锦此生只愿陪在大人身旁,绝无成为宠妃之心,更没有办法安心成为陛下的女人。

"我知道,厂督大人不是一般的男人,可是我喜欢你,这并不会因为你是谁而改变,我不稀罕做陛下的宠妃。

"我愿意,无论你是厂督大人还是普通男子,对我而言都一样,只求大人怜爱,不要把我推去其他男人身边,哪怕是陛下。"

曾经为了不委身于赵衫,她对陆景湛说的话都回响在耳边。

苏锦一时间竟无言以对,那时她并未想过陆景湛会喜欢她,她说那些话的目的只是为了拖延时间顺利出宫。

苏锦晃了晃手,萤火虫飞往空中,自由自在。

她神色暗下来,语气轻缓:"大人,对不起……"

陆景湛凤眸沉了沉,苦涩地笑笑:"我要对不起有何用?苏锦,哪有你这般不负责之人。"

他在委屈?

苏锦有些不可置信地抬起了头。

陆景湛俊美的脸上神色落寞，凤眸深沉地盯着她，薄唇紧抵缓缓开口："苏锦，别离开我好不好？"

苏锦，别离开我好不好！

他的话在苏锦脑海里回荡，丝丝缕缕沁入心底。

陆景湛真的喜欢她！何时开始的？

"陆景湛……我没想过你会喜欢我。"苏锦凝望着他，轻缓的语气里有些不知所措。她见惯了陆景湛的强势霸道，现在这般可怜兮兮的模样，倒让她觉得自己是个欺负良家少女还不负责的负心汉了。

陆景湛乌黑的长发被风吹得散开，俊美的脸庞上那双凤眸里满是失落，颀长的身形在月光下显得有些孤寂。

他一步步朝着苏锦靠近。

苏锦愣在了原地，陆景湛走到离苏锦很近的位置才停了下来，说："我不想你随李承允走，也不想见到你们成亲，哪怕只是想想，我都难受得紧。"

在丞相府时，他越是想要之物越是求而不得。

入了禁卫局后，所有的东西都唾手可得，他却再也没有了想要之物，一心只想报仇，这个目标让他有了活着的意义，也让他有了一丝喘息的机会。

遇见苏锦，陆景湛第一次觉得沉寂的心开始跳动起来，他想要她留在身边，想要触碰她，想要……得到更多。

苏锦被陆景湛的话惊得不轻，大脑里一片空白。

在整片寂静的花海里，她只能听到自己一下又一下的心跳声，陆景湛好闻的气息随着风一点点地包裹住了她。

她唇边传来温热的吻，轻柔得只是稍稍触碰后便很快放开。

下一秒，陆景湛强而有力的手把苏锦带入怀中，他把头埋在了苏锦的脖颈处，声音几乎带着哀求："苏锦，别离开。"

这一切的动作都发生在瞬间，苏锦反应过来时，已被陆景湛抱在怀里。

他的胸膛温热，坚实有力的心跳让她慢慢放松下来。

她感觉自己好像不讨厌这个拥抱，甚至没有排斥陆景湛的吻。

苏锦觉得自己疯了，她想推却使不上力气，只能任由他抱住了自己，她转移话题："陆景湛，能和我说说你去禁卫局后的事吗？"

见苏锦不推开，陆景湛把她抱得更紧，像是要揉进自己怀里般，贪婪地嗅着苏锦独有的气息。

十岁那年，陆景湛被最信任的人骗出府送入了禁卫局，那时的他还不知这是个什么地方。

直到来了个比他岁数稍大的太监，嘱咐他先好吃好喝休息五日，五日后准备净身。

那几天是陆景湛度过的最黑暗的时光，每天听到净身房传来的惨叫声，他明白了净身的含义。

他彻底明白父亲不仅不要他，还对他避之不及，就连抛弃的手法都如此残忍，哪怕把他丢街上去要饭也好过如此。

他不吃不喝不睡地撑到了第五日，想活活把自己饿死。

那天，来接他的小太监见他奄奄一息，马上禀报了当时禁卫局的厂督王师。

陆景湛被带到王师面前时已经神志涣散，只觉得自己被人抬起了下巴。王师仔仔细细地打量他，最后丢了句话："这副好皮囊若是死了当真可惜，你想死也得等长开了后给咱家瞧瞧，你这副皮子还能开出什么花来。"

苏锦听着本满是心疼，但这段话让她忍不住笑出了声。

她原本就听不得那些凄苦的故事，总爱掉眼泪，更别说陆景湛这活生生的人的遭遇。只是这禁卫局前任厂督王师着实是个有趣之人，竟会说出这番话，还救了陆景湛的命。

见她笑，陆景湛薄唇微张，在她的肩膀处轻咬着。苏锦闷哼了一声，立马止住了笑意。

陆景湛说遇见王师他的人生才算真正开始。

王师早年入宫，摸爬滚打才坐上了厂督的位置。当时他已是四十有余，身边无人，便把陆景湛安排在了身边。

王师告诉陆景湛，想在宫里活下去就得心狠，没有人可以庇佑他一辈子，所以王师找人教他武功，教他如何活下去。

那是他第一次感受到被人真正在乎的感觉。

王师待陆景湛很好，没几年陆景湛出落得越发帅气，他本有意让陆景湛出宫，去宫外娶妻生子，陆景湛却坚决留在了禁卫局——他要报仇，要查清楚当年的事。

见他心意已决，王师便没有再劝。

那些年，陆景湛抛开了王师的庇佑，拼命地学着在禁卫局残酷的竞争中活下去。

关于王师，苏锦在宫里时是听说过的，说这位前任厂督阴晴不定，身体不大好。他早年生病去世后，陆景湛便成了禁卫局的主子。

不过她没想到两人间还有这层关系。

"所以你没有净身，也是你师父帮了你？"苏锦压低了声音缓缓地问了句。

"他说舍不得我这副皮子少了东西。"陆景湛说着话，却觉得心里被装满了般，如此抱着苏锦便让他安心。

苏锦眼眸弯成了月牙，陆景湛这师父倒是挺可爱的，也得亏陆景湛长得好看，要换了别人，只怕已是另一番处境了。

陆景湛说完才觉得有些不对劲，苏锦好像对这些事过于了解了，那日他既怕吓到她，又怕她不明白，还闹心了一晚。

结果她竟然瞬间明白。

他缓缓放开了苏锦，修长的手指微抬起她的下巴，凤眼深沉："你是如何知道的？"

知道什么？

苏锦眨着灵动的眼眸瞧着陆景湛，想着他的话，意识到他说的是如何知道他不是太监之事，苏锦羞涩地抿了抿红唇："在宫里闲时看话本子里有说，后来又和小太监讨论过。"

她刚说完赶紧咬住了唇，因为陆景湛凤眸微眯，露出了危险神色，她想把下巴从他冰凉的手指上挪开，却被他捏住。

陆景湛想到苏锦和别人讨论这事，一脸不爽。

这娇艳的红唇是该好好惩罚，让她知道什么该说什么该讨论。

他的指尖松开了苏锦，她松了口气，刚想退后，脸颊又被陆景湛捧了起来，他的脸逐渐放大，唇瓣印在了她的唇上，温热的吻由浅到深。

苏锦站在原地，脚像是千斤重似的挪不开，小手捏紧了衣角。

她竟然在和陆景湛亲吻……她甚至没有想要推开，心里还莫名地多了一抹期许。

月光照着两人的身影映在这片花海里，美丽而缠绵。

直到她脚有些发软，陆景湛才不舍地放开了她，在她耳边撒娇："别离开好不好？"

苏锦被他好听的声音勾着，鬼使神差地回了句："我考虑考虑。"

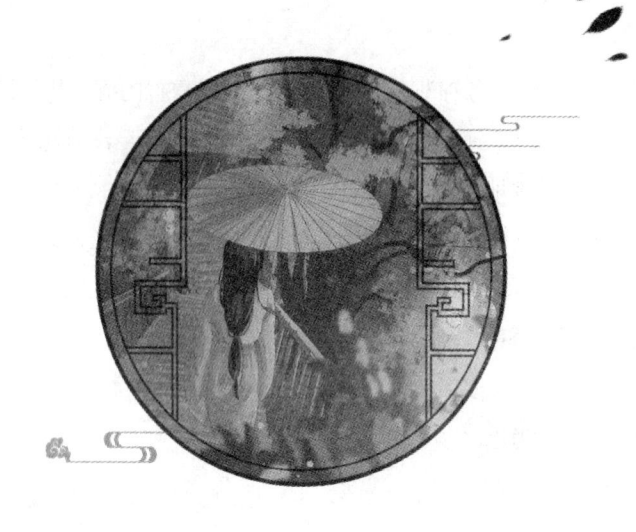

第十章
情窦终盛开

01

回去的路上苏锦觉得自己有些发热,晕晕乎乎的。等回了院里躺在床上,她才清醒些,觉得自己中了陆景湛的美男计,没有坚守要离开的初心。

她在床上滚来滚去,想起陆景湛最后那句——她若不走,便放了李承允的话——又陷入了沉思。

若是陆景湛放了李承允,她是不是也可以考虑不离开,留在他身边?

苏锦仰天长叹，本想好好睡一觉，结果又一夜未眠。就在她快要睡着之际，秦冉冉来敲门了，她起身去开门，秦冉冉神色紧张地看了眼院子便关了门。

"冉冉，出什么事了？"

秦冉冉叹了口气未说话，把一封信交到苏锦手里："你先看完，一会儿公子出去后，我便同你说。"

苏锦不明所以，她打开信，里面是李承允亲手写的，像是在记录他每日的心境。

阿锦，我终于找到你了，这些年我总觉得老天是眷顾我的，我想把这份眷顾都施在你身上。

无论多久不见，你都还是这般模样，让人忍不住想要靠近。

从与你重遇后，我以为自己能睡个好觉，可夜夜梦里都是你，阿锦，我想娶你。

今日与你说了这事，可能是我太心急吓到你了，只要我们在一起，成亲的事慢慢来。

阿锦，我很好，你千万不要惹怒陆景湛，他不会把我怎么样。你照顾好自己，起码眼下我们还在同一处。

就算见不到，只要知道你还好好的就好，想你。

我们总会在一起的，然后我会永远陪着你。

苏锦看完，眼中神色暗了下去，她不知该如何回应，也不知该如何与秦冉冉开口说自己和陆景湛的事。

"冉冉，陆景湛已经答应我放了承允哥哥，我……"苏锦的声音很低。

"苏锦！"秦冉冉打断了她的话，声音有些急促，"公子从始至终都没有要放过李承允，就算让他从驿站离去，他也无法活着离开南城，城外全是埋伏。"

她的话让苏锦愣住了。

苏锦猛然抬起头，想去判断秦冉冉话里的真实性："这……这不可能，陆景湛已经答应我会放了他。"

"是你答应公子留下了吧？"秦冉冉妖娆地笑了笑，眼眸暗了几分。

苏锦点了点头，陆景湛说过，只要她留下便放了李承允，她若选择留下，为什么还要杀李承允？这说不通！

"苏锦，公子喜欢你，而你倾心李承允。就算这次放过他，但若今后他以晋王的身份来袭，对公子而言后患无穷。李承允若是在南城发生意外，才是一劳永逸，何况公子做事绝不会留后患。"秦冉冉逻辑清晰，句句都打在了苏锦心上。

苏锦第一反应就是不能让陆景湛杀了李承允，她要去找陆景湛。

见苏锦起身，秦冉冉一手抓住了她，语气急切又满是担忧："苏锦你怎么这般傻，公子今日有事出城，明日才能回，只有今夜我能安排李承允跟你走。这是你最后的机会，你若是再犹豫，错过今夜，李承允便不可能活着离开南城。"

苏锦的脸色因为她的话变得煞白，她一路小跑至陆景湛的房间，想要找他问清楚，房里却一个人也没有。

秦冉冉说的……都是真的，陆景湛真的出去了。

苏锦紧握拳头，心里满是难过，但无论真假与否，她都不能拿李承允的命冒险。

见苏锦松口，秦冉冉让她简单收拾东西，天入夜就来接她。

等秦冉冉走后，苏锦一直等在陆景湛房里，她想问清楚，可他始终没有回来，最终她等来的只有秦冉冉。

秦冉冉打晕了院子门口的侍卫，见苏锦没有收拾，迅速帮苏锦把值钱的东西装上，一手抓住苏锦的手腕往外走。

"苏锦，眼下没有什么比李承允的命更重要了，你若今夜不走，李承允必然会留下来等你，到明日则是害了他。"秦冉冉语气清冷，她的话一点点传入了苏锦的耳里。

苏锦拿过秦冉冉背后的包袱，跟着她到了驿站外。李承允已经在门口等她，秦冉冉准备了两匹快马。

李承允见到苏锦，急忙抓住了她的手："阿锦，我们先离开，其他想说之话，我路上再与你说。"

苏锦看了一眼李承允抓着她的手，不着痕迹地将手收了回来。

秦冉冉打破了沉寂："苏锦，这一路你们快马加鞭离开，公子这边我会想办法拖延，只要入了李承允的府邸，你们便安全了。

若是你们成亲了,那公子想来也不会再去找你们,苏锦你就自由了。"

她仔仔细细地交代着,生怕漏掉什么,说完便让他们先走。

李承允上了马,看苏锦还呆在原地,他朝苏锦伸出手:"阿锦,你若是不会骑马,我带你会快些。"

苏锦摇了摇头,月儿到南城后又带她去学了几次骑马,她可以自己骑。

不知为何,她心里并不想和李承允骑一匹马。

苏锦回头,目光沉沉地看了一眼驿站,心里闷得厉害,又扫了眼身边的两人,最终还是上了马,跟着李承允出了城。

秦冉冉在驿站看着两人的背影,她紧握的拳头稍稍松开了。

苏锦,你若是肯离去,我便留你一命。

这些日子两人相处下来,若是有得选,她并不想杀苏锦,还好,苏锦愿意跟着李承允走了。

两匹快马很快就出了城,李承允对这一带很熟悉,他没有停,只是时不时询问苏锦的情况,担心她太累了。

"阿锦,你若是累,我们便去前面的客栈休息,吃些东西。"

苏锦点了点头。

这一路,李承允发现了苏锦的不对劲。离开了驿站,离开陆景湛,她并不开心。

他不知道这些日子苏锦遇见了什么事,但秦冉冉说得对,若是再等下去,只怕苏锦不会愿意跟他走。

两人下了马,将马牵到客栈院内拴上。这个客栈十分简陋,只有几间房,过路休息之人都坐在这个露天的院子里。

"老板，来壶茶水和一些吃的。"李承允交代完，回头便见苏锦一个人坐在了院子角落的凳子上。

李承允走过去，他温润如玉的脸上露出了笑容："阿锦，等再跑两日我们便可好好休息，你待会儿多吃些东西。"

"承允哥哥，我不饿，只是有些困了，想睡一会儿。"苏锦脸色苍白，清澈的眸子里充满不安。

"阿锦，此地还不够安全，你若是困了先休息会儿，东西来了我叫你。"李承允伸手抚上了苏锦的脸。

几日不见，她又清瘦了许多，回到府里得好好给她养养。

感受到他手心的温度，苏锦侧过头，轻咳了两声，躲掉了李承允的手。

李承允看着苏锦的模样，笑意逐渐退却。

没关系，她现在已经离了陆景湛，接下来他有信心和办法赢得她的心。

南城驿站。

太阳开始下落，陆景湛紧赶慢赶，心情愉悦地回了驿站，手里还提着苏锦最爱吃的包子，一到院子便前往苏锦的房间。

只见房间门开着，苏锦的房里空无一人，衣物被丢了一地，梳妆台上她在乎的一些细软也都不在了。

他的心瞬间跌落谷底，眼眸中暴戾的情绪似乎要把屋子燃起来。

桌上有一封信，陆景湛走上前，几乎是颤抖着手打开的。

上面是李承允写给苏锦的话，字字句句都透露着爱意。

陆景湛的手紧紧握住信,怒火在他心中翻腾,俊美的脸上满是绝望。他的手中渐渐有血流下来,指甲缝都染上了一片血红。

为什么,苏锦?

她不是答应了他会考虑吗?

他不是说了会放过李承允吗?

为什么她还要跟他走,为什么?

"秦冉冉,他们何时走的?"陆景湛声音冷得犹如寒冰,几乎咬牙切齿。

秦冉冉一听立马跪下,她哽咽着嗓子:"公子,是我该死,苏锦走的时候我拦过,可是她以死相逼,说她就算是死也要和李承允在一起。我真的没有办法看着她死在眼前,属下愿意将功抵过,立刻追回两人。"

陆景湛听着,身子摇摇欲坠,眼眸通红,一手挥了过去,他眼前的桌子被击得四分五裂。

苏锦,就算是死你也要和李承允在一起,那我在你眼里算什么!从头到尾都是在骗我吗?和在宫里时一样,都是在欺骗我,你从来没有在乎过我!

"呵。"陆景湛苦涩地笑了笑,心痛到几乎无法呼吸。

他双手紧握成拳头,胸口一热,一口鲜血喷了出来,整个人直直地倒了下去。

秦冉冉明艳的眸子里充满了不可置信,她迅速朝陆景湛跑了过去,他跌落在她怀里,几乎浑身都在发抖。

秦冉冉颤抖着伸出手探向陆景湛的脉搏。

他的心脉微弱,秦冉冉眼泪夺眶而出,手不停拍打着他的脸:

"公子，公子，阿湛，你别吓我。"

看着怀里的陆景湛脸色苍白，薄唇被鲜血染红，手里还紧紧攥着给苏锦带回来的包子，秦冉冉情绪崩溃。

怎么会这般？这不是她想看到的，她从来也没有想过伤害陆景湛。

郊外，苏锦随意吃了两口东西。不知为何，她就是觉得心里闷得厉害，时不时还会抽痛。她见李承允还在吃，便起身到院子外走走。

她走到院子后，心不在焉地给马儿喂了些草，微微叹气，突然听到一阵压低的声音传来。

"你俩快一些，计划有变。"

"赶了几日的路，还不让吃饱，何事？"

"听说陆景湛受伤了，危在旦夕，现在正是杀他的好时机，主子让我们几人快马加鞭去南城会合。"

"当真？那可真是千载难逢的好机会。"

苏锦听到陆景湛受伤的消息一愣，连忙打起精神听了起来。

"千真万确，驿站内鬼传出来的，何人所伤就不知情了。"

"行了，别废话，赶紧吃了上路。"

苏锦所在的位置是院子后方，说话之人正在院子里面，她赶忙小心翼翼地绕了进去，只见李承允身侧不远处坐了三个长得凶神恶煞之人。

他们的吃食还未上齐，便不停催促着老板快些。

苏锦皱着眉朝四周看了看，不动声色地走到了厨房。

"店家。"苏锦给了老板一串钱,让他给那桌人慢慢上菜,把分量减少,再把店里最烈的酒端过去。

老板见不是谋财害命,拿了银子笑得合不拢嘴:"都是小事,拿了银子一定办得漂漂亮亮。"

苏锦点点头,未再多留,转身回到院子。

见李承允已经起身在门外等她,她便拉着李承允走到一旁,说:"承允哥哥,你走吧,我要回去。"

李承允表情凝重地看着她,问:"为什么?阿锦,你回去……"

他话未说完,苏锦打断他,语气急切:"承允哥哥,我现在来不及和你解释,陆景湛受伤了,现在有人想杀他,我必须回去通知他。你直接回府,不要等我。"

"阿锦。"李承允提高了嗓音,苏锦担心陆景湛的样子让他十分害怕,他忍住了性急和不安,柔和地笑笑,"阿锦,你听我说,陆景湛身边高手如云,这些人杀不了他。何况我们走时他还好好的,如何会受伤,你不要担心,先随我回府。"

苏锦听着眼眶湿润,摇了摇头:"承允哥哥,万一那是真的呢?万一陆景湛真的受伤怎么办?我不能冒险把他这样丢下,我的命都是他救的。"

她说完转身想去牵马,李承允从身后紧紧拉住了她的手,他语气紧张:"阿锦,别去,我们好不容易才逃至此处,我不想再和你分开,秦冉冉在那儿,她武功高强,没有人可以伤害陆景湛。"

苏锦一想到陆景湛受伤就急得厉害,听不进任何话。

她拼命挣扎,眼泪不停落下:"承允哥哥,别这样,我不能拿陆景湛冒险，他不能出事，我要赶在那些人到南城之前去通知他。"

她的心很乱，满脑子都是陆景湛受伤的事，眼泪滴在了李承允的手上。

李承允见她这般模样，想张口又不知道要说些什么。他放开了苏锦，几乎用尽力气走到她跟前："阿锦，若是回去后陆景湛没事，你会跟我走吗？"

他紧张地盯着苏锦，眼眸湿润。

苏锦呆了一瞬，她嗓音哽咽，还是把自己的心里话说出了口："承允哥哥，对不起，我不能跟你走了。

"听到陆景湛受伤，我很害怕，害怕自己再也见不到他。无论如何我都不能拿他冒险，我离不开他。承允哥哥，我现在才意识到我是喜欢他的，可能从很早之前……就喜欢了，我不能失去他。

"对不起，我不应该给你希望，都是我的错，真的对不起。"她顿了顿，继续道，"承允哥哥，你一定会遇上一个比我更好的人。"

她说完，转身迅速去牵了马，一路飞驰朝着南城赶了回去。

李承允看着苏锦骑马从他身边飞奔而过，心如刀割。

这次，他终于要完完整整地失去他的阿锦了。

苏锦不知道，哪怕她只是给了他希望，也已经足够他度过想见而不能见的日子了。

从见到陆景湛和苏锦开始，李承允便知道了两人的心思。他俩眼里的神情，说话的语气，每一样都诉说着对彼此的情愫，只是苏锦一直都没有开窍罢了。

02

苏锦这一路滴水未进,忍着身体的不适,在天黑前赶回了南城。

她不知陆景湛受伤之事是真是假,心里又急又慌,直接把马停在驿站门口。侍卫见是苏锦,都未拦住她,她便一路冲进了小院。

苏锦推开房门,只见陆景湛面无血色地躺在床上,秦冉冉正在边上握着他的手。

秦冉冉失魂落魄地回头,见到苏锦的瞬间,她神情微动,但立刻便恢复平静。从陆景湛倒下去的那一刻,她便明白了。

苏锦离不离去对她而言已经不重要了。

她只希望陆景湛能够活下去,她刚刚请了南城圣手张永来看,说陆景湛是气急攻心,此时的求生意识非常薄弱,要醒过来得靠他自己。

秦冉冉起身,准备把位置让给苏锦。

苏锦顾不得其他,赶忙开口:"冉冉,快、快安排陆景湛离开,驿站有内鬼把他受伤的事传了出去,现在有人在南城聚集,准备杀他。"

秦冉冉听到这话,诧异地看了苏锦一眼,浅淡的眼眸里很快露出一抹杀意。她没去质疑苏锦的话,让人备了马车,带着陆景湛和苏锦去到了南城府衙。

这里是南城兵力最集中的地方，任对方是谁，也绝不敢来府衙行刺。

钦差大臣刘远听说陆景湛受伤，立刻让人把府衙的偏院收拾出来，并派人保护，日夜巡逻。

等安顿好他们，刘远看着几人忍不住开口："秦姑娘，请问你们从驿站过来，苏妃娘娘可有一起？"

苏锦听着缓缓低下了头。

秦冉冉神情冷淡："刘大人，刺客突袭，陆大人身受重伤，而苏妃娘娘恐已遭遇不测，还望封锁消息，以免南城百姓人心惶惶。"

刘远一听大惊失色，乌纱帽都差点掉落。

这南城现在把苏妃娘娘当神一样在歌颂，若是此事传了出去，只怕会出事："秦姑娘放心，刘某明白，一切自等陆大人醒了再做定夺。"

刘远出去后，偏院里安静了下来，苏锦没有问秦冉冉如此说的原因，秦冉冉也没有再说话，她淡淡地看了眼苏锦，便转身离去。

苏锦回到房内，这间屋子阳光充足，她坐到床边静静地看着陆景湛。

安静睡着的陆景湛相比起平常显得有些乖，妖孽的模样俊美异常，还是让人挪不开眼。他轮廓深邃，双眼紧闭，高高的鼻梁，薄唇苍白，这样看比平时少了几分冷漠，更加有人气。

在来府衙的路上，秦冉冉把事情都告诉了苏锦，陆景湛是在听说她和李承允走后，气急攻心，吐血晕厥的，大夫说他求生意识非常弱。

苏锦鼻尖泛酸，伸出手握住了陆景湛的手，眼泪一滴滴滑落，打在他们交叠的手上。她嘴里一直在轻声念着——

"陆景湛，对不起，我回来了，我怎么会这般笨，连喜欢你都不知道。你快起来骂我。

"你不是让我不要离开吗？我现在可以告诉你，我永远都不会离开你，你起来好不好？

"还有一件事，但我要等你醒来了才能说。

"你不是说很喜欢我吗，那你起来再说给我听听，我想听了，陆景湛。"

苏锦说到最后，垂下眼眸大声哭了起来，所有的难过、担忧与心疼在此刻放到最大，她真的很害怕，特别特别害怕。

她现在不想去任何地方了，只希望陆景湛可以醒过来。

"陆景湛，我还在等你，你怎么能一直睡。你要是不醒，我就每日在你耳边哭，要每日吵你。

"我话很多的，以后你也不许烦我。"

苏锦凑上前，在陆景湛苍白的唇上吻了吻。她心里绞痛得厉害，捂住了胸口，眼泪无声地滴落在他脸上。

整整两日，她都寸步不离地陪着陆景湛。

白日里她会盯着他的脸，给他说自己去了万州后想做之事。

夜里便陪着他一起睡，苏锦把头枕在了他的怀里，感受着他的心跳，只有这样，她才会觉得安稳些。

第三日，阳光早早地照进了房内。

苏锦睡得迷迷糊糊，突然觉得腰上一紧，她吃痛地睁开了眼。

只见陆景湛虚弱地抬起了眼，他看到苏锦的瞬间愣了会儿，满脸不可置信。手心传来女人暖暖的温度，他神色一黯，眼神顿时冷漠，嗓音嘶哑："苏锦，人你也救走了，还想从我这里得到什么？"

苏锦震惊地看着他醒来，听着他说话。

害怕自己是在做梦，她狠狠地捏了大腿一下，痛得直皱眉。

他真的醒了！苏锦眼眶里顷刻灌满了泪水，她伸出手抱住陆景湛，语气急切："陆景湛，我告诉你，你不准再受伤了！"

她听到了陆景湛问的那个问题，压着嗓子吼道："我苏锦，只得到你的心还不够，我还想要得到你的人。"

她的话是陆景湛没有预料的，他僵直着身子，看着身上不停在哭泣的人。

还想要得到他的人？他薄唇露出丝丝苦笑："得到人后呢？是不是还要走？"

苏锦抬起身子，眼睛红得像是兔子眼睛。她吸了吸鼻子，直勾勾地望着陆景湛狭长的凤眸，挑起了他的下巴，语气严肃而认真："陆景湛，有点信心，或许我是想拥有你一辈子。"

陆景湛的心被她的话击中，强而有力地跳动了起来，越来越快。

他的眼里有一簇光，手紧张地捏住了被子。陆景湛缓缓开口："你不走了？"

"本来是要走的，但我实在是舍不得你这么个美人。"苏锦无奈地在他薄唇边亲吻。

陆景湛感觉仿佛有什么在心里炸开了花，他伸出手揽住了苏锦柔软的腰，把人带到了身下，回应着她生涩的吻。

这是陆景湛这辈子第二次感激娘亲给了他这副模样。

第一次是遇见王师的时候。

苏锦看着虚弱的陆景湛，不禁又红了眼眶，她吸了吸鼻子："大人，对不起，我怎会这般笨，竟连喜欢你也不知道。我在路上听到你受伤，心里害怕得紧，万一见不到你，我真得后悔一辈子。"

陆景湛见苏锦脸上挂着眼泪，他修长的指尖划过她的脸，忍住了内心的欣喜，薄唇轻启："傻瓜，我没事，别哭了。"

苏锦抓住了他的手，使劲蹭了蹭："大人，苏锦真的好喜欢你。"

她说完，紧盯陆景湛的薄唇又吻了过去，青涩而生疏，很快便被陆景湛掌握了主动权。

苏锦任由陆景湛在她身上点火，刹那间，她突然意识到什么，一把推开了他，娇气地喘着："不行，你刚刚才醒，太虚弱了，得好好休息。"

听到这话，陆景湛的美眸神色微暗，薄唇低语："我会证明我不弱，乖。"

苏锦秒懂了陆景湛的意思，她的脸瞬间灼烧了起来。

这人刚丢了半条命，现在就能耍流氓了？

她的手还是抵着陆景湛，故作虚弱的模样："你不弱，我弱，来回跑了一天一夜了，我还没休息够。"

苏锦说着半眯起眼，陆景湛瞧着身下的人，她看起来实在困得厉害。

他抱着她入怀，在她额头上吻了吻："来日方长，再睡会儿。"

她靠近陆景湛，紧紧地回应他的拥抱。没有哪一刻比现在更让苏锦安心的了，陆景湛没事真的太好了。

窗外的日色渐渐明亮，在房间里映出亮光。

"陆景湛，我不走了。"苏锦情绪缓和下来，在他怀里呢喃，"能不能不要去杀李承允……"

陆景湛凤眼上挑，在苏锦的唇上吻了吻："我何时要杀他？"他语气淡淡的。

苏锦不由得微愣，诧异地看他一眼，又紧紧地抱住他。

"那没事了，我们睡吧。"她未再对陆景湛提起那日的事。

靠在陆景湛的胸膛上，听着他强劲的心跳声，苏锦想起秦冉冉说陆景湛要杀李承允的话，她在脑海里快速地把那日之事过了一遍。

从始至终，秦冉冉都在催促着她离开，让她去见李承允。

还有她回到驿站后，陆景湛昏迷，秦冉冉失魂落魄地握着他的手。

苏锦好像明白了。

秦冉冉喜欢之人便是陆景湛！

苏锦闭上了眼，她很庆幸自己赶回来了，还好她赶回来了。

苏锦每天亲自煎药，看着陆景湛喝完，她才放心。她一身男装，扮作书童的模样留在陆景湛身边，寸步不离，府衙的人也没觉得奇怪。

陆景湛的身体恢复得特别快。

刘远知道陆景湛醒后便来看望，他满脸愁容："陆大人，您醒来了真是太好了，我听说苏妃娘娘恐已遭遇不测，这南城之事已解决大半，该如何与陛下交代此事？"

陆景湛身形挺拔，坐在床前轻咳两声："这一路来南城，贼人不断，那日贼人突袭，我受重伤后，苏妃遇害，你如实派人禀报即可。"

刘远一听，心里松了口气。

陆景湛一个人把责任揽了下来也好，不然这失职之罪，他也得被算进去。

"下官明白，大人您好生歇息。"刘远说着给陆景湛行了礼，便退出去了。

等到刘远出了门，苏锦把房门关上，她倒了杯水给陆景湛端了过去，语气有些担忧："大人，你说陛下会不会怪罪于你……"

陆景湛抿了口茶，一手拉过苏锦坐在腿上，启唇道："担心我？"

苏锦伸手搂过他的脖子，嗓音清澈："自然担心。"

"无妨，陛下已有容妃，宫里少了你也没关系。"陆景湛捏了捏苏锦白嫩的脸颊。

苏锦想着也是。赵衫的心性……李贵妃的事都没有影响他，何况她这个与他没有任何感情的妃子。

她笑笑，内心好不自在，脸蛋贴近陆景湛，抱住了他。

03

自从苏锦回来，陆景湛便开始加快处理南城之事。

而秦冉冉离开后就没有再来过，连陆景湛醒来，她也未来，苏锦已快半个月没有见到她。

听陆景湛说秦冉冉那天回了驿站，没过隔日便有人偷袭驿站，秦冉冉早有准备设好了埋伏，将贼人生擒。

所有的一切都有条不紊地在进行，可苏锦还是有些放心不下秦冉冉。

秦冉冉对陆景湛是真心的，也从未想过要害陆景湛，但是这样的单相思多么令人难受，苏锦现在已经能够完全理解她。南城事毕，没几日他们便要去万州城了，或许是时候该想个办法，给她一个好的安排。

苏锦想在离开前见秦冉冉一面。

她见陆景湛正与刘远在屋内谈事，便找了辆马车去到驿站。秦冉冉已经从她们住的院子搬了出去，住进了之前陆景湛的那间屋子。

苏锦去的时候她脸色苍白，看上去十分不适。

"冉冉。"

秦冉冉有些意外地看了苏锦一眼，旋即嘴角带笑，嘲讽道："苏锦，你是来看我笑话的吗？"

苏锦眉目冷淡，嘴里也完全不饶人："有何好看？我有这工夫陪着陆景湛不好吗？"

秦冉冉听着，脸色黑到谷底。

这女人果然是来耀武扬威的，她的手捏成了拳头。

苏锦轻笑一声，表情故作严肃："秦冉冉，我这次来……是想让你走。前面的事我虽然没有与陆景湛说，但不代表我原谅你了。"

她顿了下，继续道："你喜欢陆景湛没有错，可你不应该为了自己喜欢的人去害其他人。"

"苏锦，你有什么资格来与我说这些？这么多年都是我陪在公子身边，是我先认识他的。若不是你，他也许就会喜欢我。"秦冉冉脸色越发惨白。

苏锦眉目间浮现点点笑意："这不可能。"

秦冉冉恨恨地看着她。

"你为何总要去想一些不可能发生之事？你人美嘴甜，武功又好，还有大把的好日子，难道都要在毫无希望的情形下度过？"

秦冉冉本以为苏锦是来嘲讽她，听着苏锦夸她，一时间没明白她的用意。

"我不是夸你，你模样生得好这是事实，陆景湛不喜欢你，也是事实。人要学会接受事实。我知道你有很多机会可以杀我，但你都没有下手，所以思来想去，我总觉得我还是得来一趟。"苏锦语气轻飘飘的。

秦冉冉脸色一阵青一阵白："你到底是什么意思？"

"我想让你离开陆景湛。"苏锦认真地看着她。

秦冉冉抬起眼眸望向苏锦，有些不可置信："你说什么？"

"我说让你离开陆景湛，我把自己存的银子给你，随你去做什么。"苏锦坐直了身子，郑重其事地道，"陆景湛救过你，而你也为他做了这么多年的事,已经够了,以后的日子都是你自己的。"

"就连我留在公子身边也碍着你的眼了吗?"秦冉冉说出口时声音还带着些颤抖。

"不是你碍我的眼,是我怕我会碍你的眼,你受不了。况且这大千世界,你都不想出去看看吗?我听说太曲河就有不少有名的才子,你去此处买套宅子也可。"

"我是为了公子活着,我不会离开。"秦冉冉死死咬住嘴唇。

苏锦见她一脸倔强,微叹了口气:"秦冉冉,你到底如何才明白,你应该为了自己而活,你也要有属于自己的日子。"

她还在心疼自己辛苦存下的银子,她做了几日的心理建设才打算把银子都给秦冉冉,结果秦冉冉竟然直接拒绝了。

见秦冉冉沉默,苏锦直接放了大招,扬起白嫩的小脸:"行,你若是不想走便留下,反正我打算和陆景湛成婚生孩子,你想留便留,想看便看,我的银子也不用给你,我继续存起来。"

听着她如此豪放的言行,在天香楼那等烟柳之地待了数年的秦冉冉都一脸震惊。

苏锦毫不在意,朝窗外看了看外头的天色,已经要暗下来了。

得赶回去了,不然陆景湛又该找她了。

"秦冉冉,你自己考虑清楚,是拿着我的银子走,还是留下,选择都在你,李承允这事我不会和大人说。"苏锦说完,把手里买的糕点放下,准备回去。

她站起身,刚转头就看见了门口满脸笑意的陆景湛。

他何时来的……都听见了吗?

"大人，属下罪该万死。"秦冉冉见到陆景湛，立马下床跪了下来。

陆景湛的目光扫向秦冉冉时，冷了几分，他声音漠然："秦冉冉，从此以后你与禁卫局再无瓜葛，你自由了。"

听到陆景湛的话，秦冉冉死死咬住唇。

她忍住了眼泪，整个人跪在地上，心沉沉地掉进了谷底。

苏锦见她这副模样，忍不住蹲下去扶着她起身："这不是天大的好事吗？你以后就不用帮大人做事了，想吃就吃，想睡就睡，自由自在。

"你要是实在不想走，就随我去万州；若是想走我便把银子给你，你考虑考虑。"

秦冉冉震惊地看了眼苏锦，这人……脑袋里都装了些什么。

她神情恍惚，眼神直勾勾地盯着陆景湛，脑海里满是当年绝美的少年，这张脸在她梦里出现了无数次，她以为哪怕不能在一起，自己也能永远陪在他身边。

秦冉冉眼眸中带着流光，朱唇微启："公子，冉冉明白了，您身子刚好，早些回去休息吧。"

苏锦看着她也觉得心里难受，便起身走到院外，留了两人在房内。

她站在院子外等，没一会儿陆景湛便走了出来，两人抬眼对视，目光柔和，他牵着苏锦的手离开了驿站。

夜色深了，头顶月色温柔，苏锦时不时看陆景湛一眼，只觉得他今天心情很好，人也格外温柔。南城的商铺逐渐打了烊，街道上只有他俩并肩的身影。

到了府衙，苏锦把门关上，眨着大眼睛开口："你怎么知道我在那里？"

"南城就这般大，除了驿站你还能去哪儿？"陆景湛磁性的嗓音响起。

苏锦抿嘴笑笑，露出脸上的梨涡，至少现在陆景湛是完完全全相信她，不会再担心她会离开了。

"大人，你会不会有一日突然不喜欢我了？"

陆景湛挺拔的身子朝着她凑了凑，眸光幽静，细细地盯着她，薄唇抿直："永远不会有这一天。"

苏锦眼眸中透出灿亮的光，她伸出手抱住陆景湛，猛地在他脸上亲了一口："大人最好了。"

陆景湛眼里满是愉悦。

苏锦的脸颊紧贴着陆景湛的胸腔，喃喃道："苏锦喜欢大人。"

"既然你这般喜欢我，那我就成全你吧。"陆景湛凤眸上挑，嗓音低沉。

苏锦看着他，一副不解的模样。

陆景湛把她打横抱起，慢条斯理道："是何人大言不惭地说要与我生孩子……"

苏锦一听，羞得躲进了他怀里。

果然，刚刚与秦冉冉的对话，他都听到了。

她微抬起眼，只见陆景湛性感的喉结来回滚动，她不禁吞了吞口水："大人，正常来说你得先娶我做娘子,我们才能生孩子。"

"行，既然你这般迫不及待，回万州我们就成亲。"

回万州就成亲。

苏锦感觉自己像是在做梦，她大眼睛里漆黑一片："大人可想好了，若是与我成亲，便再也不能有别人。"

她在宫里待久了，三妻四妾、见异思迁的男子她见了太多，她不想成为与其他女人共享丈夫的人。

若是要嫁，她的夫君此生此世就只能有她一人，如此才行。

陆景湛抱着苏锦坐在床上，他清冷俊美的脸上此刻全是温柔。他凤眼轻挑，盯着她清澈透明的眼睛，认真地道出几个字："只有你。"

说完，他吻上她娇嫩的唇瓣。

苏锦，只有你！

没有你，天下于我又有何意义！

第十一章
小别胜新婚

01

十日后,南城水患终于解决,暗渠修建也在陆续进行,正常的货运通行已经恢复,陆景湛带着苏锦去往了万州城。

秦冉冉前几日已决定离开,她特意来和苏锦告别,离别时她未要苏锦的银子,说自己多年来赚的银子足够傍身。

苏锦告诉秦冉冉,若是想来看她可以随时来,她让秦冉冉离开陆景湛,只是希望秦冉冉能够有更好的生活,去做自己,而不是在陆景湛身后做影子。

秦冉冉应下了。

天气一天天热了起来,陆景湛和苏锦入万州城时已是黄昏,月儿和姜海撑着伞在城门口等他们。

一行人去了他们看好的宅子。

这宅子的位置算是闹中取静,出行十分方便,周围却少有人家。

刚入府,月儿高兴得圆脸红彤彤的,她忍不住抱住了苏锦:"姑娘,您可算来了,我都快想死您了,要不是姜大哥日夜守着我,我早去南城看您了。"

苏锦笑笑,月儿这句话,倒是把她和姜海这段时间在万州城的生活给暴露了出来。

见苏锦在笑,月儿急忙开口:"姑娘,我说错了,是白日守着我,夜里我出门,他也能听见动静。"

"我明白,姜大哥武功高强,不比常人,夜里能听到脚步声也很正常。"苏锦止住了笑,一本正经地说着。

"姑娘,您不准拿月儿打趣,羞死人了。"月儿把脸埋在她的脖颈上。

苏锦还未回话,姜海便伸出手拉着月儿的手臂,把她带离了苏锦的怀抱。

姜海咳嗽两声:"夫人,我先带您去休息。"

他的这声"夫人",不光是月儿,连苏锦都愣住了,她回头瞧了瞧陆景湛,他脸上表情并未有变化。

月儿惊得说不出话,她伸出手捏了一把姜海,却被他反捏住了小手。

陆景湛在一旁突然开口道:"姜海,你先跟我来。"

他找姜海有事,月儿便先带苏锦回房休息。

月儿带着苏锦把府内绕了一圈,这宅子的院子非常大,四处都种满了花,苏锦住的院子里还有一座小桥,下面便是荷花池。

屋子内也照着她的喜好重新布置过,是淡雅的颜色。苏锦在屋内四处看看,看见屋子边上有个书房。

"月儿,这屋子连着书房,是不是给大人住比较好?"苏锦看着这宽敞的屋子,她一个人住倒显得浪费。

月儿没回她的话,把门关上,拉过苏锦坐在桌前:"姑娘,您还不快与我说说,您和陆大人之间的事。"

她说着还嘟嘴抱怨,姜海没把此事告诉她,她回去一定要好好生气几日。

"别几日,最好一个月不理他,让他长长记性。"苏锦趁机添油加醋,惹得月儿直叫。

"姑娘,快与我说说。"

见月儿着急的模样,苏锦把她走后的事都说了一遍。

月儿听得眼神直勾勾的:"这陆大人竟然不是……这可是天大的好事,这要再生个孩子,指不定好看成什么样。"

苏锦用手捏了捏她可爱的脸蛋:"我说这么多,你重点只关注这里!"

"姑娘,我觉得把这段时间发生的事当成故事看,只有陆大人这事有十足的吸引力。多好看的人啊,你都不知道宫里有多少小宫女盯着他,夜里总讨论陆大人。"

苏锦:"呃……"

"还是我们姑娘厉害，一举拿下陆大人，真是可喜可贺。"月儿高兴得合不拢嘴，"姑娘，你今夜先好好休息，明日我们出去庆祝，月儿带你吃遍万州城。"

她虽嘴上高兴，但也知道陆大人此事不能四处宣扬。

姜海告诉过她，来了万州陆大人便要隐姓埋名，不可叫旁人知道他的真实身份。

"月儿请客，明日我定当大吃一顿。"苏锦说着摸了摸肚子。

"行，姜大哥把俸禄都给我了，月儿请了。"

听到这话，苏锦调侃地看月儿一眼，惹得月儿脸色绯红。

"姑娘！"

"好，不说了，不说了。"苏锦笑着摆摆手。

夜逐渐深沉，月儿带着苏锦去沐浴，让她好好放松。

"月儿，你不用伺候了，我不是苏妃了，以后我与你一样，这些我都自己来。"苏锦坐在浴桶里，见月儿忙前忙后地给她准备衣服。

"姑娘，我不累，只是准备些衣服。"月儿把衣服给苏锦放好，心里感动得很。

要不是遇见她，自己还指不定在宫里哪处活着。

"没事，我自己都可以的，你先回去吧。"

两个人说了一会儿话，月儿最终拗不过苏锦，只好放下东西回去了。

苏锦躺在温热的浴桶里，微仰起头，这一路来发生的事，都与她所想不一样。

但是能够遇见陆景湛，喜欢他并陪在他身边，真的令她特别满足。

这是苏锦第一次有了想要和别人共度余生的念头，而这个念头在这些和陆景湛在一起的日子中越发清晰。

她起身穿上衣服，准备走回房间收拾好就去找陆景湛。结果她刚打开门就见他半躺在床上，中衣随意地套在身上，一副散漫的样子。

看见苏锦进来，他邪魅的凤眸微扬，轻舔了下薄唇，拍了拍床边的空位。

苏锦只听见自己越发快的心跳声。

这家伙该是知道自己这副模样有多诱人吧！

她此前没想到陆景湛会和她住一间屋子，所以这书房是给他准备的？来万州前，两人甚至还没在一起，他便打算这样做了？

苏锦关上房门，缓缓走到了床边。她伸手抱住陆景湛劲瘦的腰，把脸埋进了他怀里。

陆景湛的手掌一点点抚摸着她的背："可喜欢这宅子？"

"喜欢，更喜欢大人在此处陪着我。"苏锦在他怀里闷哼出声。

苏妃遇刺一事已传回了肃州，赵衫痛心疾首，召陆景湛解决南城一事后火速回宫，她知道再过几日他便要启程了。

"我见完陛下，处理完禁卫局之事，便马上回来陪你。"陆景湛把身侧柔软的人抱了起来，让她坐在自己身上。

"大人可以把我爹爹也带来吗？"

"自然是得带岳父大人过来。"陆景湛在她唇边吻了吻。

陆景湛的人已经提前回肃州把消息告诉了苏怀，苏锦担心他会胡思乱想，若是能来万州见一面，有些事才好说开了。

苏锦脸上荡漾着笑意："行，那明日我们先去吃好吃的，庆祝庆祝。"

"庆祝何事？"陆景湛瞧着她高兴的模样，心情也好起来。

"月儿说庆祝我把大人拿下。"苏锦凑在他耳旁低声浅笑。

陆景湛耳边是苏锦的气息，他狭长的凤眼瞬间犹如炭火般灼热，修长的手指紧了紧，属于她独有的香气在鼻尖萦绕。

苏锦能感受到陆景湛隐忍的动作，她此刻只觉得脸烧得厉害，垂眸盯着他白皙的脖颈处凸出的喉结，轻柔地吻了上去。

陆景湛只感觉浑身酥麻，他极力忍耐，翻身把苏锦压在了身下，嗓音哑得厉害："知道你在做什么吗？"

苏锦直勾勾地盯着陆景湛的凤眸，她柔软的小手攀上他的脖子，缓缓点了点头。

见她白皙干净的小脸染上绯红，清澈的眼眸中透出紧张，陆景湛低头吻了吻她的唇："乖，等到成亲之日。"

他说完便侧过身把苏锦钩入怀中，苏锦看着他，小手不依不饶地在他身上点火："大人，还不知何时才能成亲。"

"等我从肃州回来之后，我们便成亲。"陆景湛薄唇轻启，柔声说。

从万州去肃州一来一回，路程遥远，他还要处理事情，苏锦不知这次分开，要多久才能相见，她情绪有些低落，在他怀里蹭了蹭。

陆景湛把人抱得更紧了。

他见苏锦睁着眼,轻柔地拍打着她的后背哄睡:"乖,我会尽快赶回来。"

在他的安抚下,苏锦逐渐睡了过去,她喜欢陆景湛的拥抱,喜欢他的气息。

天空之上斗转星移,微风送来片刻清凉。

天刚微亮,窗外的鸟叫声传进来,苏锦睁开眼,没瞧见陆景湛。

为了方便出行,苏锦打算在万州的这段时日都穿男子的锦袍。她换了衣服,推开门便见三人都在院子里,陆景湛坐在石凳上,月儿和姜海坐在对面。

见苏锦出来,姜海上前,朝她深深鞠了一躬:"夫人,我想娶月儿为妻,本是想定在下月,可过几日我要去肃州,所以想把日子定在明日。"

"明日?"苏锦抬眼看了看月儿,会不会太仓促了。

"夫人放心,东西都已准备就绪,我在万州买了套小宅子,一定不会亏待月儿。"姜海俊朗的脸上,神色紧张。

月儿伸手拉了拉苏锦的衣角:"姑娘,月儿非姜大哥不嫁,不在乎形式的。"

苏锦欣慰地笑了笑:"你们若是决定好,那便明日。月儿的嫁衣可买好了?"

"已经去看了几身,就等姑娘回来帮我选,正好你自己也可以看看。"月儿拉住苏锦的手,满脸的笑容藏都藏不住,"我们先去看，看完再去吃好东西。"

一行人就这样出了街。

万州城比南城还要热闹几分，城内是络绎不绝的人。

若说南城是主打商业，此处就是休闲娱乐，它引入了不少有趣的玩意儿，生活上比南城更宜居。街道两边都是游船，不少人在船上吟诗作画，还有人把酒楼也开在了船上，好不热闹。

月儿牵着苏锦到了一家卖嫁衣的店，老板娘见了四人笑得合不拢嘴，热情地招呼。

苏锦帮月儿挑了一套，刚付完银子，月儿便道："公子，我来付，你的银子都好好存起来。"

"月儿这是怕花光我的银子？你出嫁，嫁衣的银子必须我出，这是我的心意，你不能拒绝。"苏锦振振有词，让月儿不好再回绝。

"那月儿就谢过公子了。"

"你们的宅子如何？"

"离公子住的地方不远，姜大哥早已准备，就等着明日了。"月儿说着羞红了脸。

"也好，离得近，日后你们回万州，来我们府上长住也可以。"

"公子放心，定会来陪你的。"

这姜海还在宫里当差，不可能总在万州。月儿既嫁给了他，定是要一起才好，以后若有空来看她，苏锦便知足了。

月儿为了庆祝，带着他们来一艘游船上吃东西。

这里最有名的便是叫花鸡，一只叫花鸡飘香万里，是万州的招牌菜，几乎每家客栈都有。月儿说她吃了好几家，这家是味道最好的，待会儿入夜了，还能在船上看看夜景，好不自在。

陆景湛今日虽未开口说话，但他的心情像是很好，平日里冷冰冰的脸也缓和了不少。

四人坐在船里，苏锦和月儿用筷子敲着碗划拳，来分配鸡腿。

姜海看着两人，再瞧了眼神色淡然，视线却未离开苏锦身上的陆景湛，心里也畅快了不少。

若不是陆景湛，他也没有今时今日，姜海给陆景湛倒了杯酒："大人，姜海敬您一杯，谢谢大人一直以来的栽培，还有夫人，若不是因为夫人，我和月儿也不会遇见。"

他这话说得煽情，苏锦都有些不好意思了："姜海，这就是你和月儿的缘分，是你们自己的，但这酒，得喝。"

说着四人都笑了起来，举杯一饮而尽。

几人吃吃玩玩，不久便入了夜，苏锦没想到这叫花鸡的味道是真不错，她心满意足地摸了摸肚子。

"姑娘，您看这船有两头，您要和陆大人去哪头坐坐？"月儿说着给苏锦指了指。

"这边吧。"苏锦看了看，船有一边背对着街道，人会比较少。

她担心两个男子若是坐在一起，别人见了会觉得奇怪。

苏锦牵着陆景湛坐到船头，她靠在陆景湛怀里，欣赏着两边挂满的灯笼，还有月色。

耳边热热闹闹，有嬉笑声，有划拳声，还有吟诗声。

满是人间烟火气息，真好。

"大人，你之前是不是来过万州？"

陆景湛从后面抱住她，嗓音柔了些许："没来过。那时见你总想寻一个好玩的去处，便派人打听了。"

苏锦有些不敢相信,陆景湛在这般早就……来万州买宅子也是为了她。她心里感动,眼眶湿润了些:"你有没有想过,若是我不同你走,你又如何?"

陆景湛薄唇浅笑,吻了吻她的脸:"没有这种可能,绑也要将你绑来。"

苏锦侧过头缓缓回应着陆景湛的吻,半晌,她气喘吁吁地被放开,红唇嘟囔:"大人,越来越喜欢你了,每天都多喜欢你一点可如何是好?"

"如此甚好。"陆景湛薄唇带笑。

船停在岸边,有人来往上下船。

两人靠在船里,就像是一幅画般,与这景色连成一片。

偶有路过的人忍不住多看两眼,这两位俊俏公子哟!

02

月儿和姜海的婚礼如期举行。

按照当地习俗,他得骑马去月儿家接新人,苏锦安排月儿从府中出嫁。

月儿上了轿子,到了姜海的宅子。两人拜完天地后,给陆景湛和苏锦又鞠了一躬。

"礼成,送入洞房。"

这儿的婚礼仪式没有肃州的复杂,也不像寻常的仪式一样有很多人,但今天是月儿最开心的一日。

再过几日,姜海便要随着陆景湛回肃州,苏锦交代月儿这几日不用来府中见她，好好享受新的生活。

回到陆府，苏锦还有些不敢相信，她把月儿嫁出去了！

想起两人，她便笑得合不拢嘴。

时间缓缓流逝，这几日苏锦很珍惜和陆景湛在一起的每一刻，她知道接下来长时间都不能见面。

这万州城什么都好，但若是没有陆景湛，就什么都没有意义了。

送陆景湛和姜海去肃州那日，苏锦不舍的模样让陆景湛神色沉了下来，他紧紧地抱着她，薄唇微启："等我。"

苏锦没有开口，只是拼命地点头。

她怕多说一句，这眼泪便要落下，让陆景湛担心。

苏锦本是让月儿随着姜海一起回肃州，但月儿见陆景湛也走了，坚持要留下来陪她。

送完两人后，苏锦和月儿的心里都空空荡荡的。

月儿看着苏锦，扯了扯她的衣角："姑娘，别不开心，明日开始我们俩就可以各种买买买了，还能随意逛。"

苏锦忍住了心头的酸楚，露出笑容，摸了摸下巴："这倒是。"

时光飞逝，苏锦本是想着陆景湛离开一个月足矣，结果这都快三个月，他还没有回来。

中途只来了一封信，满信的内容都是两个字——想你。信的每一页都是这两个字，没有提及他的近况。

苏锦在这段日子里养成了一个习惯，每晚睡觉之时都会把陆景湛的衣物放在床边。

这几个月，最大的好消息便是月儿怀孕了，她们也写了信给姜海。月儿知道自己怀孕的时候喜极而泣，有些不敢相信自己肚子里有了孩子。

苏锦在那之后更加小心翼翼，生怕月儿不小心磕到碰到。

她带着月儿出去玩时，十分注意。

"姑娘，我没事，多逛逛对孩子也好。"月儿吃着桌上的果子，嘴上皮得厉害。

"我看是你想逛了吧，这刚怀孕还是得多注意，等姜海回来再让他陪你去逛，现在你就给我好好休息，照顾好孩子。"苏锦也抓起一颗果子咬了起来。

"姑娘，你说怎么这般神奇，这就怀上了，一点感觉也没有。"月儿的手摸上了自己平坦的小腹。

苏锦也觉得神奇，再过几个月这孩子都要出生了："月儿倒是羡煞旁人，嫁得如意郎君，还立马就怀上了，好福气。"

"姑娘还不是，等陆大人回来，你们成亲后也怀个孩子，到时候生下来一起玩。"月儿说着咬了一大口果子。

月儿提起陆景湛，苏锦的思绪也飘远了。

"姑娘，你别多想，姜大哥来信都和我说了，他们会尽快赶回来。"月儿见苏锦的模样便知她是想陆景湛了。

苏锦点了点头，这陆景湛心里除了想她便无其他，他们回去后的一些事，还是通过姜海来信，她才知道的。

两人坐着闲聊赏花，下人便送了信过来。

苏锦放下手里的果子，拿起信打开看。她眼眸逐渐透出笑意，从石凳上站了起来："月儿，他们要回来了，按照写信的日子推算，该是明日便从肃州出发。"

月儿一听也激动得不行："姑娘，我不是在做梦吧，姜大哥也回吗？"

"他们一起回，大人还接上了我爹爹。"

苏锦看着信，陆景湛说有太多的话想与她说，这信哪怕写满也不够，所以都留着了，回了万州后亲口说。

苏锦把信揣在怀里，她让月儿先休息，安排人把两座宅子都打扫打扫。

接下来的日子，两人便是每日都坐在门口去等他们。

苏锦每日都在心里算着时间，后来还干脆让人在入门处设置了喝茶的地方，她和月儿在那儿下棋，一下便是一天。

"姑娘，马车、马车来了。"月儿抬眼就瞧见了不同于当地的马车。

苏锦起身上前，马车停在陆府门口，只见苏怀和姜海从车上下来了。苏怀看见苏锦时激动得不得了，不禁老泪纵横。

"锦儿，快、快给爹爹看看，怎么清瘦了这般多？"苏怀看着苏锦清瘦的脸，忍不住心痛道。

"爹爹，我没事。"苏锦上前拉住他的手，见马车上只下来了他和姜海两人，问，"陆大人呢？"

"你看爹糊涂的，陆大人交代了，见了你得先和你说。那日我们正要出发，宫内突然有急事召他回宫，他怕你等急了，便让我们先行。等他忙完，估计也就是这一两日的事。"

边上的月儿看着姜海，笑颜如花。

姜海也是紧紧握着她的手,大手小心翼翼地放在她的肚子上。

他听见苏怀的话,牵着月儿走了过去:"夫人,陛下临时急召大人入宫,他说让您放心,他很快便会回。"

苏锦听罢点了点头,让他们进屋里坐。

月儿见苏怀像是有许多话要和苏锦说,便开口道:"姑娘,苏老爷来了,定有很多话要和姑娘说,我和姜大哥就先回去了。"

二人小别胜新婚,苏锦也没有再留,送走了二人,苏锦便安排人把苏怀的行李搬了下来。

"爹爹,我们先进屋里坐,这一路舟车劳顿累了吧。"

"累倒是不累,不过多年没有出肃州,这次离开倒是感慨万千。"苏怀说着叹息了声。

苏怀刚入府,便诧异地四处瞧了瞧。

"锦儿,你带我四处转转,我想仔细看看这宅子。"

苏锦没想到苏怀会对这宅子感兴趣,便带着他绕了一圈。

"像啊,真是太像了。"他说。

"爹爹,像什么?这院里有什么东西吗?"苏锦好奇地看了看,这院子和往日一样,并未有什么不同。

苏怀走到院子里,摇摇头:"我的傻丫头,你没发现这宅子和我们在肃州的宅子很像?"

肃州的宅子?

苏锦想到那个新买的小宅子,若和此处比,明明天差地别。

"不是现在的宅子,是你小时候住的苏府。"苏怀忍不住提醒道。

苏府,苏怀一说苏锦倒是想起来了,她住进来后只顾着玩,没怎么注意宅子的布局。

她四处打量了下,这里的宅子……除了栽种的花,布局确实与她小时候所住的苏宅有些像。

"爹爹,听你这般说好像真是。"苏锦也有些惊讶,便带着苏怀又走了走。

"这里简直和苏府相差无几,锦儿,不是你布置的吗?"苏怀看着苏锦一脸不知情地反问。

"不是我,是陆大人准备的。"苏锦刚说出口,像是明白了什么,瞬间愣住。陆景湛竟然按照苏府的格局对这座宅子做了改动,她却没有发觉。

难道他们在来南城前,陆景湛便打算来万州买宅子,还去看了苏府的旧宅……

"这陆大人是如何知道苏府的格局?那宅子早已经荒废了。"苏怀也是不解。

苏锦想着,笑意更深了:"爹爹,等陆大人回来,我们问问便知。"

她说着让苏怀坐下休息。

见他之前,苏锦想了好久,想着如何告诉他自己不回宫,留在此处的事。

苏怀看着抿唇的苏锦,他叹了叹气:"锦儿,你想说的爹爹都知道,陆大人刚回肃州便来见我了,他说了你们之间的事。爹很惭愧,当年逼着你进宫,这么多年我也时常后悔,特别是听说李贵妃出事之后,便总是担心你。"

苏锦听说陆景湛去见了苏怀,不知他是如何说的:"爹爹,陆大人都说了些什么？"

"我自是让他如实说，你不知道爹爹听闻你在南城出事，差点没缓过气来，陆大人来了后把你从入宫至南城的事都说了一遍。"

苏锦听苏怀缓缓道来。

陆景湛竟毫无保留一五一十都告诉了苏怀。

他甚至还给了苏怀聘礼，在肃州和万州都给苏怀买了宅子，还给了银子说苏怀若是想继续做生意也可以。

苏锦心里暖意渐深，柔声开口："爹爹可想再做生意？"

苏怀连忙摆摆手："不想，不想，我现在这把年纪了，只想听戏喝茶，做生意是年轻人的事了，何况爹爹对陆大人很满意，他对你上心，爹看得见，爹就放心过几年轻松日子，不用再操劳奔波了。"

来自苏怀的理解和认可让苏锦瞬间泪目，她之前所有的担心都烟消云散。

苏怀伸出手擦了擦苏锦脸上的泪珠："锦儿，此事毕竟风险极大，你和陆大人在一起，不可再与旁人说此事，万事小心。"

她听着苏怀语重心长的叮嘱，便笑了笑："爹爹放心。"

接下来几日苏锦本是想带苏怀四处去转转，又担心陆景湛回来第一时间见不到她。月儿和姜海知道后便接下了这个任务，他们带着苏怀在万州到处游玩。

这么几日下来，苏怀和姜海倒成了忘年交，时常切磋棋艺，苏怀甚至还说要搬去姜海家住几日,让苏锦安心在家里等陆景湛。

时间一天天地过去了,苏锦等到第五日还是不见陆景湛回来。她站在门口,心神不宁。

陛下到底是因何事召他回去?

姜海说陛下已经答应陆景湛辞官,为何突然又急召,不会出事了吧?

苏锦被自己这个念头吓得不轻。她赶忙摇摇头,不会的,以陛下和陆景湛的关系,他不会伤害陆景湛,定是有事耽搁了。

她越想心跳得越厉害,这两日贼匪不断,有百姓从肃州来的途中被抢,到万州报官,陆景湛该不会也遇到了吧?但是一般匪徒遇上陆景湛,应该只有他们吃亏的,若是路上也没什么耽搁,陆景湛为何还没来?

苏锦在门边的椅子上坐了一天,今日她不舒服,什么东西也没吃,下人见劝不动,便拿了些糕点、茶水给她放桌上。

这时,天空也阴了下来。

苏锦脸色苍白,她起身走到门口。见天快入夜,还是未有马车前来,她叹了口气垂眸,这种无止境的想念最是难忍,眼泪不争气地滑落,自嘲:"苏锦啊苏锦,你何时这般爱哭了,才等了几日便开始掉眼泪。"

"苏锦——"一个急切的嗓音传来。

苏锦还以为自己听错了。

"苏锦!"

又是一声。

03

苏锦猛然抬起了头,她苍白干净的脸上还挂着泪。

只见陆景湛骑在马上身姿挺拔,他一袭墨色锦袍,头戴金冠,长发被风吹得飞扬,俊美的脸上染着血迹。

陆景湛神色冷峻,在和苏锦对上视线时才露出笑来。

他的手还在滴着血,他受伤了……

苏锦朝着陆景湛跑了过去。

陆景湛直接下马,苏锦抓过他的手,眼眸满是紧张:"你受伤了?"

下一秒,她只感觉自己的后颈被他修长的手指覆盖住,他微微用力,苏锦的身子前倾,他的薄唇落了下来,冰凉的吻急切而热烈地堵住了她想说的话。

苏锦缓缓伸出手抱住了陆景湛,回应着他,眼泪止不住地落下。

他终于回来了。

不知过了许久,一阵风吹过,空中都是掉落的树叶,两人长发飞舞,拥吻的画面像是被刻在了此处,俊美少年郎和娇柔出水的少女缠绵悱恻。

到了房内,苏锦拉开陆景湛的袖子,他手臂有一处刀伤,正在冒着血。看着那道伤口,苏锦鼻尖一酸,她给他清理干净而后上了药,小心翼翼地包扎起来。

"如何受伤的?"

"不打紧,路上遇到些土匪。"陆景湛轻描淡写地说了句,似乎完全感觉不到痛。

"伤口还挺深,我去找个大夫来。"苏锦包扎完还是不放心,说着就要起身。

陆景湛一手将她拉入怀中,下巴搁在她肩膀上:"不用,过几日便好。"

"大人,我去派人找大夫,一会儿就来。"苏锦一手拍着他的背哄道。

"一会儿也不行。"陆景湛嗓音软软的,像是受了委屈,又道,"我很想你,苏锦,我后悔把你留在万州了。"

看他这副模样,苏锦忍不住笑出了声,便又认真道:"现在你不是回来了?以后你去哪儿,我便跟你去哪儿。"

"那也不够,得把这几个月欠的补回来。"陆景湛嗓音低哑,用力把她抱得更紧了,像是要将她揉进身体里。

见陆景湛不方便,苏锦便坐在他腿上,听他说这几个月的事。

原来他回肃州后便向陛下请辞,结果陛下直接拒绝了,坚决不让陆景湛离开肃州。

陛下说,已经失去了有趣的苏锦,若是再失去陆景湛,那他身边连个说话的人都没有了。

过了几日,陆景湛第二次以身体不适请辞。

陛下见他心意已决,怎么也留不住,便只好答应了。但是他要求陆景湛留在禁卫局三个月,帮他把朝廷里贪污腐败之人都揪出来。

当时陆景湛想写信,但又怕信在送来的途中被人截获,牵涉到苏锦，便没有动笔。

这三个月，他度日如年，甚至动了把苏锦接入肃州的想法，最终为了她的安全，他没有这样做。

"那为何陛下答应了，你临走时他又召你回宫？"

"陛下说他后悔了，后悔让我辞官，他说答应我离开肃州去养伤，但不允许我辞官，若以后他有需要，我必须回肃州。"陆景湛凤眸淡然，语气很轻。

"这陛下……可是真调皮，他该是早就想好，故意留你三个月。"苏锦嘟囔着。

陆景湛点了点头："他向来聪明，有些事只是不说破，不代表他不知道。"

苏锦听着沉默下来，能做肃州的皇帝，赵衫一定不是一般人。

"不管了，反正陛下能让你回来便好，若有事，我们便一起回，大不了我去学易容术。"

陆景湛听着，凤眸里笑意明显。

他抬起苏锦的下巴，低沉的声音丝丝缕缕地传出："我们不会再分开，我向你保证，不会再把你一人留在万州。"

苏锦又湿了眼眶，点了点头。

她瞧了眼屋内，想起父亲的话，便开口问："大人，为何这院子会和苏府旧宅一样？"

陆景湛宠溺地揉了揉苏锦的头，嗓音柔缓："出宫前我派人去了苏府旧宅，还找了你家之前的一些下人，让画师按照他们说的还原了苏府。苏府是你的家，哪怕来了万州，也希望你能像在家里一般。"

他之前是担心苏锦会在万州待不住，想着宅子如果和苏府一般，她便能觉得亲切些。

苏锦听着心里满是感动，这世上哪里还有她这般后知后觉之人，竟没发现大人的用心。她缓缓开口："难怪之前我一见这宅子便喜欢得紧。不过，以后对苏锦而言，大人在的地方，才是我的家。"

陆景湛点头笑笑，伸手把苏锦拉进了怀里。

苏锦，于我而言，有你，才有家。

一个月后，六月初六。

天空万里无云，碧蓝的天空映出一片明艳的红。

万州有一位陆公子成亲，喜事传遍万州。这一整天，万州的街道上全是人，他在府外摆了长桌，路过之人都可以来喝上一杯喜酒。

整个万州城热闹非凡，到了夜里更是灯火通明。

苏锦一身嫁衣坐在房里，她听见陆景湛走近的声音，手紧张地攥在了一起。

她头上的盖头被掀开，见着一身红色新郎服的陆景湛，他极致俊美的面容上那双狭长的凤眸荡漾着笑。陆景湛薄唇上扬，情意绵绵地叫了句："夫人。"

苏锦羞红了脸。

她白皙纤细的脖颈露在外面，桃花般的面容染上了一抹绯红，长长的睫毛轻微颤抖，她咬了咬唇应了声。

陆景湛的笑意更深了，他剪下一绺长发与苏锦准备好的发丝缠在一起，放入了锦盒当中。

　　这一切都和苏锦想的一样，她唇瓣扬起，嘴角梨涡灵动，倒映在她眼眸中的火红床幔逐渐被放了下来，陆景湛的吻轻柔地落下，薄唇轻启："夫人，生个小苏锦吧。"

番外一
那就捣一辈子乱吧

一日,苏锦正在厨房里忙碌。

忽然传来碗碟碰撞落地的声音,她"哎呀"了声,连忙去抓碎碗。

她刚蹲下,一阵清润的嗓音响起:"夫人,可仔细手。"

苏锦回头,见陆景湛走了过来。他嘴角绽开了笑意,走近便伸出手擦了擦她脸上的一抹黑。两人成亲一月有余,苏锦才知道他在生意场上也有涉足,在万州也开了不少铺子。因此,苏锦便开心地过上了悠闲生活。

瞧着陆景湛认真而含笑地盯着她,苏锦咬了咬唇撒娇:"夫君今日回来早了,这饭没做好,可不赖我。"

"不赖。"陆景湛浅浅地接着苏锦的话,低头吻了吻她的唇瓣。

苏锦把脸埋进他的怀里,低声哼着:"在厨房呢,待会儿又传出去了。"

她脸色羞红,大婚时两人在房里待了整整三日,她起初没觉得有什么不对,直到月儿告诉她,她和陆景湛洞房那几天一堆人都在外候着,都说两人感情极好才能待整整三日。

陆景湛听着笑意更深:"夫人知道打破谣言最好的办法是什么吗?"

苏锦从他怀里探出头,有些好奇地问:"是什么?"

"是制造一个更大的谣言。"

"更大的谣言?"

陆景湛一本正经地点点头:"比如我们在房里待上七日,这三日的事,自然会被他们淡忘了。"

苏锦本在认真思考他的话,七日一出,她的脸瞬间更红了。

她婚前怎不知大人是这样的大人!

她闲来无事,这几日学了道万州名菜,正想着要做给陆景湛吃,菜还没做成,倒被他的话惊得没了饿意。

"不要。"苏锦哼了声,从他怀里退了出来。

见她往后退,陆景湛伸出手钩住她的纤腰,把人带到怀里。他的下巴埋在她的脖颈处,嗓音低沉:"夫人,我饿了。"

苏锦看一眼厨房，经过她一番倒腾，今日怕是吃不上饭了。

她拍了拍陆景湛的后背，开口道："那我们出去吃吧，保准让夫君吃饱饱。"

她沐浴后换了件裙衫，走到陆景湛面前时，歪了歪头。陆景湛眼眸里有细小的光芒闪过，他牵起苏锦的手，绵绵笑意藏不住："夫人真好看。"

苏锦一听乐坏了："他们都说夫妻两人会越长越像，大概是像大人了。"

陆景湛捏了捏苏锦的小脸，故作一脸惆怅："如此？我还想生个小苏锦便好，看来一个是不够了。夫人，我们再努努力，之后再生个弟弟。"

"大人。"苏锦娇嗔道。

陆景湛走近，伸手温柔地抱了抱苏锦。在她额头上亲吻后，他眼眸里满是笑意，声音柔得似水："夫人，谢谢你留下来，谢谢你嫁给我。"

苏锦听着陆景湛的话，心底泛起一丝难过。

她知道他心里一直都在后怕，怕南城那日她真的离开了。

苏锦微侧过头，故作轻松地在陆景湛脸颊亲亲，语气霸气："傻瓜美人，我才舍不得走，有什么好谢的，明明是我捡了个大便宜，还要被谢。"

"我一直都是一个人，因为有你，我才有了家，有了属于我们的家，所以谢谢你，苏锦。"陆景湛的嗓音清透又好听，一字一句传入苏锦的耳里，她心里泛酸，立马热泪盈眶。

苏锦仰了仰头，嘴里连说了几遍笨蛋美人，随即又道："陆景湛,是你让我知道了人生真正的意义,真正的自由,所以该是我感谢你,谢谢你爱我,爱这个不够厉害、只会捣乱的我。"

她从小到大没少给爹爹闯祸,入了宫也是到处闯祸,小时候她有爹爹照顾,现在她有了陆景湛。

苏锦时常感念上天,她上辈子得做多少好事,才能在这辈子拥有陆景湛这样一个一生一世都想在一起的人。

陆景湛微微抬眸,看着神色认真的苏锦,心中流过一股暖流。

她或许不知,在这有限的生命里,他一个人在黑暗中独自前行,从未找到存在的意义,是她成了他唯一的光。

两人相视笑笑,陆景湛语气坚定而温柔:"那就捣一辈子乱吧,夫君罩着你。"

"行。"苏锦笑笑,说完拉着陆景湛就往外跑。

两人逛了一路,走到一个巷子口,苏锦瞧见有一家新开的饭馆,门口没有店小二揽客,生意看起来却不错,不少人进进出出。她有些好奇,便拉着陆景湛走了进去。

进了饭馆后,她找到了一处能看见街上热闹景象的位置。

此时,苏锦明白了,这饭馆占尽了地理优势,客人在二楼便可俯瞰整条街景。

夜里灯火阑珊,好不热闹。

苏锦让小二把店里的特色菜都上一份,她说完刚喝了口茶,就见原本坐对面的陆景湛来到了她身边。

"大人,我见其他人吃饭都是面对面坐着。"

陆景湛不以为然,妖娆地挑了下凤眸:"可是我想挨着夫人坐。"

他这模样惹得苏锦吞了吞口水,急忙又喝了口茶水,没一会儿她只觉得腰上一热。

苏锦瞧了下四处的人,眨了眨清澈的眼眸:"行,不过大人,这在外面,总这样抱着是不是不好?"

陆景湛总喜欢抱着她,睡觉喜欢抱,走路也喜欢抱,现在在外面吃东西他也要抱。

他们周围不远处还有人,街道上热热闹闹的,人也不少。

"是不太好,明日我把这饭馆买下来,便可日日来抱。"

"大人!"

番外二
连风都是甜的

五岁那年,陆景湛被一行人带进了一座大宅院。

到那里之后,他见到了所谓的父亲。只是这位父亲大人从头到尾只瞧了他一眼,便让人把他带去了后院。

整个后院的人都对他避之不及,只有马叔愿意陪着他,教他做事,时不时还告诉他关于他母亲的事。

母亲常年身体不好,那时他以为自己不在,母亲便可以安心养病,谁知没多久马叔便告诉他母亲病逝了。

那是陆景湛第一次哭，这座宅子的女主人告诉他，他这辈子都见不到母亲了。

这位女主人从见他第一眼起便看不惯他。

宅子里最脏最累的活都是他来做，因为年纪小，免不了犯错，紧接而来的就是更加严厉的责罚。

有时马叔心疼他，便会偷偷帮着做一些。

从那之后，他越发沉默寡言，只想着有朝一日能离开这座让人窒息的大宅。

十岁那年，他早早做完事，本是要休息了，马叔说为了奖励他，带他去吃巷口那家最好吃的糖葫芦。

这糖葫芦他听说过许多次，却一次都没吃过。马叔轻轻地拍了拍他的头，道了句"小少爷，吃了糖葫芦，以后的日子都会好的"。

只是最后他没有等到糖葫芦，而是被马叔送入了禁卫局。

陆景湛心如死灰地绝食了五日。第五日，来带他去净身的小太监发现他奄奄一息，便禀告了厂督。

这是他第一次见到厂督大人王师，这位大人身体不太好，总是在咳嗽。见到他的那一刻，王师像是发现了什么宝贝一般，直呼有趣。

王师说，想看看他这副皮子以后还能开出什么花来，为此将他留下了，免除净身。

这里每日都有人被送进来。大多是家里穷苦的孩子，他们为了有口饭吃，能够活下去，只好做别人都不愿意做的太监。

每日睡后，陆景湛都能听见惨叫声络绎不绝，从开始的害怕到逐渐麻木。他开始明白，这世间，如果想要按照自己的意愿活下去，就要变得强大，强大到像王师那般，只需一句话，便能救下自己的命。

从那以后，他开始拼命学习武功，学会审时度势，不再将情绪挂在脸上。

十三岁那年，他意外救下还是太子的赵衫。皇帝为此大力嘉奖了禁卫局，王师欣慰不已，便有意让他出宫。

可对陆景湛而言，宫外早已没有牵挂之人。

十五岁那年他意外得知送他来禁卫局的事情是父亲默许的时候，他在房内坐了整整一夜。

天刚微亮，王师便来了，安慰他说要不是他那混账爹，自己也得不到这么好的干儿子。陆景湛明白王师是在宽他的心，可是那时的他只想到达权力的顶峰，想要为母亲报仇，为自己报仇。他想要让母亲知道，她一直苦等的人，不值得。

接下来在禁卫局的日子，他帮助王师一步步干掉了存有异心之人。

他杀伐果断，清理门户毫不手软，比起王师有过之而无不及，外界关于他的传言也越来越多。

可是他不在乎，这外界的传闻丝毫入不了他耳。

王师早年染病，遍寻名医无果，身体衰弱得厉害，他病逝后，陆景湛正式接手了禁卫局。

后来，他一人之下万人之上，想要的东西唾手可得，可再也没有了想要的东西，报仇成了陆景湛生存的唯一意义。

而赵衫因为救命之恩便时常拉着他喝酒诉苦,他虽身为太子,却有太多身不由己之事。陛下逼着他娶不爱之人,皇弟个个巴不得他死,大家明面上客客气气,私下为了皇位争得你死我活。

陆景湛听闻只是笑笑,他说王师在世时说过了,这天下的明君之选只有一人,便是赵衫。

这话让赵衫大惊,连忙道,不可胡言。

赵衫深知,他一天没有继位,他的地位便岌岌可危。

此后,陆景湛派人帮赵衫清理了身边的探子,几次救他于危难当中,更是在先皇病逝后,以整个禁卫局之力,护赵衫上位。

王师没有说错,赵衫此人平时看上去弱,但心思缜密,仁义无双,是位不可多得的明君。

禁卫局也因此拥有了宫内无法撼动的地位,陆景湛终于和他的亲生父亲处在了一样的位置上,甚至魏铭见他时还得留三分薄面。

可陆景湛却觉得这日子越发无趣。

不知道夜以继日地忙了多久,有一天夜里,他刚回宫,就见到一个小丫头在树下祈祷。

这丫头生得白净可人,眼眸中满是狡黠。她认真而期待地朝着大树祈祷,希望大树能保佑她不被陛下选中,可以一个人安安稳稳地度过一生,日后有机会还能顺利出宫。

这是陆景湛第一次见到入了宫的妃子希望不要被宠幸的情形,他在宫里见过太多为了博皇帝一笑而不惜一切代价的女人。

可眼前的小丫头,偏偏反其道而行。

他派人打听才知道那是刚入宫的才人,名为苏锦,前肃州富商之女，后因家道中落，被父亲连哄带骗地送入了宫。

原来她也是个被父亲所骗之人。

从那之后陆景湛时不时会让人去打探她的消息，看看此人能不能为自己所用。

手下人每次打探回来，都说她在宫里成天和小太监、宫女斗蛐蛐，吃喝玩乐，自己的俸禄大部分都让人带出去给了父亲。

陆景湛有些不明白，为何她被亲生父亲哄骗入宫，却还能以德报怨，明明她很想出宫，却还能在这宫里过得有滋有味。

而他有了第一次需要苏锦的理由，丞相夫人的亲侄女被送入宫，两人把后宫搅得天翻地覆，只想诞下龙子。

他偏偏不让她们如意，整个后宫内好像再没有比苏锦更合适的人了。陆景湛观察了她五年，她没有背景，年年都在想着出宫。

只是这丫头……怎会这般嘴甜，大人大人地叫着，整日冲他甜甜地笑，人畜无害的模样。

赵衫的生辰宴上，苏锦一改往日的模样，略施粉黛，眼眸娇媚，举手投足间摄人心魄，陆景湛只觉得自己没有看错人。

哪怕心里第一次有了涟漪，他也一口酒下肚，浇灭了冒出芽的想法。

一切都和他想的一样，她入了赵衫的眼，他看着赵衫来到她房内，久违地产生了紧张的情绪。

他收到李贵妃假装跌落昏迷的消息，派人快一步通知了赵衫。

等赵衫离开，看着苏锦惊魂未定的模样，他忍不住冷笑。苏锦见了他像是抓住了救命稻草一般，向他表达了爱意。

明知道那些只是她为了不委身于赵衫说的假话，可当苏锦说出对他的爱慕，说无论他是何身份，都愿意留在他身边时，陆景湛空落落的心里像是填入了些东西，逐渐被填满。

他第一次有了想要把这个女人留在身边的冲动。

知道她要出宫看望父亲，他心里烦闷，便派人去保护她，结果她还是受伤而归，他心里便像是堵住了般。

陆景湛不希望她受伤，可自己却把她扯入了这潭浑水里，几次三番让她受伤，他不如就遂了她的心愿，带她出宫。

机会很快就来了，丞相之子魏然私下养兵，勾结外臣，强抢民女，欺压百姓，丞相夫人和李贵妃两人勾结谋害宫妃和皇嗣，数罪并罚，已是死罪。

此时南城突发水灾，这次便是他带苏锦出宫最好的机会。

临行前，赵衫来找了他。

赵衫眼眸里时刻带着笑意，说话时意有所指，最后只留下一句："景湛，你于朕而言，不是女人可比。你此次出宫，若能遇上合适之人，朕也会替你高兴的，无论此人是谁，朕都替你做主。"

陆景湛听闻垂眸浅笑，原来他都知道。

难怪这些年来，他刻意冷落身体弱的皇子，让外界以为皇子不受重视，其实他是在维护皇子的安全。

看似糊涂，却是最清醒之人。

陆景湛没有说话，只是敬了赵衫一杯。

他在出宫前让人把苏府的布局画了下来，最后决定把宅子安排在万州，等南城水灾之后便带着苏锦过去。

可李承允出现了。

苏锦和李承允有说有笑地叙旧，陆景湛见到李承允毫不避讳地诉说着自己对苏锦的爱慕之情，只觉得妒火中烧。

他不会放苏锦离开，他此生第一次有了想要守护想要留下之人，绝不会让她离开。

陆景湛连续失眠几日，最后他带着苏锦来到了山里，借着夜色，袒露自己的心声，想让她留下来，留在他的身边。

苏锦柔声地回他说考虑考虑。

那一刻，陆景湛只觉得心里有什么东西化开了，她没有拒绝，他强压着内心的欣喜。

然而，他第二日办完事回去，推开门却已是空无一人。

她竟然离开了。

所有的情绪在这一刻涌上心头，他的心情瞬间跌落谷底，为什么？

难道她一直以来都在欺骗他，答应他考虑只是缓兵之计吗？

陆景湛一口鲜血喷了出来，哀莫大于心死。若是不能留她在身边，这无数个日日夜夜，他要如何熬？

那些天，陆景湛做了一个很长的梦。在梦里，苏锦和他生了一个女儿，三个人一起在万州生活，那里没有任何人来打扰。

若是只有梦里有苏锦，他便愿意一直留在梦里。

也不知道过了多久，他耳边传来了苏锦的哭声，她哭得越来越伤心，一直在他耳边碎碎念。

陆景湛醒来时，瞧见一脸憔悴的苏锦，心中有一瞬狂喜，然而她离开之事涌上心头，他的语气不免冷漠了两分。

当他听到苏锦说想拥有他一辈子，她说舍不得他这个美人时，陆景湛的心脏又强而有力地跳动起来。

一切都和做梦一般，苏锦回来了，还带着她满心的欢喜回来了。

可是他还是觉得不够安心，打算早日带苏锦回万州成亲。

然而他们刚到万州，陆景湛就收到了赵衫的急召，让他火速回宫。无可奈何下，他只能安抚好苏锦，带着姜海回了宫。

陆景湛刚入宫，就见赵衫已经在禁卫局等他，赵衫看上去心情不错。

赵衫笑说以为他不会回来。

这一夜，赵衫和陆景湛说了很多，包括陆景湛和苏锦的事，两人捅破了那层窗户纸。

赵衫直感叹，若不是陆景湛喜欢，他还真舍不得让苏锦出宫，这宫里尔虞我诈，像苏锦那般无所求之人不多。

陆景湛没有说话，只是听赵衫说了一晚上。

最后，赵衫要求陆景湛在宫里待上三个月，三个月后便放他回去和苏锦团聚。

赵衫说自己一下失去了两位在意之人，让陆景湛和苏锦分开三个月，饱受相思之苦，不算过分吧。

陆景湛无奈地领了赵衫的旨意。

他出宫找到苏怀说了自己和苏锦的事，向苏怀求娶苏锦，还将聘礼给了苏怀，提前把所有事都安排了个齐全。

那三个月，陆景湛留在宫中陪着赵衫打猎游玩，共同商讨国家大事，清理贪官污吏，而苏锦，两人都只字不提。

白日还好一些，一到夜里，陆景湛便整夜整夜睡不着，只是如此想念，他竟也没梦见过苏锦几次。

好不容易熬过了三个月，陆景湛早早让姜海接上了苏父，准备出发去万州。

然而临行前，赵衫又拦下了他。

陆景湛让姜海和苏父先走，自己随后就来。他知道，苏锦此时一定在等他，若是见不到人会担心。

陆景湛火速回了宫，赵衫也表明了自己的意愿。

他不接受陆景湛辞官的选择，但他现在允许陆景湛回万州，只是以后有需要之事，陆景湛必须回肃州，届时带上新婚的妻子和孩子。

听见赵衫的话，陆景湛微怔，赵衫这话里是早知他不是……

告别了赵衫，陆景湛快马加鞭赶回了万州。这一路，他心中无比轻快，因为在归途尽头，有他日思夜想之人。

这样的赶路日子里，连风都是微甜的。

苏锦，等我。

全文完